Jenny Fagerlund

# 24 gute Taten

Jenny Fagerlund

# 24 gute Taten

Roman

Aus dem Schwedischen
von Kerstin Schöps

DUMONT

*Für Mama und Papa*

*»Please, allow me to forgive myself«*
Unbekannt

# Prolog

Emma öffnete das Dachfenster und schwang ein Bein über den Rand. Der Schnee drang durch den Stoff ihrer Kleidung. Vorsichtig kletterte sie durch den Rahmen und zog sich auf den kleinen Sims, auf dem sie immer saß und den Blick über Stockholm genoss. Es war verboten, sich hier oben aufzuhalten, aber das interessierte sie nicht. Sie stellte sich hin und sah über die Dächer der Stadt, dann senkte sie den Blick nach unten auf die Straße. Es war ziemlich tief. Sehr tief sogar. Einen Sprung würde sie nicht überleben.

Ein Schauder fuhr ihr über den Rücken, aber sie zwang sich, stehen zu bleiben. Es wäre so einfach. Sie müsste nur loslassen. Nur einen einzigen Schritt nach vorne, ins Leere. Sie fuhr zusammen. Lautes Gelächter vom Spielplatz an der Ecke drang zu ihr hoch. Dort spielten noch Kinder, obwohl es kurz vor acht und schon längst dunkel war. Sie formten Bälle aus dem pulvrigen Schnee und bauten einen Schneemann. Emma schloss für einen Moment die Augen. Wie oft hatte sie schon hier oben gestanden und nach unten gestarrt? Dann hob sie den Kopf. Der Himmel hing voller grauer, schwerer Wolken. Eine Schneeflocke landete auf ihrer Wange und schmolz. *Bald ist Dezember. Keine Ahnung, wie ich die nächsten Wochen überstehen soll.*

# 1

## SAMSTAG, 18. NOVEMBER

Emma holte tief Luft, bevor sie über die Steinplatten der Auffahrt zum Haus hochlief. Auf dem Weg hierher hatte sie sich drei Dinge geschworen. Sie würde sich auf keine Diskussionen einlassen, und sie würde weder über Niklas noch über ihr mangelndes Sozialleben sprechen. Ihr Blick fiel in den Garten. Die großen grünen Buchsbäume leuchteten auf dem Rasen, und bei den Apfelbäumen saßen Vögel im Futterhäuschen und pickten Körner. Als sie sich der Veranda näherte, blieb sie abrupt stehen. Ihre Mutter machte keine halben Sachen. Um das Geländer wand sich eine Lichterkette, und an der grau lackierten Eingangstür prangte ein riesiger Kranz aus Fichtenzweigen, Vogelbeeren und Tannenzapfen. Neben der Fußmatte stand eine Laterne mit einer brennenden Kerze darin, die Flamme flackerte leicht. Emma spürte, wie sich alles in ihr verkrampfte. Der Dezember war unleugbar im Anmarsch. Der Monat, den sie am liebsten überspringen würde. Sie nahm die letzten Schritte bis zur Tür des großen grünen Hauses, ihres Elternhauses. Bevor sie die Hand heben konnte, um anzuklopfen, wurde die Tür aufgerissen.

»Da bist du ja!« Emmas Mutter Yvette riss sie an sich und umarmte sie.

»Ich habe dein Lieblingsessen gemacht, Bœuf Bourgignon.«

»Toll, danke«, sagte Emma und lächelte. Sie war wild entschlossen, sich nichts anmerken zu lassen. Wenn ihre Mutter mitbekäme, dass es ihr gerade nicht gut ging, würde sie wahrscheinlich in nächster Zeit ständig nach dem Rechten sehen wollen, im Laden und bei ihr zu Hause. Und das war das Letzte, was Emma wollte. »Wo ist Papa?«

»Er sieht die Sportschau«, antwortete ihre Mutter, lächelte vielsagend und ging in die Küche. »Magda und die Kinder sind oben.«

»Magda ist auch schon da?«

»Sie ist vor ein paar Stunden gekommen. Die Kinder haben doch bei uns übernachtet.« Yvettes Gesichtsausdruck wurde ganz sanft und weich, wie immer, wenn sie über ihre Enkelkinder sprach. »Wir wollen heute Nachmittag Pfefferkuchen backen. Es wäre schön, wenn du mitmachst.«

Es war nicht weiter ungewöhnlich, dass man in Emmas Familie schon im November mit dem Pfefferkuchenbacken anfing. Traditionell wurde immer früh mit den Weihnachtsvorbereitungen begonnen. Es hatte eine Zeit gegeben, da hatte sie sich ebenfalls immer eifrig bei der Planung beteiligt und wild diskutiert. Sie hatte sich mit den anderen leidenschaftlich darüber gestritten, wer in diesem Jahr für die Zubereitung der Fleischbällchen zuständig war und wer für die Auswahl der Trinklieder. Aber jetzt hatten die Vorbereitungen etwas Beklemmendes, Erstickendes.

»Ich weiß noch nicht, ob ich so lange bleiben kann«, antwortete sie so unbeschwert wie möglich. »Soll ich den Tisch decken?«

»Gerne. Nimm das weiße Porzellan mit dem blauen Muster. Dein Vater soll dir helfen.«

Emma verließ die Küche. Sie vernahm die Geräusche von oben und versuchte, das stechende Gefühl im Magen zu ignorieren, als sie das Glucksen der Zwillinge und Leos Lachen hörte. Auf der Schwelle zum Wohnzimmer blieb sie stehen und sah sich suchend um. Die Sonne schien durch die großen Sprossenfenster und tauchte den Raum in gleißendes Licht. Ihr Vater saß in einem der Sessel am Fenster. Er hatte sie noch nicht entdeckt, sondern war tief in ein Kreuzworträtsel versunken. Emma räusperte sich.

»Hallo, Papa. Mama findet, dass du mir beim Tischdecken helfen sollst.« Emma gab ihm einen Kuss auf die Wange. »Sie dachte, du guckst Sportschau.«

»Ich habe ausgeschaltet, als klar war, dass Henrik Stenson gewinnt«, antwortete ihr Vater und lächelte seine Tochter liebevoll an, während er das Kreuzworträtsel auf die Fensterbank legte. »Wie schön, dich zu sehen.«

Emma erwiderte sein Lächeln. Sie hatte ihre Eltern schon sehr lange nicht mehr besucht und war nun froh, dass sie gekommen war.

»Ich habe gehört, dass ihr mit den Kleinen heute Nachmittag Pfefferkuchen backt?«

»Ja, die Weihnachtsvorbereitungen beginnen offensichtlich jedes Jahr ein bisschen früher.« Sein Gesichtsausdruck wechselte schlagartig, und er musterte Emma besorgt. »Wie geht es dir?« Er sah verlegen zu Boden. »Ich meine … wie fühlst du dich?«

Emma starrte auf die knisternden Holzscheite im Kamin. Ihm die Wahrheit zu sagen war unmöglich. Aber mit einer

Lüge würde sie auch nicht durchkommen. Nicht bei ihrem Vater. Er würde sie sofort durchschauen.

»Mal so, mal so«, antwortete sie am Ende. »Wollen wir den Tisch decken?«

Ihr Vater nickte. Er wirkte fast erleichtert, nicht weiter über die seelische Verfassung seiner Tochter sprechen zu müssen. Und auch Emma war dankbar, dass sie das Thema vorläufig abgehakt hatten. Als sie im Flur an der Treppe ins Obergeschoss vorbeikamen, hörten sie Schritte. Dann kam Leo die Treppen heruntergestürmt.

»Tante Emma!«, schrie er und warf sich in ihre Arme. Es war reines Glück, dass sie nicht beide umfielen. »Ich wusste, dass du kommst. Mama hat gesagt, dass du es dir vielleicht noch anders überlegst, aber ich *wusste* einfach, dass das nicht stimmt.« Leo ließ Emma wieder los, aber bevor sie etwas sagen konnte, purzelten die Worte aus ihm heraus. »Warum kommst du uns nie besuchen? Hast du keine Lust mehr, mit uns zu spielen?«

Leo hatte recht, dass sie Besuche bei der Familie ihrer Schwester vermieden hatte. Aber das konnte sie einem Siebenjährigen nicht erklären, dessen Leben sich vor allem um seinen Computer und Fußball drehte.

»Natürlich habe ich immer noch Lust, mit euch zu spielen. Ich hatte nur so viel zu tun«, sagte sie. »Und heute Nachmittag backt ihr?«

Leo nickte, ließ sich jedoch nicht ablenken, sondern bohrte weiter. »Aber wenn du wieder mehr Zeit hast, dann kommst du uns ganz oft besuchen, ja? Und Weihnachten feierst du auch mit uns, oder? Mama hat zu Papa gesagt, dass sie nicht glaubt, dass du kommst.«

»Wir werden sehen …«

»Leo, kannst du Oma beim Essenmachen helfen? Ich glaube, sie braucht Hilfe mit dem Gemüse«, sagte Magda, die in diesem Moment die Treppe herunterkam.

Bevor Leo protestieren konnte, hörten sie Yvette schon aus der Küche rufen, dass sie sich sehr über seine Unterstützung freuen würde. Und er könne auch gleich das Tablett vom Servierwagen mitbringen. Emma spürte Tränen in ihren Augen brennen, als sie ihre Schwester mit den Zwillingen im Arm sah. In wenigen Wochen wurden sie ein Jahr alt, und sie waren unglaublich gewachsen, seit Emma die beiden das letzte Mal gesehen hatte. Clara trug ein hellblaues Kleidchen mit weißen Strumpfhosen und Oscar eine kurze Latzhose zu einem marineblauen Pullover. Mit großen Augen sah er Emma an, die seine dicke kleine Hand mit einem Finger streichelte. »Hallo, mein Kleiner«, sagte sie leise.

»Kannst du Oscar mal eben nehmen? Mein Rücken bringt mich um«, stöhnte Magda und hielt Emma den Jungen hin.

Unbeholfen nahm sie Oscar auf den Arm. Sie spürte den warmen kleinen Körper und schloss die Augen. Nahm ein paar tiefe Atemzüge, um sich zu beruhigen. Oscar reagierte verwirrt und sah zwischen Emma und Magda hin und her. Dann streckte er seiner Mutter die Arme entgegen.

»Er will lieber zu dir.«

»Sieht so aus. Na ja, mit dir hat das aber nichts zu tun. Er hat gerade eine sehr extreme Mamaphase.« Magda setzte Clara auf den Boden und nahm Oscar in den Arm. »Papa, kannst du bitte auf Clara aufpassen?«, sagte sie, woraufhin ihr Vater hinter dem kleinen Mädchen herjagte, das bereits in hoher Geschwindigkeit über die Orientteppiche davonkrabbelte. »Clara ist unmöglich, sie steckt sich alles in den Mund, was sie in die Finger bekommt.« Magda gab Oscar einen Kuss. »Du dagegen bist ein kleiner Angsthase, was?«

Emma begann, in ihrer Tasche zu kramen, um Magda und Oscar nicht beim Kuscheln zusehen zu müssen. Genau das war der Grund, warum sie ihre Schwester nicht besuchte. Sie ertrug dieses Familienglück nicht. Nicht, nachdem sie selbst alles verloren hatte. Emma versuchte, die dunklen Wolken aus ihrem Kopf zu vertreiben. Ihr Psychologe hatte ihr zwar gesagt, dass diese düsteren Gedanken ganz natürlich seien, aber ihr leider nicht verraten, wie lange sie sich mit ihnen herumschlagen müsste. Und fragen konnte sie ihn nicht mehr, weil sie die Therapie schon nach wenigen Sitzungen abgebrochen hatte.

Emma holte einen Hefter aus der Tasche. »Ich habe dir die Umsatzzahlen von dieser Woche mitgebracht, um die du mich gebeten hast«, sagte sie. »Obwohl ich nicht verstehe, warum du sie ausgerechnet jetzt haben willst.«

»Weil ich mir Sorgen mache, die letzten Wochen waren ja nicht so berauschend.« Magda griff nach dem Hefter und setzte dann Oscar ebenfalls auf den Boden. »Jetzt bleibst du mal einen Augenblick da unten«, sagte sie mit fester Stimme. Oscar klammerte sich an ihr Bein und wollte sie nicht loslassen. Emma ging in die Hocke und redete mit ihm, während Magda die Unterlagen studierte.

»Was machst du morgen?«

Emma sah hoch. »Ähm … ich habe noch was zu erledigen …«

Ihre Schwester sah sie über den Rand des Hefters an und

hob eine Augenbraue. »Mit anderen Worten, du hast nichts Besonderes vor.«

Emma wollte etwas erwidern, aber Magda kam ihr zuvor. »Wir treffen uns um zehn Uhr im Laden und machen Inventur. Das ist dringend mal nötig.«

»Aber … das machen wir doch nie vor Weihnachten?«

»Stimmt, aber ich will mir einen Überblick verschaffen«, erwiderte Magda und tätschelte Emma an der Schulter. »Wenn wir uns ranhalten, schaffen wir das in ein paar Stunden.«

Emma wusste, dass Widerstand zwecklos war. Wenn sich Magda etwas in den Kopf gesetzt hatte, konnten sie nur ganz wenige Dinge davon abbringen. Da war es am klügsten, ihr einfach zu gehorchen.

# 2

SONNTAG, 19. NOVEMBER

Es war über Nacht so eiskalt geworden, dass der kurze Weg von ihrer Wohnung zum Laden alles andere als angenehm war. Der Wind brannte auf ihrem Gesicht. Emma holte den Schlüssel aus der Jackentasche und steckte ihn ins Schloss. Sie versuchte, den zunehmenden Kopfschmerz zu ignorieren und gleichzeitig den Schlüssel zu drehen, der sich aber keinen Millimeter bewegte. Das Schloss machte schon seit ein paar Tagen Schwierigkeiten, es musste sich verzogen haben, wahrscheinlich wegen der Kälte. Da sie aber nicht wusste, was man dagegen tun konnte, hatte sie auch nichts unternommen, die Reparatur aufgeschoben, wie so vieles andere in den letzten zwei Jahren.

»Ich habe gedacht, du wärst schon längst da.«

Emma sah sich um. Mit großen Schritten und einem Kaffeebecher in der Hand kam ihre Schwester auf sie zu. Ihre blonden Haare guckten unter der grauen Kaschmirmütze hervor.

»Ich hatte noch was zu erledigen«, erwiderte Emma. »Außerdem haben wir sonntags geschlossen, es gibt also keine Kunden, die sich beschweren könnten.«

»Aber wird es nicht langsam Zeit, auch sonntags aufzumachen? Jetzt vor Weihnachten?« Magda stellte sich neben Emma und sah durch das Schaufenster. Sie fröstelte. »Verdammt, ist das kalt geworden.«

»Hm. Der Winter gibt dieses Jahr schon im November alles«, sagte Emma und stocherte weiter im Schloss herum. »Ab nächstem Wochenende habe ich auch sonntags geöffnet«, fügte sie hinzu.

Eine Weile hatte sie tatsächlich überlegt, auch im Dezember keine verkaufsoffenen Sonntage zu veranstalten, aber das Magda zu erzählen wäre ein Fehler. Ihre Schwester würde sich nur aufregen, und Emma hatte keine Lust auf einen neuen Konflikt. Nicht heute. Außerdem hatte sie ja bereits beschlossen, die Öffnungszeiten zu ändern, obwohl sie die dunklen Sonntage lieber zu Hause verbracht hätte.

Endlich gab das Schloss nach, und Emma stieß die Tür auf. Sie drückte auf einen Schalter, und sofort wurde der kleine Laden im Erdgeschoss des schönen Hauses aus der Jahrhundertwende in warmes Licht getaucht. Emma entspannte sich. Der gebeizte Boden knarrte unter ihren Schritten, als sie in die Küche ging. Hier fühlte sie sich geborgen, der Laden war praktisch ihr zweites Zuhause, und das schon seit fünf Jahren. Sie konnte sich noch genau an das Glücksgefühl erinnern, als ihr der Schlüssel ausgehändigt wurde. Danach war sie mit Niklas sofort hergefahren, wo er schon eine Überraschung vorbereitet hatte, ein Picknick auf dem Boden: Auf einer rot-weiß karierten Picknickdecke vor dem Kamin waren eine Flasche von ihrem Lieblingswein und allerlei andere Köstlichkeiten drapiert. Sie hatten im Spaß darüber nachgedacht, ihre Wohnung ein paar Blocks entfernt aufzugeben und in die Kellerräume zu ziehen, die zum Laden gehörten.

Emma musste unwillkürlich lächeln, aber da holte Magdas Stimme sie wieder zurück in die Wirklichkeit.

»Am besten fangen wir gleich an. Es gibt einiges zu tun«, sagte sie und zog sich ihren taubenblauen Mantel aus.

Zögerlich hängte Emma ihre Jacke an die Garderobe. Sie hatte nach wie vor die Notwendigkeit einer Inventur einen Monat vor Weihnachten nicht verstanden. Aber um Ärger zu vermeiden, war es wohl besser, den Anweisungen ihrer Schwester Folge zu leisten. Immerhin war sie für die Finanzen zuständig und machte sich offensichtlich Sorgen. Wobei Emma diese Sorgen nicht teilte. Magda kam öfter mit Weltuntergangsszenarien um die Ecke und redete schon seit Monaten davon, dass die Umsätze steigen müssten. Aber ging es ihr einfach nur darum, mehr aus dem Laden zu machen, oder sorgte sie sich wirklich um den Fortbestand des Geschäfts? Emma war sich beinahe sicher, dass Ersteres der Fall war. Sie selbst war der Meinung, dass alles hervorragend lief. Die Tage vergingen ohne große Hektik, und sie konnte zur Ruhe kommen. Einfach nur sein. In diesem Punkt war sie überhaupt nicht wie Magda. Sie hatte kein Interesse daran, einen Haufen Geld zu verdienen. Ihr war nur wichtig, dass sie die Miete zahlen und für ihren Lebensunterhalt sorgen konnte. Ja, das genügte ihr vollkommen. Außerdem hatte sie im Dezember andere Probleme.

***

»Du brauchst dringend ein Hobby!«

»Ein Hobby?« Emma hörte auf, die Eierbecher mit dem feinen rosa Muster darauf zu zählen, und sah ihre Schwester an. Sie hatten den ganzen Nachmittag damit verbracht, den

Bestand der Waren zu dokumentieren, und waren fast fertig. Magdas Einwurf hatte sie völlig aus dem Konzept gebracht.

»Ja, du musst dir was suchen. Lern was Neues, entwickele dich weiter.«

»Ach ja, muss ich das?«, fragte Emma und kam sich wie ein Papagei vor.

Magda nickte so eifrig, dass sich eine blonde Strähne löste und ihr ins Gesicht fiel. Sie legte einen Stapel Geschirrhandtücher beiseite, notierte deren Anzahl und stand auf, um etwas aus ihrer Handtasche zu holen.

»Ich habe ein paar Vorschläge aufgeschrieben«, sagte sie und winkte Emma zu sich.

»Du meinst wohl eher, dass du was gefunden hast, was *du* gerne machen würdest, und da willst du mich jetzt hinschicken?« Emma wusste, dass sie wie ein trotziges Kind klang, aber es war fast unmöglich, anders auf Magdas Art zu reagieren, ihr etwas aufzuschwatzen. Widerwillig nahm sie den Zettel entgegen, den ihre Schwester ihr hinhielt. Er enthielt eine Liste mit verschiedenen Kursen: *Töpfern* und *Afrikanischer Tanz* standen ganz oben. Gefolgt von *Fotoworkshop*, *Hundeparcouring* und *Renovierung alter Häuser*.

»Wo hast du das denn alles her? Hast du dich gestern mit Mama hingesetzt, als ich weggefahren bin, und dir das mit ihr ausgedacht?«

»Nein, das waren nicht nur wir beide. Henriks Mutter hatte auch ein paar gute Ideen. Sie kam nachmittags zum Kaffee vorbei.«

War ja klar, dass auch Henriks Mutter die Finger mit im Spiel hatte. Seit Magda und Henrik sich vor zehn Jahren kennengelernt hatten, mischte sie sich ständig in alles ein.

Bevor die beiden Eltern wurden, hatte sie Magda ein Abo für die Zeitschrift *Eltern* geschenkt und ihr bei einem ihrer Besuche Folsäure mitgebracht, weil das vor und in der Schwangerschaft besonders wichtig sei. Magda hatte sich damals wahnsinnig über ihre Schwiegermutter aufgeregt, aber statt ihr die Meinung zu sagen, hatte sie sich immer bei Emma ausgeheult, die sich kaputtgelacht und sie aufgezogen hatte. Aber das war früher. Da es jetzt um Emmas Leben ging, schien Magda kein Problem damit zu haben, dass sich alle einmischten. Sie sah wieder auf die Liste. Das war doch bescheuert. Sie hatte nicht vor, auch nur einen dieser Kurse zu besuchen. Da blieb ihr Blick bei einer der Aktivitäten hängen.

»Und was soll bitte dieser Quatsch mit dem Hundeparcouring? Ich habe doch gar keinen Hund«, sagte sie und hielt Magda den Zettel unter die Nase.

»Ich weiß, aber ich wollte sie nicht vor den Kopf stoßen. Niklas und du habt doch auch mal über einen Hund geredet. Vermutlich ist sie deswegen darauf gekommen.«

Emma schwieg, sie hatte die Augen auf das Blatt Papier geheftet. Es stimmte, sie hatten über einen Hund nachgedacht. Oder genauer gesagt, sie hatte das. Niklas war weniger euphorisch gewesen, hatte sich aber nicht vollkommen dagegen ausgesprochen. Sie hingegen hatte schon angefangen, sich mit den verschiedenen Hunderassen zu beschäftigen, als etwas dazwischengekommen war, das jeden Gedanken an den Kauf eines Hundes, jeden Gedanken an irgendetwas, hinfortgefegt hatte, wie ein Tornado eine Gartenlaube.

»*Bouldern* und *Fallschirmspringen*?« Diese Liste wurde immer absurder. Emma rieb sich die Schläfe.

»Meinetwegen, die beiden Sachen sind vielleicht ein bisschen abwegig, aber was hältst du von dem Töpferkurs? Ich würde auch mitmachen.«

»Du willst doch nur, dass ich mich da anmelde, weil *du* eine Begleitung suchst.«

Das war so typisch für ihre Schwester. So zu tun, als würde sie jemandem helfen wollen, und dabei eigentlich nur an sich selbst denken.

»Überhaupt nicht. Ich will, dass du das machst, weil ...« Magda verstummte, aber sie wussten beide, was sie sagen wollte. Emma überkam eine große Müdigkeit, sie faltete den Zettel zusammen und steckte ihn in die Hosentasche. Warum konnten sie nicht alle einfach in Ruhe lassen? Beim gemeinsamen Mittagessen gestern hatten Magda und ihre Mutter sie darüber ausgequetscht, was sie in ihrer Freizeit machte, wenn der Laden geschlossen war, und Emma hatte nur in ihre enttäuschten Gesichter sehen müssen, um zu spüren, dass die knappen Antworten, die sie auf ihre Fragen gab, ihnen Sorgen bereiteten.

»Du willst, dass ich etwas unternehme«, beendete sie den Satz ihrer Schwester. »Ich weiß, dass ihr beide mein Leben traurig und öde findet. Aber nur weil du eine Familie hast und einen Haufen Freunde und es liebst, dir irgendwelche Projekte auszudenken, bedeutet das nicht, dass ich genauso sein muss.«

»Aber so warst du früher mal! Du hast dir immerzu Sachen ausgedacht. *Du* hattest die verrückten Einfälle, hast Partys geschmissen und in vollen Zügen gelebt, nicht ich.« Magda sah sie mit flehendem Blick an.

Emma antwortete nicht, sondern ging zurück zu dem Regal mit den Eierbechern. Das Porzellan klirrte Unheil verkündend, als sie erneut mit dem Zählen begann. Magda hatte zwar recht, aber Emma wollte trotzdem nichts davon hören. Ihr Leben vor dem Unfall hatte tatsächlich anders ausgesehen als jetzt. Aber das war alles Vergangenheit.

»Verzeih mir. Es tut mir leid, wenn ich eine Grenze überschritten habe.« Magda stand neben Emma und legte ihr eine Hand auf den Arm. »Ich will doch nur, dass es dir wieder besser geht. Mir tut es im Herzen weh, dich so einsam zu sehen. Du gehst ja praktisch nie vor die Tür, geschweige denn, dass du mal aus deinem Viertel rauskommst.«

»Ich bin nicht einsam«, widersprach Emma und starrte dabei auf den Eierbecher in ihrer Hand. Jetzt hatte sie schon wieder vergessen, wie viele es waren. »Ich habe doch dich und Mama und Papa.«

»Ja, natürlich, ich weiß, aber du bist 34 und ... ich habe nicht immer Zeit, und Mama und Papa werden auch nicht jünger und bleiben vielleicht auch nicht für immer hier. Papa redet oft davon, nach Frankreich zu ziehen, du weißt ja, dass das schon lange sein Traum ist. Aber Mama ...« Magda verstummte, doch Emma ahnte, was sie sagen wollte. Ihre Mutter würde sie nie zurücklassen. Nicht, solange sie alleine war. Ihre Eltern würden in Schweden wohnen bleiben, weil ihre jüngste Tochter sich nach dem Tod ihres Mannes nicht so schnell wie erhofft erholt hatte. Sie würden sie am liebsten glücklich in den Armen eines neuen Mannes sehen, mit einem Haufen Kinder, damit sie sich keine Sorgen mehr machen mussten. Emma seufzte. Sie würde weder Kinder bekommen noch jemanden kennenlernen. Der Zettel in ihrer Hosentasche knisterte. Sie warf noch einmal einen Blick darauf.

»Gut, dann melde ich mich bei *Renovierung alter Häuser* an.«

»Alte Häuser renovieren? Aber … du hast doch gar kein Haus, das du renovieren willst.«

»Ich weiß! Warum steht das überhaupt auf deiner Aktivitätenliste?« Emma tippte auf den Zettel. »Ehrlich gesagt, Magda, du hattest schon mal bessere Ideen.«

»Den Töpferkurs finde ich wirklich ganz spannend«, antwortete Magda kleinlaut.

»Dann melde dich da doch an. Geh mit einer Freundin hin! Ich habe genug zu tun. Und jetzt werde ich ein allerletztes Mal diese Eierbecher zählen.«

Magda machte den Mund auf, um etwas zu entgegnen, schloss ihn dann aber wieder und lächelte. »Weißt du, was. Wir gehen jetzt was Kleines in der Bäckerei Tösse essen. Und morgen komme ich noch mal vorbei und helfe dir mit dem Rest.«

***

Es war schon spät, als Emma den Kleiderschrank im Schlafzimmer öffnete. Sie starrte die Kleidungsstücke an, die sorgfältig auf ihren Bügeln hingen. Der Tag mit Magda war anstrengend gewesen, und sie war hundemüde. Trotzdem wollte sie das Ausräumen nicht weiter aufschieben. Sie drückte sich schon viel zu lange davor, jetzt war es an der Zeit. Ihr Blick heftete sich an Niklas Hemden. Obwohl sie sich längst dafür entschieden hatte, sie zu entsorgen, war sie sich immer noch nicht ganz sicher, ob sie dazu fähig war. Sanft fuhr Emma mit den Fingerspitzen über den hellblauen Stoff eines Kragens. Dieses Hemd hatte Niklas getragen, als sie ihn zum ersten Mal gesehen hatte. Das Hemd, das seine Augen zum Leuchten gebracht hatte wie kein anderes. Sie erinnerte sich genau an den Abend, als sie sich kennenlernten, auf irgendeiner Feier, im versifften Gang des Studentenwohnheims. Sie waren sofort ins Gespräch gekommen und hatten sich stundenlang unterhalten. Über sein Medizinstudium, darüber, dass er Kinderarzt werden wollte, über ihr Lehramtsstudium, über Stockholm und gemeinsame Freunde. Als die anderen Studenten auf die nächste Party weiterzogen, blieben sie. Er küsste sie, bevor er nach Hause ging. Ein weicher, zaghafter Kuss. Als sie später in ihrem Bett lag, konnte sie nicht einschlafen, weil sie immerzu an ihn denken musste.

Emma kehrte in die Wirklichkeit zurück und widmete ihre Aufmerksamkeit wieder dem Kleiderschrank. Vorsichtig nahm sie das Hemd vom Bügel und vergrub ihr Gesicht in dem Stoff. Aber es roch nicht mehr nach Niklas, sein Duft war schon vor langer Zeit verflogen. Enttäuscht drückte sie es sich an die Brust. Das Hemd stand für all das, was Niklas für sie war und ihr nach wie vor auch bedeutete. Statt es zusammenzurollen und in einen der schwarzen Müllsäcke zu legen, drapierte sie es auf dem Bett. Sie musste doch nicht alles auf einmal wegwerfen?

Emmas Blick fiel auf die Schublade im linken unteren Teil des Kleiderschrankes. Ein Schmerz durchfuhr ihren Körper, wie ein elektrischer Aal wand er sich ihren Rücken hinunter, durchzuckte ihre Beine und Füße. Sie kniff die Augen zusammen, drehte der Schublade demonstrativ den Rücken zu und holte das nächste Hemd aus dem Schrank. Sie bemühte sich sehr, ihm nicht so viel Bedeutung beizumessen, aber es fiel ihr unglaublich schwer. Mit jedem Kleidungsstück waren Erinnerungen verbunden. Ereignisse, bei denen Niklas es getragen hatte. *Bin ich wirklich schon bereit dafür?* Emma starrte wie gelähmt in den Kleiderschrank. Dann holte sie tief Luft. *Ich mache das jetzt. Ich kann es nicht länger aufschieben.* Langsam faltete sie das Hemd zusammen und legte es in den Müllsack. Auch das nächste Hemd nahm denselben Weg, und mit jedem Stück versuchte sie, mehr Distanz zu schaffen, zwischen sich und dem, was sie da gerade einpackte.

Als seine T-Shirts an der Reihe waren, schluchzte sie auf. Es war alles so furchtbar. Sie hatte nicht gedacht, dass sie so etwas machen müsste, noch ehe sie 35 wurde. Emma strich über den kühlen Stoff eines der T-Shirts und spürte, wie ihr eine Träne die Wange herunterlief. Aber statt sie aufzuhalten und wegzuwischen, ließ sie die Träne laufen und die nächste auch.

Nach einer Weile starrte sie in einen fast komplett ausgeräumten Kleiderschrank. Auch ihre Tränen waren versiegt, sie fühlte nur eine unendliche Leere. Seine Sachen waren weg. Vor ihr hingen die nackten Kleiderbügel, und mit einem Mal wurde ihr die Tragweite ihres Handelns bewusst. Sie hatte ihn aus ihrem Leben geräumt. Sie hatte ihn endlich, nach zwei Jahren, aus ihrem Leben geräumt.

Ihr Blick fiel auf das einsame hellblaue Hemd auf ihrem Bett. Sie setzte sich daneben und legte behutsam eine Hand darauf. Dann stand sie auf und hängte es zurück auf einen der Bügel. *Das werde ich noch eine Weile behalten, nur dieses eine.* Sie machte den Schrank zu und verließ das Schlafzimmer.

Im Flur blieb sie stehen. Sie zögerte einen Moment, dann

öffnete sie entschlossen die Tür zu dem begehbaren Kleiderschrank, der zwischen Schlaf- und Wohnzimmer lag. *Wenn ich schon dabei bin, kann ich hier gleich weitermachen.* Gesagt, getan. Sie lief in die Küche und holte noch mehr schwarze Müllsäcke.

Kurz darauf war auch die kleine Kammer von sämtlichem Unrat befreit. Da bemerkte sie den Riss in der Rückwand. Es sah aus, als würde sich die Tapete wölben. Emma kniete sich hin und fuhr mit der Hand über die Stelle. Hoffentlich musste sie das nicht reparieren lassen. Die Tapete neben dem Riss hatte sich gelöst. Als würde sich dahinter ein Hohlraum befinden. Vorsichtig zog Emma die Tapete beiseite und inspizierte die Holzwand darunter. Ein Brett war verrutscht. Emma versuchte, es wieder an seinen Platz zu rücken, schob es dabei aber nur noch tiefer hinter die anderen, wo es sich schließlich verkantete. Mit aufgerissenen Augen starrte Emma auf das Loch in der Wand.

Es war ein Geheimfach. Oder zumindest ein Hohlraum, in dem man Sachen verstecken konnte.

Sie schob ihre Hand durch die Öffnung und zuckte zusammen, als ihre Finger etwas berührten. Papier, das um einen Gegenstand gewickelt war. Vorsichtig zog sie ein flaches Päckchen heraus. Es war ungleichmäßig eingeschlagen und ungefähr fünfzehn mal fünfzehn Zentimeter groß. Das Packpapier war braun und schmutzig, Emma vermutete, dass es schon eine ganze Weile in diesem Versteck gelegen hatte. Sie wog es in der Hand. Was mochte das sein? Niklas konnte es nicht gehören, denn die Tapete hatte schon bei ihrem Einzug an der Wand geklebt. Jemand anderes musste es dort versteckt haben. Aber wer? Und warum?

Emma begann, es auszupacken, als ein schrilles Klingeln sie aufschrecken ließ. Sie holte ihr Handy aus der Tasche. Es war Magda. Eine Sekunde lang war sie versucht, nicht ranzugehen, aber es würde nichts nützen. Magda würde einfach immer wieder anrufen.

# 3

## MITTWOCH, 22. NOVEMBER

Emma wachte von einem Poltern auf. Sie blinzelte schlaftrunken. Hatte da jemand an ihre Tür geklopft? Sie hob den Kopf und lauschte, aber als alles still blieb, sank sie zurück auf ihr Kissen. *Vielleicht habe ich nur geträumt.* Sie hatte sich gerade die Decke wieder bis zum Kinn gezogen, da hörte sie das Poltern erneut. Offensichtlich klopfte tatsächlich jemand an ihre Tür. Emma schlug die Decke beiseite und fröstelte. Es war kalt in der Wohnung. Das Feuer im Kachelofen, der abends noch gebollert hatte, war erloschen. Sie warf sich einen dicken Wollpulli über.

»Ich komme«, rief sie, als es zum dritten Mal gegen die Tür donnerte.

Emma schlüpfte in ihre Pantoffeln und lief zur Wohnungstür. Als sie an dem Schrank im Flur vorbeikam, kam ihr das Paket wieder in den Sinn. Das Telefonat mit Magda hatte über eine halbe Stunde gedauert, und als sie schließlich aufgelegt hatten, war Emma so erledigt gewesen, dass sie ihrer Neugierde zum Trotz beschlossen hatte, das geheimnisvolle Paket erst am folgenden Tag zu öffnen. *Ich muss mir das gleich mal genauer ansehen.* Sie riss die Tür auf, und erst in diesem Augenblick schoss ihr der Gedanke durch den Kopf, dass sie eigentlich im Spion hätte nachsehen sollen, wer da vor ihrer Tür stand. Aber ihre Panik legte sich sofort wieder, als sie die alte Dame aus der Nachbarwohnung erkannte. Obwohl sie sich bisher immer nur gegrüßt hatten, wenn sie sich im Treppenhaus begegnet waren, wusste Emma, dass die zarte weißhaarige Frau abends oft in ihrem roten Samtsessel saß und fernsah. Das hatte sie von dem kleinen Sims auf dem Dach aus erkennen können. Es war nicht so, dass sie ihren Nachbarn hinterherspionierte, aber es hatte etwas Beruhigendes für Emma, sie über den Innenhof hinweg in ihren vier Wänden beim Aufräumen, Abendessen oder Fernsehen zu beobachten.

»Entschuldigen Sie bitte, dass ich Sie so früh schon behellige, aber das ist alles so ärgerlich, Sie müssen wissen, ich habe gestern Abend Fisch gegessen.« Die alte Dame stützte sich auf ihren alten geschnitzten Stock aus dunklem Holz, und Emma beschlich der Verdacht, dass sie nicht mit ihrer Faust gegen die Tür gehämmert hatte.

Die Frau war ganz offensichtlich verwirrt. Was hatte ihr Abendessen vom Vortag damit zu tun, dass sie morgens um sieben Uhr vor Emmas Wohnungstür stand?

»Ich wollte vorhin in Ruhe meinen Kaffee trinken, aber als ich in die Küche kam, hat es fürchterlich gestunken. Ich wusste ja erst gar nicht, woher das kam. Aber dann habe ich mich an die Fischreste im Mülleimer erinnert. Ich bin ja nur schnell runter, um den Beutel wegzuwerfen …«

»Und dabei haben Sie sich ausgeschlossen?« Emma sah ihre Nachbarin fragend an.

»Ganz genau so war es! Dürfte ich mich bei Ihnen wohl ein bisschen ausruhen? Ich bin nicht mehr so gut zu Fuß, müssen Sie wissen, und es dauert bestimmt ziemlich lange, bis jemand kommt, der mir mit dem Schloss helfen kann.«

»Ich muss leider bald los … Könnten Sie eventuell bei einem anderen Nachbarn …« Emma spürte, wie ihr die Röte ins Gesicht stieg und stockte. *Wie kann man bloß so eine schlechte Lügnerin sein?* Schicksalsergeben trat sie beiseite und wies an ihr vorbei in die Wohnung.

»Wissen Sie, was? Ich denke, ich habe doch noch etwas Zeit. Kommen Sie rein.«

»Tausend Dank«, sagte ihre Nachbarin und ging langsam an Emma vorbei. Ihr Stock klackerte auf dem Boden. »Hätten Sie vielleicht auch eine Tasse Kaffee für mich?«

»Ähm … natürlich«, antwortete Emma. An Schlaf war jetzt ohnehin nicht mehr zu denken. »Haben Sie schon den Schlüsseldienst angerufen?« Die alte Dame schüttelte den Kopf. »Dann rufe ich da gleich für Sie an.«

»Vielen Dank, Sie sind zauberhaft.«

Im Wohnzimmer ließ sich Emmas Nachbarin ins Sofa fallen, wobei ihr Kleid verrutschte und den Blick auf ihre angeschwollenen Beine freigab. Amüsiert sah sie Emma aus ihren blauen, hellwachen Augen an. Erst da wurde Emma bewusst, dass sie nur ihren Wollpullover, eine Unterhose und Hausschuhe anhatte.

»Ich ziehe mir schnell etwas an und hole mein Handy«, murmelte sie und verschwand im Schlafzimmer. Sie hoffte inständig, dass ihr Besuch weder die Wollmäuse in den Ecken noch die Soßenflecken auf dem Couchtisch bemerken würde. Es war wirklich lange her, dass sie die Wohnung geputzt hatte. Die Tage verschwammen und flossen dahin, ohne dass sie etwas mit ihnen anfing. Als würde ihre Kraft nur ausreichen, um tagsüber im Laden zu stehen und sich abends nach Hause zu schleppen. *Ich könnte nach der Arbeit wenigstens ab und zu mal staubsaugen!* Emma zog sich eine rosa Jogginghose und einen grauen Kapuzenpulli an, steckte ihre langen braunen Haare zu einem Dutt hoch und stieg wieder in ihre Hausschuhe. Ein Geschenk von Niklas, weil sie auf dem eiskalten Fußboden immer so gefroren hatte.

Emma sah aus dem Fenster, dunkle Wolken hingen am Himmel. Sie vermisste Niklas so sehr. Manchmal ertappte sie sich bei dem Gedanken, dass er vielleicht nur bei der Arbeit war und jeden Augenblick nach Hause kommen könnte. Dass er plötzlich im Flur stand, nach ihr rief und dann trotz ihrer ständigen Proteste mit Schuhen durch die Wohnung lief, sie anstrahlte und ihr einen Kuss gab. Ein Geräusch aus dem Wohnzimmer ließ sie aufschrecken. Sie warf einen kurzen Blick in den Spiegel und ging zurück zu ihrem unerwarteten Besuch. Die alte Dame kniete auf dem Boden und neben dem Kamin.

»Ist alles in Ordnung?«, fragte Emma überrascht.

»O ja, natürlich, ich habe nur meinen Ohrring verloren«, antwortete ihre Nachbarin. » Aber ich habe ihn schon wiedergefunden. Könnten Sie mir beim Aufstehen helfen?«

Emma nahm sie beim Arm und zog sie hoch.

»Diese Perlenohrringe fallen mir immer wieder raus. Ich werde sie wohl umtauschen müssen«, sagte sie und zeigte Emma die große Perle, die in einen goldenen Anhänger gefasst war. Dann ließ sie den Ohrring in ihre Jackentasche fallen und streckte Emma die Hand hin. »Verzeihen Sie bitte meine Unhöflichkeit, ich habe mich ja noch gar nicht vorgestellt. Ich heiße Lilian.«

Emma nahm die ausgestreckte Hand in ihre und nannte ihren Namen. Lilian lächelte. »Sie haben eine sehr schöne Wohnung.«

Emma versuchte herauszuhören, ob Lilian das ironisch meinte oder nicht. Obwohl sie genau genommen recht hatte. Die Wohnung war, abgesehen von ihrem ungeputzten Zustand, sehr schön. Die Möbel hatten sie und Niklas mit Bedacht ausgewählt, und Emma hatte viel Energie investiert, um aus der Wohnung ihr Zuhause zu machen. Kein Ort, an dem die neuesten Designtrends ausgestellt waren, sondern einer, an dem sich seine Bewohner und Besucher wohlfühlten. Auf dem Sofa lagen flauschige Kissen, und über der einen Armlehne hing eine schwere Decke. Den Couchtisch zierten schwere Kerzenleuchter, daneben stapelten sich Einrichtungszeitschriften und Bücher. Es war nicht einfach gewesen, einen passenden Teppich zu finden. Aber sie hatte sofort zugeschlagen, als sie eines Tages vor vier Jahren dieses grau-weiß gemusterte Stück entdeckt hatte – und ihn quer durch die halbe Stadt nach Hause geschleppt. Auch bei der Auswahl der Lampen hatte sie sich viel Mühe gegeben, das Licht in der Wohnung war weich und einladend. Aber der Soßenfleck hatte bestimmt dem Holz des Couchtischs geschadet, und vielleicht war sogar etwas auf den Teppich getropft. Außerdem kitzelte der Staub in der Nase.

»Lassen Sie uns in der Küche einen Kaffee trinken und auf den Schlüsseldienst warten«, sagte sie mit fester Stimme, und kurz darauf saß Lilian am Küchentisch, während Emma in den Schränken nach etwas Essbarem suchte, das sie ihr anbieten konnte.

»Wie lange wohnen Sie schon hier?«, fragte Lilian, nachdem sie sich ein Stück Kandiszucker in den Mund gesteckt und dazu Kaffee geschlürft hatte.

»Wir wohnen hier seit fünf Jahren. Ich meine … ich wohne hier seit fünf Jahren. Mein Lebensgefährte ist vor zwei Jahren gestorben …« *Warum erzähle ich ihr das überhaupt?*

Sie musterte Lilian, die genussvoll ihr Zuckerstück lutschte. Sie sprach sonst nie mit Fremden über Niklas. Genau genommen unterhielt sie sich überhaupt mit niemandem, außer im Laden oder mit ihrer Familie. Vielleicht war Lilian Niklas schon einmal begegnet, vielleicht hatten die beiden im Treppenhaus sogar ein paar Worte gewechselt?

»Das tut mir sehr leid. War er krank?«

»Nein, es war ein Unfall.« Emma setzte sich zu Lilian an den Tisch und nahm einen Schluck von ihrem heißen Kaffee. Sie wollte nicht über den Unfall sprechen, sie wollte nicht daran erinnert werden.

»Einen geliebten Menschen zu verlieren ist sehr traurig. Es gibt keinen größeren Verlust. Mein Beileid.« Lilians Stimme war warm. Emma sah hoch und lächelte. Ihre Hände umklammerten den heißen Becher, sie ignorierte den Schmerz in den Fingerkuppen.

»Wie lange wohnen Sie denn schon hier?«

»Fast mein ganzes Leben. Ich wohne seit 75 Jahren in diesem Haus, allerdings in verschiedenen Wohnungen«, antwortete Lilian.

»Das ist wirklich eine lange Zeit.«

»Wir haben uns hier immer wohlgefühlt. Ich bin mit meinen Eltern eingezogen, da war ich zehn Jahre alt. Wir wohnten in der größten Wohnung von allen, auf über dreihundert Quadratmetern. Mein Mann und ich haben mit ihnen zusammen dort gelebt, bis wir uns eine der kleineren Wohnungen gekauft haben.« Lilian deutete durchs Fenster in den Hinterhof. »Ich habe oft mit meinen Freunden dort drüben auf dem Balkon gesessen und Cocktails getrunken.«

Emma kannte den Balkon auf der anderen Seite des Hinterhofes. Gerade sah er etwas kahl aus, weil alle Blumentöpfe und Möbel reingeräumt worden waren. Im Sommer aber stellten die jetzigen Besitzer Unmengen an Blumen und Pflanzen darauf.

»Das hört sich nett an«, sagte sie und versuchte, sich Lilian und ihre Freunde mit Drinks in der Hand vorzustellen.

»Das war es auch. Wir trugen die tollsten Kleider und darunter diese schrecklichen Korsetts, die uns eine Sanduhrfigur verleihen sollten. Ich habe auf meins oft verzichtet, weil ich darin kaum Luft bekommen habe. Ich war damals zwanzig und ziemlich wild.« Lilian verstummte, sie schien über etwas nachzudenken. »Nun ja, das ist alles lange her. Viele von meinen Freunden sind tot oder genauso klapprig wie ich.«

»Sie müssen ja unfassbar viele Bewohner kommen und gehen gesehen haben.«

»Dutzende. Ich habe Kinder aufwachsen sehen und Scheidungen miterlebt, viel Streit, aber auch viel Liebe mitbekommen.« Lilian lächelte. »Man erfährt so einiges über seine Nachbarn, wenn man aufmerksam ist und ab und zu ein paar Worte mit ihnen wechselt.«

Emma nickte. Sie wusste auch so manches über die Leute im Haus, nur weil sie ab und zu auf dem Dach saß und in ihre Fenster sah. Der Mann im zweiten Stock zum Beispiel war ein Cognac-Liebhaber. Oft saß er abends in seinem Ledersessel und genoss mit geschlossenen Augen ein Glas. Während seine Frau auf dem Sofa lag und Bücher verschlang. Das Abendessen bei der jungen Familie im dritten Stock hingegen verlief selten harmonisch und endete oft damit, dass der Mann vom Tisch aufsprang und den Stuhl dabei umwarf. Die Frau weinte viel, wenn sie sich unbeobachtet fühlte.

»Lebt von ihrer Familie noch jemand hier im Haus?«

»Nein, ich bin die Einzige, die noch übrig ist.« Lilians pergamentige Hände strichen unruhig über die weiße Tischdecke. »Mein Mann ist vor über zwanzig Jahren gestorben, kurz nach dem Tod meiner Eltern. Aber mit denen hatte ich damals schon lange keinen Kontakt mehr, obwohl wir im selben Haus gewohnt haben.« Für einen Moment verfinsterte sich Lilians Blick, dann fing sie sich und lächelte Emma wieder an. »Aber, was plappere ich denn hier die ganze Zeit. Ich will sie nicht mit den Geschichten und Erinnerungen einer alten Frau langweilen.«

Schweigend saßen sie eine Weile nebeneinander. Emma trank ihren Kaffee. »Kannten Sie unsere Vormieter?«

»Natürlich kannte ich die. Dort wohnte …« Lilian wurde von einem lauten Klingeln unterbrochen.

Emma sah auf das Display ihres Handys. Der Anrufer war unbekannt. »Das wird der Schlüsseldienst sein«, sagte sie und stand auf.

***

Ein paar Stunden später stand Emma im Laden und verpackte ein paar Waren, die eine Kundin bestellt hatte. Sie unterdrückte ein Gähnen. Der morgendliche Besuch hatte doch um einiges länger gedauert als erwartet, und sie hatte sofort losgemusst, nachdem der Schlüsseldienst endlich Lilians Tür geöffnet hatte. Wenn man bedachte, dass sie schon jahrelang im selben Stockwerk wohnten, war es doch eigentlich sonderbar, dass sie sich heute das erste Mal so richtig miteinander unterhalten hatten. Allerdings wechselte sie auch mit den anderen Nachbarn nie mehr als ein paar Worte. Das war in Bromma, wo sie aufgewachsen war, anders gewesen. Ihre Eltern hatten zu vielen ihrer Nachbarn ein fast freundschaftliches Verhältnis. Man half einander und sah nach dem Rechten, wenn jemand verreist war. Emma blickte auf, als die Türglocke ging und ein junges Mädchen in den Laden kam. Sie trug viel zu dünne Kleidung für die Jahreszeit und fror sichtlich. Ihre blonden Haare hatte sie zu einem Pferdeschwanz gebunden, der Reißverschluss ihrer Bomberjacke war bis obenhin zugezogen.

»Was kann ich für dich tun?«, fragte Emma das Mädchen. »Wir haben noch gar nicht geöffnet, aber ich …«

»Ich will auch gar nichts kaufen. Ich wohne hier ganz in der Nähe und wollte fragen, ob Sie jetzt vor Weihnachten vielleicht ein bisschen Hilfe gebrauchen könnten?« Die Wangen des Mädchens glühten, ob aus Verlegenheit oder wegen der Kälte war schwer zu sagen.

»Du suchst also einen Job?«

Das Mädchen streckte den Rücken durch und lächelte. Sie war nicht viel älter als fünfzehn, vielleicht sechzehn. »Ich gehe jeden Tag auf dem Weg zur Schule hier vorbei. Und wir machen jetzt ein Berufspraktikum, und da dachte ich, vielleicht … ähm … brauchen Sie jemanden, der Sachen auspacken kann oder so.«

»Tut mir leid.« Das Letzte, was Emma wollte, war noch jemanden im Laden zu haben. Schlimm genug, dass Magda ständig da war und ihr auf den Geist ging. »Vielleicht könntest du mal gegenüber fragen, da …«

»Eine Praktikantin! Das ist ja fabelhaft!«

Emma starrte ihre Schwester an, die aus der kleinen Küche gekommen war.

»Vor Weihnachten ist immer am meisten los, wir können hier jede helfende Hand gebrauchen.« Magda und das Mädchen strahlten sich an.

*Was soll das? Es ist ja wohl meine Sache, wer hier arbeitet.*

»Aber … «, setzte Emma an und stemmte fassungslos die Hände in die Hüften, sprach jedoch nicht weiter. Magda würde ihr ohnehin nicht zuhören. Wie versteinert sah sie zu, wie ihre Schwester dem Mädchen die Hand schüttelte.

»Ich bin Magda. Wann geht denn dein Schulpraktikum los?«

»Nächste Woche.«

»Das ist doch perfekt. Ich schreibe mir mal deine Kontaktdaten auf, ihr habt wahrscheinlich auch irgend so einen Zettel von der Schule, den wir ausfüllen müssen?«

Während Magda also mit der zukünftigen Praktikantin plauderte, die Julia hieß und mit ihrer Mutter nur zwei Hauseingänge weiter wohnte, fing Emma an, das Geschirr in den Regalen neu zu arrangieren. Sie wollte vor Julia keinen Streit mit ihrer Schwester anzetteln, aber es war unmöglich von ihr, dem Mädchen einfach ohne Absprache einen Praktikumsplatz in ihrem Laden anzubieten. Emmas Hand zitterte, als sie eine Schale hochhob. *Ich rede gleich mit ihr, wenn Julia gegangen ist.*

»Diese Schalen sind wunderschön«, sagte Magda, die sich zu Emma gestellt hatte. »Ich glaube, die sind mir letztes Mal gar nicht aufgefallen. Hübsch mit den Schneeflocken auf dem blauen Grund!«

Emma sah sich suchend im Laden um. »Wo ist Julia?«, fragte sie irritiert.

»Sie ist vor einer Sekunde rausgegangen. Hast du das gar nicht mitbekommen?« Magda griff nach einer der Schalen und strich mit dem Finger über die glänzende Oberfläche.

»Nein, das habe ich nicht«, antwortete Emma kurz angebunden und nahm zwei Teebecher in die Hand. »Ich, ähm … ich überlege gerade, wo ich die hier hinstellen soll.« Sie wedelte mit der freien Hand.

»Stehen die nicht gut hier?«

»Doch schon, aber ich wollte ein paar davon in die Schaufenster stellen.« Emma bereute in der gleichen Sekunde, dass sie das Wort ausgesprochen hatte, aber es war schon zu spät. Magda stand bereits an einem der beiden großen gewölbten Schaufenster. Die alten Fenster mit ihren feinen Holzrahmen waren wunderschön, und früher, als ihr noch nicht egal war, wie gut die Geschäfte liefen, hatte sie es geliebt, die Auslagen zu jeder Saison neu zu gestalten, um die Kunden anzulocken. Bei der Inventur am vergangenen Sonntag hatten sie die Schaufenster nicht mehr geschafft, auch weil Emma darauf bestanden hatte, dass Magda die Waren im Lager zählte, während sie sich um den vorderen Bereich des Ladens gekümmert hatte.

Magda räusperte sich und hob ein Paket mit Servietten hoch, die mit Krebsen bedruckt waren. »Hier solltest du aber umgehend etwas machen. Was ist das denn bitte?«

»Oh … das muss aus Versehen dort gelandet sein.« Emma schnappte sich die Sets mit Tischkarten, ebenfalls mit Krebsen darauf, sowie ein Schild mit der Aufschrift: *Haben Sie schon alles für Ihr Krebsfest im Sommer?*

»Verstehe. Denn du hast hier natürlich schon fleißig umdekoriert seit August, nicht wahr?«

»Absolut, selbstverständlich habe ich das«, antwortete Emma betont aufgeräumt. »Was glaubst du denn? Ich gebe zu, in den letzten Wochen ist nicht mehr so viel passiert, aber sonst sehe ich immer nach den Fenstern.« Emma legte die Servietten und die anderen Krebsartikel ins Regal unter die Kasse. *Ich hätte wenigstens das Schild ändern sollen. Warum lüge ich Magda an?* Emma holte tief Luft.

»Du, um ehrlich zu sein, habe ich die Schaufenster in letzter Zeit ein bisschen vernachlässigt …«

»Ich weiß. Außerdem ist mir die alte Dekoration schon am Sonntag aufgefallen.«

»Wirklich? Und warum hast du nichts gesagt?«

Magda zuckte mit den Schultern. »Ich weiß nicht, wahrscheinlich fand ich es schon schlimm genug, dich vor Weihnachten zu einer Inventur zu zwingen, und wollte dir nicht auch noch ein schlechtes Gewissen machen.«

Die beiden standen eine Weile schweigend nebeneinander. »Ich hatte so viel zu tun …«, hob Emma an, verstummte aber sofort, als sie Magdas Blick bemerkte. Sie wussten beide, dass das eine billige Ausrede war. Emma stand noch immer hinter der Kasse und schob auf dem Verpackungstisch Papierschnipsel zu einem kleinen Haufen zusammen.

»Was für ein Glück also, dass du jetzt ein paar helfende Hände bekommst. Julias Berufspraktikum geht drei Wochen lang. Ich habe eine ganze Menge Artikel für Weinachten bestellt, die müssten nächste Woche eintreffen.«

»Du hast *was*? Ware bestellt?« Emma traute ihren Ohren nicht.

»Ich hatte gerade die Zeit, und weil du das noch nicht gemacht hast, dachte ich, ich tue dir einen Gefallen und helfe dir«, erwiderte Magda mit unschuldiger Miene.

Emma seufzte. Was machte es für einen Unterschied. Wenn Magda Sachen für den Laden bestellen wollte, dann konnte sie das tun. Wenigstens hatte sie dabei die Ausgaben und Einnahmen im Blick. Aber eine Praktikantin? Nein, das ging einfach zu weit.

»Du, Magda, ich bin mir nicht so sicher, ob es eine gute Idee ist, hier ... also, eine Praktikantin im Laden ...«, setzte sie an.

»Natürlich ist das eine gute Idee. Warum denn nicht?«

»Das wird doch total langweilig ... ich meine ... hier gibt es doch gar nicht so viel zu tun.« Emma wusste, dass ihre Argumentation dürftig war, gleichzeitig aber sah sie es nicht ein, sich dafür rechtfertigen zu müssen, keine Praktikantin einstellen zu wollen.

»Sei nicht albern. Du hast doch gerade eben selbst gesagt, wie viel du zu tun hast. Julia kann dir bei allem Möglichen helfen. Wer weiß, vielleicht hat sie sogar noch ein paar gute Ideen fürs Weihnachtsgeschäft.«

Emma blieb hinter der Kasse stehen und sah zu, wie Magda ihren Mantel von der Garderobe holte. Seit Niklas' Tod hatte ihre Schwester sich aufopferungsvoll um den Laden und um sie gekümmert. Sie hatte dafür gesorgt, dass alles weiterlief, als Emma keine Kraft dafür gehabt hatte, für sie eingekauft, als sie kaum in der Lage war, das Haus zu verlassen. Trotzdem hatte Emma die Hilfe ihrer Schwester schon damals mit gemischten Gefühlen angenommen. Denn Magda stellte Forderungen und hatte seit jeher sehr genaue Vorstellungen davon, wie die Dinge zu laufen hatten. So wie jetzt auch.

»Ich will hier niemanden im Laden haben, wirklich nicht. Das hier ist der einzige Ort, an dem ich …«, begann Emma.

Magda seufzte. »Ich weiß, aber ich bin davon überzeugt, dass das genau das Richtige für dich ist. Außerdem können wir Julia jetzt nicht mehr absagen. Hast du gesehen, wie sie sich gefreut hat? Sie kann doch hinten im Lager arbeiten, wenn du hier vorne allein sein willst. Sieh es als eine Gratisarbeitskraft.« Ihr Handy klingelte. »Das ist Henrik, ich muss da rangehen«, sagte sie und umarmte Emma. »Ich ruf dich später an.«

Bevor Emma noch etwas sagen konnte, stürmte Magda schon aus dem Laden. Ihre Absätze klackerten über die breiten Dielen, die Türglocke klingelte, dann war es endlich still. Obwohl Magda nur kurz vorbeigekommen war, fühlte es sich an, als wäre ein Orkan durch den Laden gefegt und hätte alles auf den Kopf gestellt. Emma musste ihre Tränen hinunterschlucken. Wenn Magda wüsste, wie schwer es ihr jeden Morgen fiel aufzustehen, würde sie vielleicht auch mal Ruhe geben. Emmas Blick fiel auf den Zettel mit Julias Namen und Telefonnummer, den Magda auf dem Verkaufstresen liegen gelassen hatte. Sie griff danach, knüllte ihn zusammen und warf ihn in den Mülleimer.

# 4

DONNERSTAG, 23. NOVEMBER

Emma schlenderte gemächlich die breite Esplanade vom Karlavägen hinunter. Sie hatte einen langen und anstrengenden Tag hinter sich. Magda hatte Ernst gemacht mit der Weihnachtsartikelbestellung. Gestern schon waren die ersten Waren geliefert worden, und heute hatte der Paketbote gleich mit der nächsten Sendung vor der Tür gestanden.

»Emma! Wie schön, dich zu sehen.«

Angela, eine ihrer Stammkundinnen, sah sie mit strahlenden Augen an. Sie trug einen moosgrünen Mantel, schicke Stiefel und hielt in jeder Hand große Einkaufstüten der edlen Boutiquen am Stureplan. Emma zwang sich zu einem Lächeln. »Hallo. Warst du shoppen?«

Es geschah nur selten, dass sie ihren Kunden außerhalb des Ladens über den Weg lief, aber Angela war überall. Manchmal trafen sie sich, wenn sie und ihre Kinder mit ihrem Hund spazieren ging. Aber am häufigsten kreuzten sich ihre Wege, wenn Emma nach Ladenschluss nach Hause ging und Angela von einer ihrer Shoppingtouren kam.

»Ertappt!« Angela lachte. »Ich wollte die nächsten Tage mal vorbeikommen und das Service abholen, das ich neulich bestellt habe. Sind das Milchkännchen und die Zuckerdose schon angekommen?«

Das Service hatte sie total vergessen. Angela hatte es bei ihrem letzten Besuch im Laden für ihr Sommerhäuschen bestellt.

»Leider noch nicht. Aber ich werde mich sofort melden, wenn es da ist.« *Oder wenn ich es im Lager gefunden habe.* Emma trat von einem Fuß auf den anderen, sie hatte keine Lust, sich festzuquatschen. War es unhöflich, einfach weiterzugehen? Zu spät, Angela war gedanklich schon bei ihrer nächsten Bestellung.

»Ich hatte überlegt, noch ein zweites zu kaufen. Das wäre doch süß, wenn wir auch im Spielhäuschen der Kinder eine Garnitur hätten.« Nachdenklich legte sie ihren Kopf auf die Seite.

Sie wollte für das *Spielhäuschen* ein Porzellanservice kaufen? Kindern zum Spielen Porzellan hinzustellen, das pro Teil über 150 Kronen kostete, fand Emma vollkommen übertrieben und zudem ziemlich leichtsinnig. Emma kannte Angelas Kinder, sie waren ungestüm und konnten keinen Moment stillsitzen. Das letzte Mal waren die beiden durch den Laden gerannt, und Angela hatte sie nicht bremsen können, bis ihre Jüngste einen Aufsteller mit Duftkerzen umgeworfen hatte.

»Wir haben ein ganz süßes Kinderservice, das kann ich dir das nächste Mal zeigen«, sagte sie, aber Angela schien nicht mehr zuzuhören, denn ihr Handy hatte ein Klingelzeichen von sich gegeben. Kaum hatte sie einen Blick aufs Display geworfen, verfinsterte sich ihre Miene.

Emma räusperte sich. »Ich muss weiter. Aber ich melde

mich, wenn die Zuckerdose und das Milchkännchen auftauchen. Versprochen!« Sie wandte sich zum Gehen, aber Angela hielt sie zurück.

»Entschuldige, das war mein Mann …«

»Kein Problem.«

»Ich wollte ihn mit dem Service überraschen«, fuhr Angela fort, als hätte Emma gar nichts gesagt. »Aber jetzt frage ich mich gerade, ob er das überhaupt verdient hat.«

Emma wusste nicht, was sie sagen sollte. Es war nicht das erste Mal, dass sie erlebte, wie Angela auf einen Anruf oder eine SMS angestrengt oder genervt reagierte. Oft kam sie telefonierend in den Laden und klang gereizt. Aber wenn sie mit Emma sprach, war sie immer freundlich und fröhlich. Sie blieb gerne lange und plauderte über Inneneinrichtung und dies und das. Soweit Emma wusste, arbeitete Angela nicht, sondern kümmerte sich voll und ganz um die Familie, während ihr Mann, den Emma noch nie zu Gesicht bekommen hatte, sehr viel arbeitete. Zu viel, worüber sich Angela häufig beschwerte.

»Es ist übrigens super, dass ich dich treffe«, sagte Angela unvermittelt, als hätte ihr Mann nie angerufen. »Ich wollte nämlich ein kleines Event für mich und meine Freundinnen ausrichten und habe mich daran erinnert, dass du früher exklusive Shoppingabende angeboten hast.«

»Ich …«

»Wäre es zu viel verlangt, dass du so einen Abend für uns organisierst?« Angela lächelte. »Alle meine Freundinnen lieben Weihnachten und Interieur. Ich ja auch. Das wäre super, wenn das klappen würde!«

»Ich weiß nicht, vielleicht.«

»Überlegs dir in Ruhe. Ich bin sicher, es wäre ein Riesenerfolg.« Angela sah auf ihre Uhr. »Oh, ich muss mich beeilen, bis bald, ja?«

Emma sah Angela hinterher. Ihr blondes, lockiges Haar wippte auf ihren Schultern, als sie die Straße überquerte und in die Östermalmsgatan bog. Ein Shoppingabend. Es stimmte, dass sie solche Events früher angeboten hatte. Damals, als noch alles in Ordnung war.

# 5

## MONTAG, 27. NOVEMBER

Aus der Anlage schallte laute Weihnachtsmusik, während Emma und Magda sich um die neueste Lieferung kümmerten. Ein Karton mit Weihnachtsschmuck und Einrichtungsgegenständen nach dem anderen wurde ausgeräumt, und Emma fragte sich allmählich, wo sie das alles unterbringen sollte.

»Hast du dich schon für einen Kurs entschieden?«, fragte Magda und legte einen kleinen weißen Engel in einen Korb auf den Tresen.

Emma sah auf. »Ich werde gar keinen Kurs machen. Ich dachte, das hätten wir besprochen. Kannst du jetzt bitte damit aufhören?«, erwiderte sie und hob einen Stapel Wolldecken aus einem der Kartons. Sie wollte auf keinen Fall einen Kurs belegen. Schon gar nicht jetzt.

Sie hatten den ganzen Morgen damit verbracht, die neue Lieferung auszupacken und den Dezember zu planen. Oder anders gesagt, Magda hatte die Organisation übernommen, und Emma hatte zustimmend gebrummt, um ihre Schwester nicht mit ihrer Gleichgültigkeit zu verärgern. Es war jedoch fast unmöglich, glaubhaft Interesse zu heucheln, wenn man in Wirklichkeit nur möglichst schnell nach Hause stürmen und bloß nicht daran erinnert werden wollte, dass in weniger als einem Monat Weihnachten war. Magda nahm Emma ein paar Decken vom Arm.

»Ich weiß, dass du gerade keine Lust dazu hast, aber vielleicht könnte es dir doch ein bisschen Spaß machen?«

»Vielleicht«, antwortete Emma vorsichtig. »Aber ich brauche so einen Kurs im Moment nicht. Mir geht es gut.«

»Bist du sicher?«, bohrte Magda nach. »Du bist immer nur im Laden oder in deiner Wohnung. Das ist doch nicht gesund, sich so zu verkriechen.«

»Können wir bitte über etwas anderes sprechen als über meine mangelnde Bereitschaft für soziale Aktivitäten?« Emma legte die restlichen Decken vom Stapel in eines der Regale. »Was machen zum Beispiel Henrik und die Zwillinge heute?«

Magda beugte sich über einen Karton und fingerte am Klebeband herum. »Keine Ahnung.«

Die knappe Antwort ließ Emma aufhorchen, sie musterte ihre Schwester und bemerkte ihre aufeinandergepressten Lippen.

»Habt ihr euch gestritten, du und Henrik?«, fragte sie. War sie deshalb in letzter Zeit so leicht reizbar und verbrachte so viel Zeit im Laden?

Magda zuckte mit den Schultern. Emma spürte, dass sie nicht darüber reden wollte. Sie seufzte.

»Wenn es dich glücklich macht, kann ich es ja mal mit einem Kurs versuchen. Dann musst du auch nicht mehr mit deinem Mann streiten, weil dich das verkorkste Leben deiner Schwester frustriert.«

»Ich streite gar nicht …«

»Aber du bist die ganze Zeit im Laden. Irgendetwas ist doch. Musst du nicht auch mal zur Arbeit?«

Magda sah Emma schuldbewusst an. »Ähm … es gibt da was, was ich dir noch nicht erzählt habe.«

»Was meinst du? Was hast du mir nicht erzählt? Ist was passiert?«

»Ich …« Magda geriet ins Stocken und holte tief Luft. »Ich bin gekündigt worden. Sie haben mir eine Abfindung gegeben.«

»Was? Aber du liebst doch deinen Job!« Emma sank auf den Hocker neben dem Tresen »Und was machst du jetzt?«

Magda zuckte mit den Schultern. »Wir werden sehen.«

Emma versuchte, ihre Gedanken zu sortieren. Die Nachricht, dass Magda arbeitslos war, hatte sie vollkommen überrumpelt. Ihre Schwester war doch diejenige, die allen anderen immer einen Schritt voraus gewesen war und der alles gelang, was sie sich vornahm. Wie ging es ihr damit? Und was war passiert? Hatte sie am Ende selbst zu ihrer Kündigung beigetragen?

»Man muss das Ganze von der positiven Seite sehen. So habe ich mehr Zeit, um dir hier im Laden zu helfen«, sagte Magda und dekorierte Duftkerzen auf dem Verkaufstresen.

Emma zuckte zusammen. »Ja, stimmt …«

Der Gedanke, dass Magda noch häufiger als ohnehin schon im Laden auftauchen würde, erzeugte bei ihr den Impuls, Magdas Chef anzurufen und ihn anzuflehen, ihre Schwester wiedereinzustellen.

Magda sah auf die Uhr. »Ich habe heute Vormittag noch was zu erledigen, aber ich komme nach dem Mittagessen zurück. Du kümmerst dich bitte um Julia und sorgst dafür, dass sie sich zurechtfindet und hier eingewöhnt, ja?«

»Wie bitte?« Was war mit Julia? Und warum sollte sie sich um sie kümmern?

»Hallo. Julia, deine Praktikantin«, sagte Magda geduldig. »Heute ist ihr erster Tag. Das habe ich dir doch gesagt.«

»Und ich habe dir gesagt, dass ich niemanden hierhaben will!«

»Du brauchst aber Unterstützung, Emma. Du hast in den nächsten Wochen super viel um die Ohren. Wenn du den Laden wieder auf Vordermann bringen willst, musst du lernen, Hilfe anzunehmen.«

Emma war fassungslos. Sie wollte gerade etwas erwidern, da hörten sie beide ein zaghaftes Klopfen und sahen zur Eingangstür.

»Oh, wie schön, sie ist schon da.« Magda sah Emma vielsagend an. »Sei bitte nett zu ihr. Julia freut sich *sehr* auf ihr Praktikum.«

***

Emma räumte noch ein paar Bücher aus dem Regal in den Karton, dann streckte sie sich. Zwei Stunden hatte sie damit verbracht, die Bücherregale im Wohnzimmer und ein paar Schubladen auszusortieren. Als Nächstes stand der Schrank mit der Bettwäsche an, aber sie wusste nicht, ob ihre Kraft dafür reichen würde. Sie ließ sich in den Sessel fallen und sah sich im Zimmer um. Es war herrlich, die Wohnung in Ruhe aufzuräumen. Ganz anders als im Laden, in dem sie kaum noch allein war. Zum Glück war es ganz gut gelaufen mit Julia. Nachdem Emma ihr alles gezeigt hatte, war Julia mit dem Auftrag losgezogen, im Lager den Boden zu wischen und für Ordnung zu sorgen. Damit war sie den ganzen Tag lang beschäftigt gewesen. Und Emma war tatsächlich ziemlich begeistert, wie gut sie ihre Aufgabe erledigt hatte. Sie beschloss, sich den Wäscheschrank im Schlafzimmer zumindest einmal anzusehen.

Im Flur fiel ihr Blick auf den begehbaren Kleiderschrank. Das Päckchen. Das Loch in der Wand. Wie hatte sie das alles vergessen können? Dieser Weihnachtswahnsinn im Laden machte sie fertig! Sie zog die Tür auf und machte Licht in der kleinen Kammer. Das Päckchen lag dort, wo sie es liegen gelassen hatte, mitten auf dem Boden. Sie hob es hoch und ging damit in die Küche. Auf dem Weg drehte sie das Päckchen in der Hand, überprüfte, ob sich nicht doch irgendwo eine Notiz auf dem alten welligen Packpapier fand, aber da war nichts. Emma holte eine Schere aus einer Schublade und setzte sich mit dem Paket an den Tisch. Sie zerschnitt die Paketschnur und wickelte es vorsichtig aus. Der Gegenstand fühlte sich an wie ein Rahmen. Ein Foto? Ein Gemälde?

Zum Vorschein kamen ein Aquarell und ein Medaillon. Das Medaillon war so groß wie ein Fünfkronenstück und hing an einer langen Kette. Es war aus Gold und seine Oberseite mit einem feinen Muster versehen. Emma rieb mit dem Daumen über das Metall. Sie versuchte, das Medaillon zu öffnen, aber es gelang ihr nicht. Wem gehörte das Medaillon? Wurde es vermisst? Vermutlich eher nicht. Schließlich hatte das Schmuckstück lange in dem Geheimfach gelegen, ohne dass sich jemand dafür interessiert hatte.

Mit pochendem Herzen legte Emma das Medaillon auf den Küchentisch und griff nach dem Bild, aber es glitt ihr aus der Hand und fiel zu Boden. Ein unheilvolles Knacken war zu hören, als der Rahmen auf den Steinfußboden prallte. Emma hob das Bild vorsichtig auf, das Aquarell war heil geblieben, aber der Rahmen war an einer Stelle gesprungen. Sie betrachtete das kleine Gemälde. Es zeigte eine Familie beim Picknick auf einer Wiese. Zwei Frauen saßen auf einer Bank und schienen in ein Gespräch vertieft, während die Kinder im Gras vor ihnen spielten. Etwas abseits stand ein Mann mit dem Rücken zu der Szene und sah auf die üppige Landschaft vor ihm. Es hatte etwas Friedliches, Beruhigendes. Als hätte, wer auch immer es gemalt hatte, einen zufälligen, alltäglichen Augenblick im Leben dieser Menschen eingefangen. Im Leben dieser glücklichen Menschen. Emma strich mit der Hand über das Bild, dann holte sie eine Tüte. *Was mache ich nur damit?*

# 6

## DONNERSTAG, 30. NOVEMBER

Magda tauchte erst Tage später wieder im Laden auf. In den Händen trug sie ein riesiges und offensichtlich ziemlich schweres Paket, Emma hatte Angst, dass sie vorneüberkippen würde.

»Soll ich dir helfen?«, fragte sie, aber ihre Schwester schüttelte den Kopf, schwankte zum Verkaufstresen und stellte das Paket dort ab.

»Himmelherrgott, ist das schwer!« Magda wischte sich keuchend über die Stirn. Ihr Gesicht war ganz rot von der Anstrengung.

»Hast du eine Kaffeemaschine gekauft?«, fragte Emma ungläubig, als sie die Abbildung auf dem Karton sah. »Ist eure kaputtgegangen? Die finde ich ziemlich groß. Hast du kein kleineres Modell gefunden?«

»Ich habe die ganz günstig geschossen.«, sagte Magda, noch immer aus der Puste, und lächelte stolz. »Und nein, die ist nicht für mich. Die ist für den Laden.«

»Warum das denn? Schmeckt dir mein Kaffee nicht?« Emma zog eine Schnute, woraufhin Magdas Lächeln noch breiter wurde.

»Ich habe vor ein paar Tagen mit Julia telefoniert und sie

gebeten, einen Zettel in eines der Schaufenster zu hängen, auf dem stehen soll, dass wir unseren Kunden ab sofort frischen Kaffee anbieten. Hat sie dir das nicht erzählt?«

»Du hast was?« Emma versuchte, Magdas Worten Sinn zu entnehmen. Ihre Schwester hatte doch wohl nicht vor, aus ihrem Laden ein Café zu machen?

»Kundenbindung durch Mehrwert, habe ich mir gedacht. Außerdem locken wir so die Leute zu uns rein.«

»Aber …«, stammelte Emma und verstummte. Ihr fiel nichts Passendes ein. Das alles musste ein schlechter Scherz sein. »Du machst Witze, oder?«

»Der Laden soll ja kein richtiges Café werden. Wir bieten unseren Kunden doch nur Kaffee und Kekse an.« Magda klopfte auf den Karton. »Henrik kommt später vorbei und schließt die Maschine an.« Sie packte den Karton und wuchtete ihn ins Lager.

Emma sah ihrer Schwester hinterher, viel zu perplex, um etwas zu sagen.

»Ich habe auch noch ein paar andere Vorschläge, wie wir den Umsatz erhöhen können. Was hältst du davon, im Dezember deine Kurse wieder anzubieten?« Magda stand am Tresen und hatte sich ein Blatt Papier und einen Stift aus der Schublade genommen.

»Meine Tante hat vor ein paar Jahren deinen Geschenkverpackungskurs mitgemacht«, schaltete sich Julia ein, die just in diesem Moment aus dem Lager kam, wo sie die letzten Stunden damit verbracht hatte, neue Ware auszuzeichnen und Onlinebestellungen zu bearbeiten. Emma starrte sie verblüfft an.

»Echt? Das ist ja toll! Stimmt, der war total beliebt«, sagte

Magda und lächelte Emma zufrieden an. »Den könnten wir doch wieder anbieten. Und vielleicht auch noch andere! Die Leute …«

Eine Kundin betrat den Laden. Angela.

»Was für ein fieses Wetter!« Angela zog ihre Handschuhe aus und knetete sich demonstrativ die Finger. »Ich habe mich ja so über deinen Anruf gefreut, dass du das Milchkännchen gefunden hast. Hattest du bei der Zuckerdose auch so ein Glück?«

»Ja, die habe ich auch hier«, sagte Emma, erleichtert, auf diese Weise der Unterhaltung über Kurse und Kaffeemaschinen zu entkommen. »Meine Praktikantin Julia hat sie im Lager gefunden«, fuhr sie fort und lächelte Julia an, die rot wurde. Da brummte es in Julias Hosentasche, und sie zog ihr Handy raus.

»Entschuldigung. Ich mache es gleich aus«, murmelte sie verlegen.

»Das ist doch in Ordnung, geh ruhig ran«, sagte Emma fröhlich.

Julia lief in die Küche, das Handy fest ans Ohr gepresst. »Hallo? Mama, warte kurz, ich muss eben nach hinten gehen …« Sie verschwand hinter dem Vorhang.

»Emma hat gerade neue Tischdecken reinbekommen, die hervorragend zu dem Muster von dem Kännchen und der Dose passen würden«, warf Magda ein. »Soll ich sie Ihnen mal zeigen?«

Die beiden kamen sofort ins Gespräch und stellten sich vor eines der Regale mit der neuen Ware. Magda zeigte Angela die Tischdecken mit einem Enthusiasmus, der jeden professionellen Verkäufer in den Schatten stellte.

»Entschuldige, das war meine Mutter«, sagte Julia, die aus der Küche zurückkam.

»Magda versucht, Angela gerade dazu zu bringen, den Laden leer zu kaufen«, sagte Emma und zwinkerte ihr zu. »Ist alles okay bei dir?«, fragte sie, als sie den Glanz in Julias Augen bemerkte.

»Klar.« Julia schniefte und rieb sich die Augen. »Ich bin nur ein bisschen erkältet.«

Emma öffnete den Mund, um etwas zu erwidern, wurde aber von Angela unterbrochen, die ihren Stapel Einkäufe auf den Tresen warf.

»Oh, ich würde am liebsten alles kaufen, ihr habt *so* viele schöne neue Sachen«, rief sie begeistert und befingerte den Weihnachtsbaumschmuck, der in dem Korb neben der Kasse lag.

»Ja, die Kugeln hier sind auch superschön«, antwortete Magda. »Wir hatten gerade darüber gesprochen, im Dezember eventuell ein paar Kurse anzubieten. Vielleicht würde Sie das auch interessieren?«

»Ach, wirklich? Das fände ich supertoll! Ich hatte Emma schon vorgeschlagen, mal wieder einen Shoppingabend auszurichten. An was für Kurse hattet ihr denn gedacht?«

Emma warf Magda einen flehenden Blick zu, doch die war in Fahrt geraten und redete unbeirrt auf Angela ein. »Wir hatten zum Beispiel an einen Geschenkverpackungskurs gedacht. Der kam vor ein paar Jahren sehr gut an.«

»Oh, zu so einem Kurs würde ich sofort kommen. Und was würdet ihr von einem Kurs mit Tipps und Tricks für weihnachtliche Tischdekoration halten? Ich habe viele Freundinnen, die sich darüber freuen würden. ›Alles zum Thema Farbauswahl, Geschirr und Dekorationen‹ oder so ähnlich. Das wäre doch großartig!«

»Ja, das wäre vielleicht …«, stotterte Emma.

»Das ist eine ganz fantastische Idee. Vielleicht sollten wir auch einen Bastelnachmittag für Kinder mit ins Programm nehmen«, unterbrach Magda sie. Julia und Angela applaudierten vor lauter Begeisterung.

»Ich könnte sogar selbst einen Kurs fürs Kranzbinden anbieten. Ich habe doch letztes Jahr diesen Gärtnerei-Workshop gemacht«, schob Angela hinterher.

»Wir können dich aber nicht dafür bezahlen«, sagte Magda. Angela machte eine abwehrende Geste.

»Natürlich mache ich das umsonst. Das würde mir super viel Spaß machen. Ich habe doch sonst nichts zu tun. Mein Mann ist viel unterwegs, und die Kinder sind schon groß und …« Sie beendete ihren Satz nicht, aber Emma wusste auch so, was sie sagen wollte. Sie hatte sich schon gedacht, dass Angela ziemlich einsam war. Zwar wusste sie nicht, was ihr Mann beruflich machte, aber angesichts ihres Shoppingbudgets musste es ein sehr lukrativer Job sein. Mit zunehmender Erschöpfung hörte Emma der angeregten Unterhaltung der anderen über mögliche Kursangebote zu. Dann drehte sie ihnen den Rücken zu und begann, Küchenhandtücher neu zusammenzufalten. *Wenn ich mich raushalte, geben sie die Planerei vielleicht wieder auf*, dachte sie und wandte sich den Servietten und Serviettenringen zu.

***

Ein Geschenkverpackungskurs, ein Kurs für weihnachtliche Tischdekoration, ein Bastelnachmittag für Kinder und mehrere Termine für Shoppingabende. Emma las sich Magdas Notizen zu den einzelnen Veranstaltungen durch und fragte sich, wie sie das alles bewältigen sollte. Natürlich würden ihr Magda, Julia und auch Angela helfen, aber am Ende war sie die Verantwortliche dafür, dass alles funktionierte. Wieso ließ sie sich von Magda immer wieder zu solchen Aktionen überreden? Vielleicht weil es einfacher war, Ja zu sagen als zu diskutieren? Verdammt, sie hätte diesem ganzen Wahnsinn gleich zu Anfang Einhalt gebieten sollen. Jetzt hatte sie mal wieder den Salat. Wenigstens hatte Julia direkt angeboten, sich um die Einladungen zu kümmern. Dann musste sie sich darüber keine Gedanken machen.

Emma sank aufs Sofa und lehnte den Kopf nach hinten, starrte an die weiße Decke. Das war alles so sinnlos. Und am Ende ja doch nur ein weiterer Versuch ihrer Schwester, ihr Sozialleben anzukurbeln.

Sie strich mit der Hand über den hellgrünen Bezug. Das alte Sofa leistete ihr nun schon eine ganze Weile treue Dienste, fast zehn Jahre lang. Sie hatten oft davon gesprochen ein neues zu kaufen. Doch wie bei so vielem, das sie und Niklas vorgehabt hatten, waren den Worten keine Taten gefolgt. Sie hatten so viele Träume gehabt und so eifrig in die Zukunft geplant, dass sie mitunter vergessen hatten, in der Gegenwart zu leben. Und jetzt war sie allein und hatte überhaupt keine Pläne mehr. Und auch kein Geld. Niklas Eltern hatten zusätzlich zu den Möbeln und den anderen Gegenständen, die in ihren Augen Niklas gehörten, auch die Hälfte ihres gemeinsamen Vermögens genommen. Sie hatte die Hypothek auf die Wohnung bis aufs Äußerste ausreizen müssen, um ihre Schwiegereltern auszubezahlen.

Emma drückte sich schluchzend ein Kissen gegen die Brust. An Heiligabend war sein zweiter Todestag. Obwohl ihr die Leute immer sagten, dass es mit der Zeit besser werden würde, fühlte sie sich verlorener als jemals zuvor. Sie holte tief Luft, stand auf und ging in die Küche. Ihr Magen knurrte, sie musste dringend etwas essen. Ein Blick in den Kühlschrank überzeugte sie davon, dass sie einkaufen gehen musste. Emma sah aus dem Fenster. Es schneite, und laut Wettervorhersage sollte es in der Nacht stürmisch werden. Sie sollte sich beeilen, damit sie wieder zu Hause war, bevor das Unwetter losging.

***

Sie trat aus der Haustür und der Wind zerrte an ihrer Daunenjacke. Emma zog den Reisverschluss bis unter die Nase und grub das Kinn in den weichen Stoff. Zum Glück war der Supermarkt gleich um die Ecke. Trotzdem wäre sie am liebsten sofort wieder umgekehrt, um den wirbelnden Schneeflocken zu entkommen. Sie schirmte ihre Augen mit den Händen ab. Es schneite so stark, dass sie nur wenige Meter weit sehen konnte.

»Entschuldigen Sie. Können Sie mir sagen, wie ich zur Wittstocksgatan komme?«

Emma zuckte vor Schreck zusammen und drehte sich um. Hinter ihr stand ein älterer Herr. Sein Hut flatterte unheilvoll auf seinen weißen Haaren, als würde er jederzeit vom Wind fortgerissen und über den Bürgersteig davonfliegen. Der Mann war mindestens achtzig, Emma fragte sich, warum er bei so einem Wetter überhaupt draußen unterwegs war. Vor allem, weil er sich im Schneegestöber kaum auf den Füßen halten konnte. Sie holte ihr Handy aus der Jackentasche und antwortete ihm: »Die Wittstocksgatan ist ein ganzes Stück weit weg.«

Sie zog einen Handschuh aus. Sofort spürte sie die beißende Kälte und fröstelte. »Was ist das bloß für ein Wetter.«

»Ja. Und dann noch dieser Wind …« Die Stimme des Mannes zitterte. Er hatte den Mantelkragen hochgestellt, damit der Schnee ihm nicht in den Nacken fiel, aber er trug kein Halstuch, und seine schwarzen Lederhandschuhe sahen nicht besonders dick gefüttert aus.

»Ich suche Ihnen mit dem Handy mal den kürzesten Weg in die Wittstocksgatan.«

»Vielen Dank, das ist sehr freundlich von Ihnen«, sagte der Mann, während er sich mit einer Hand an der Hauswand abstützte.

»Wir sind jetzt hier, und Sie müssen dahin.« Emma fuhr mit dem Finger über das leuchtende Display. »Der schnellste Weg ist den Karlavägen runter und dann links. Dann kommen Sie zum Karlaplan. Von dort aus finden Sie den Weg, oder?«

»Doch, das werde ich bestimmt. Vielen Dank.« Der Mann verabschiedete sich und machte sich auf den Weg. Doch schon nach wenigen Metern packte ihn ein Windstoß. Emma sprang ihm nach und konnte ihn in letzter Sekunde festhalten, bevor er gestürzt wäre.

»Alles in Ordnung?«

»Alles in bester Ordnung. Haben Sie vielen Dank. Ich bin nur gestolpert, hier liegt so viel Schnee auf dem Weg, da kann man nicht so gut sehen, wo man hintritt. Jetzt muss ich mich aber beeilen, ehe alles noch mehr zuschneit.«

Erneut stapfte er los. Emma blieb unschlüssig stehen und sah ihm hinterher. Ein unbekanntes, sonderbares Gefühl breitete sich in ihrem Körper aus, und ohne darüber nachzudenken, rannte sie ihm nach.

»Ich werde Sie ein Stück begleiten«, sagte sie, als sie ihn eingeholt hatte.

»Machen Sie sich bitte keine Umstände.«

»Ich wollte sowieso in die Richtung, zum Fältöversten. Das liegt ja quasi auf dem Weg.«

Ein erleichtertes Lächeln breitete sich auf dem zerfurchten Gesicht des Mannes aus, und Emma wusste, dass sie das Richtige getan hatte. Es wäre ein Fehler gewesen, ihn allein um diese Uhrzeit in der Kälte durch Schnee und Dunkelheit gehen zu lassen.

»Haben Sie jemanden besucht?«, fragte Emma, nachdem sie eine Weile schweigend nebeneinanderher gegangen waren.

»Ich bin nur ein bisschen spazieren gegangen, dabei muss ich mich verlaufen haben. Ich wohne noch nicht so lange hier«, antwortete er kleinlaut.

»Ich verlaufe mich auch manchmal«, sagte Emma. Sie stutzte. *Habe mich früher manchmal verlaufen*, wäre richtiger gewesen. Heute entfernte sie sich gar nicht mehr weit genug von zu Hause, um sich zu verlaufen. »Das passiert einem leicht, wenn man die Umgebung nicht so gut kennt.«

»Das stimmt.«

»Wie lange wohnen Sie denn schon auf Östermalm?«, fragte Emma.

»Erst seit ein paar Wochen. Meine Frau und ich hatten ein Haus in Österskär, aber als sie starb, fühlte es sich falsch an, allein in der viel zu großen Villa zu sitzen.«

Emma spürte, wie sich ihre Brust zusammenschnürte, und statt einer Antwort nickte sie nur. Sie wollte ihm nicht zeigen, wie sehr seine Worte sie berührt hatten. Sie wusste genau, wie groß der Schmerz war, wenn man seinen Lebensgefährten verlor und allein zurückblieb. Emma hätte ihn am liebsten gefragt, wie es ihm ging, ob er auch immer noch so verzweifelt war wie sie. Aber das konnte sie nicht. Sie war nur eine Fremde, die zufällig auch ihren Partner verloren hatte.

»Vielen Dank für Ihre Gesellschaft, meine Liebe«, sagte der Mann, als sie das Einkaufszentrum erreicht hatten. Er streckte ihr die Hand entgegen. »Waldemar Rönnberg, es war mir ein Vergnügen.«

»Emma Asplund.« Emma drückte seine Hand. »Schaffen Sie es von hier aus allein?«

»Ja, ganz bestimmt, danke. Es ist ja nur noch ein Katzensprung.«

Emma sah die verschneite Straße hinab. »Wissen Sie, was, Bewegung tut gut, ich bringe Sie noch bis zur Haustür.« Der alte Mann lächelte.

»Das Angebot nehme ich gerne an.«

Nachdem sie sich an der Tür verabschiedet hatten und Waldemar Rönnberg ihr überschwänglich gedankt hatte, lief Emma gedankenversunken zurück zum Supermarkt. Das sonderbare Gefühl war nicht verschwunden, aber es hatte sich verändert, es fühlte sich gut an. Sie hatte den alten Herrn sicher an sein Ziel gebracht, er war nicht ausgerutscht und hilflos in einer Schneewehe gelandet.

Eine halbe Stunde später schloss Emma ihre Tür auf und betrat das Treppenhaus. Sie schüttelte den Schnee ab, der sich wie eine dünne Decke auf ihre Jacke gelegt hatte. Zum ersten Mal seit sehr langer Zeit befiel sie nicht die vertraute Angst und Einsamkeit, wenn sie in ihre Wohnung kam, sondern ein schönes, warmes Gefühl. Sie hatte etwas Gutes getan. Und das fühlte sich auch gut an.

# 7

## FREITAG, 1. DEZEMBER

Es hatte die ganze Nacht lang geschneit. Emma stapfte durch den tiefen Schnee. Ihr waren kaum Autos oder andere Passanten entgegengekommen, und sie vermutete, dass die meisten Einwohner Stockholms der Empfehlung des Wetterdienstes gefolgt waren, zu Hause zu bleiben, statt sich ins Chaos des öffentlichen Nahverkehrs zu begeben oder auf rutschigen Straßen zur Arbeit zu fahren. Doch auch zu Fuß war der Weg durch die Stadt eine echte Herausforderung. Hoffentlich würden es die Räumfahrzeuge schaffen, die Schneemengen im Laufe des Tages zu beseitigen. Am Laden angekommen, sah Emma in eines der Schaufenster aus denen verheißungsvoll das Licht auf den verschneiten Gehsteig fiel. Die Auslage sah aus, als hätte der Weihnachtsmann höchstpersönlich seine Werkstatt dort aufgeschlagen. Schmuck, Geschenke und Festtagsdekoration leuchteten im Schein der Lichterketten. Sie hatten ganze Arbeit geleistet, das musste sie zugeben.

Sie steckte den Schlüssel ins Schloss und stöhnte laut auf, als er sich nicht drehen ließ. *Ich muss das unbedingt reparieren lassen.* Nachdem sie eine ganze Weile daran herumgeruckelt hatte, war es ihr endlich gelungen aufzusperren. Sie drückte die Klinke herunter, aber die Tür ließ sich nicht öffnen. Fluchend rüttelte sie mit aller Kraft an der Tür, doch sie ließ sich keinen Millimeter bewegen, hing wie erstarrt in ihrem Rahmen. Wahrscheinlich hatte es etwas mit dem erneuten Kälteeinbruch zu tun.

»Brauchen Sie Hilfe?«

Emma drehte sich um. Hinter ihr stand ein Mann um die sechzig, dessen braune, gefütterte Lederjacke ein bisschen über dem Bauch spannte. Auf seinem Kopf trug er eine schwarze Wollmütze, die er sich tief in die Stirn gezogen hatte. Ein dicker Schal, der mehrmals um seinen Hals gewickelt war, bedeckte Mund und Nase. Darüber jedoch leuchteten Emma grüne freundliche Augen aus seinem runden Gesicht entgegen.

Emma zögerte einen Augenblick, ehe sie antwortete. »Die Tür klemmt. Ich kann sie nicht öffnen. Die ist immer zickig, aber heute besonders.«

»Wenn Sie kurz meine Tasche halten, kann ich mir das mal ansehen.«

Der Mann drückte ihr seine zerschlissene braune Aktentasche in die Hand, und Emma trat einen Schritt zur Seite.

Statt sich mit der Schulter gegen die Tür zu stemmen, inspizierte er eingehend Schloss und Türrahmen. Emma sah sich um, die Straße war ziemlich leer, trotz der zentralen Lage. *Vielleicht ist er ja ein Krimineller? Aber dann würde er doch eher jemandem in einer dunklen Gasse auflauern? Und mir nicht seine Aktentasche in die Hand drücken?*

»Die Tür sitzt schief in den Angeln, deshalb klemmt sie und lässt sich nicht öffnen«, murmelte er. »Und bei dieser Witterung verstärkt sich das, weil sich Schnee und Feuchtigkeit hier in den Spalt setzen und dann gefrieren.« Er fuhr mit einem Finger über den Rahmen.

»Bekommen Sie sie auf?« Emma ignorierte ihre ängstlichen Gedanken und sah dem Mann über die Schulter.

»Mit ein bisschen Gewalt schon. Aber Sie sollten sie reparieren lassen, sonst werden Sie sich den ganzen Winter über damit herumschlagen. Außerdem kommt so vielmehr Kälte und Feuchtigkeit in Ihren Laden.«

*Fantastisch*, dachte Emma wütend.

»Ich kann Ihnen das schnell richten, dann geht es vielleicht noch eine Weile auch so«, sagte der Mann und drückte seine Schulter gegen die Tür. Mit einem lauten Knirschen gab sie nach, Emma atmete auf. Sie hatte keine Lust, länger als notwendig draußen zu stehen. Ihre Hände und Füßen fingen allmählich an zu frieren.

»Vielen Dank. Ich hätte das ohne Ihre Hilfe wahrscheinlich nicht geschafft«, sagte Emma und wollte sich von dem Mann verabschieden.

»Wenn Sie mir Ihren Werkzeugkasten geben, kann ich es jetzt gleich reparieren.«

»Oh … ich habe hier gar keinen …« *Er will mir helfen? Einfach so?*

»Dann komme ich morgen vorbei. Ich habe zu Hause alles, was ich dafür brauche.«

»Sind Sie Handwerker?«

Der Mann hob abwehrend die Hände. »Ich mache das umsonst. Sie können doch nicht den ganzen Winter hinter einer kaputten Ladentür stehen.«

Träumte sie, oder passierte das gerade? Ein Fremder machte sich die Mühe, ihr einen *Gefallen* zu tun? Offensichtlich kam der Mann nicht aus Stockholm. Sonst wüsste er, dass man hier weder seinen Nachbarn grüßte noch einem Fremden einfach so seine Hilfe anbot.

»Darf ich Sie als Dank auf einen Kaffee einladen?«, fragte sie, als ihr die Kaffeemaschine einfiel, die Henrik installiert hatte.

»Da sage ich nicht Nein.«

Emma ging voraus in den Laden, schaltete das Licht an und klopfte sich den Schnee von den Stiefeln.

»Dieses Wetter!«, sagte sie und warf ihren Mantel auf den Verkaufstresen. »Ich hoffe, dass die Räumfahrzeuge diese Schneemengen bewältigen können.«

»Ja, das können wir nur hoffen«, sagte der Mann und zog sich seine Mütze vom Kopf. Seine grauen Haare standen in alle Richtungen ab, und als er seinen Schal abnahm, kam ein gepflegter, ebenfalls grauer Bart zum Vorschein.

»Setzen Sie sich doch, ich kümmere mich um den Kaffee.«

Er hängte seine Jacke über einen Stuhl und sah sich verlegen im Laden um. »Ist das hier auch ein Café?«

Emma wusste nicht, was sie darauf antworten sollte. Schließlich wiederholte sie einfach die Worte ihrer Schwester. »Es ist kein richtiges Café. Wir bieten unseren Kunden nur Kaffee und Kekse an.«

Der Mann setzte sich an einen der kleinen Tische, die Magda im Laden verteilt hatte, und Emma fragte sich, was wohl das ursprüngliche Ziel des Mannes gewesen war. Besonders eilig hatte er es auf jeden Fall nicht, sonst hätte er ihr Angebot nicht angenommen.

»Was für ein Glück, dass Sie gerade vorbeigekommen sind. Sonst hätte ich wahrscheinlich den ganzen Tag auf dem Bürgersteig verbracht. Arbeiten Sie hier in der Nähe?«, fragte sie ihn, während dampfender Kaffee aus der Maschine lief, die, wie Emma sich eingestehen musste, doch ganz schön was hermachte.

Der Mann zuckte kurz.

»Nun ja, ich komme hier manchmal vorbei«, murmelte er. »Wenn ich in der Gegend zu tun habe.«

Emma legte einen Keks auf die Untertasse und stellte ihm den Kaffee auf den Tisch. »Ich muss noch was vorbereiten, bevor ich aufmache. Sagen Sie einfach Bescheid, wenn Sie etwas brauchen.« Sie war schon auf dem Weg hinter den Tresen, als sie sich noch einmal umdrehte. »Ich bin übrigens Emma.«

»Hasse.«

Emma hängte gerade ihren Mantel in das kleine Kabuff hinterm Tresen, als Hasses Handy klingelte.

»Ich bin auf einer Baustelle, können wir später telefonieren?« Hasse verstummte einen Moment, dann sprach er weiter. »Die am Empfang hat gesagt, ich arbeite nicht mehr da?« Emma hörte ihn nervös lachen. »Das muss ein Irrtum sein. Du weißt doch, wie chaotisch das manchmal ist. Wahrscheinlich haben die da irgendwas durcheinandergebracht.«

Emma lauschte, aber Hasse senkte nun die Stimme, und sie konnte nur noch dumpfes Gemurmel hören. Als sie in den Verkaufsraum zurückkam, hatte er das Telefonat gerade beendet. Unschuldig lächelte er sie an, öffnete seine Aktentasche und holte eine Zeitung heraus.

***

»Und, für welchen Kurs hast du dich entschieden?«, fragte Magda und sah Emma erwartungsvoll an.

»Ich hatte noch keine Gelegenheit, weiter darüber nachzudenken.« Und das entsprach sogar der Wahrheit. Das Thema Hobby war in den letzten Tagen etwas in den Hintergrund gerückt, worüber Emma insgeheim nicht unglücklich war. Julias Praktikum, Magdas Workshop-Pläne und die neue Kaffeemaschine hatten ihre ganze Energie in Anspruch genommen.

»Du hast gesagt, dass du es mir zuliebe mal mit einem Kurs versuchen willst.«

Emma schwieg. Ein neues Hobby stand im Moment ganz unten auf ihrer Prioritätenliste. Sie schaffte es ja nicht einmal, ihre Wohnung anständig zu putzen, und ihre To-do-Liste wurde jeden Tag länger und länger. Was musste sie tun, um Magda diese fixe Idee auszutreiben? Emma sah aus dem Fenster. Es schneite ununterbrochen, die weißen Schneeflocken glitzerten im Licht der Straßenlaterne.

»Muss ich denn unbedingt etwas machen? Ich bin zufrieden mit meinem Leben, so wie es ist. Außerdem habe ich dir schon gesagt, dass ich eigentlich keine Zeit für ein neues Hobby habe.«

»Keine Zeit? Jetzt mal ehrlich, Emma. Ich habe einen Mann, drei Kinder und *ich* …«

»Ist mir bewusst.«

Magdas Gesichtsausdruck änderte sich schlagartig. Sie schloss die Augen und seufzte. »Entschuldige. Ich meinte nicht …«

»Du meintest, dass du eine Familie hast und ich nicht?«

Magda wurde knallrot, aber Emma hatte keine Kraft, auf

ihre Schwester Rücksicht zu nehmen. Magda hatte alles. Einen Mann und drei wunderbare Kinder. Und was hatte sie? Eine Wohnung, in die niemand mehr zu Besuch kam, ein Geschäft, das nur mäßig lief, und einen Lebensgefährten, dessen Tod sie verschuldet hatte.

»Es tut mir leid. Ich wollte nicht so unsensibel sein«, sagte Magda ruhig. »Das war gedankenlos von mir.«

Emma starrte hinaus auf die zugeschneite Straße. Es wäre so einfach, ihrer Schwester etwas Hässliches entgegenzuschleudern, damit sie sich noch schlechter fühlte. *Aber wozu? Davon geht es mir auch nicht besser.* Emma folgte dem Tanz der Schneeflocken. Obwohl seit den frühen Morgenstunden geräumt wurde, hatte sich durch den anhaltenden Schneefall eine neue flauschige Decke über die Straße ausgebreitet. Die wenigen Autos, die sie durchs Schaufenster gesehen hatte, waren entweder im Schneematsch stecken geblieben oder durch die Straße geschlittert. Ein Wagen bewegte sich sehr langsam am Laden vorbei, die Reifen drehten auf dem glatten Untergrund durch. Der Fahrer bemühte sich, die Kontrolle über sein Fahrzeug zu behalten, aber es schlitterte ungebremst die Straße hinunter.

»Ich glaube, da draußen braucht jemand Hilfe«, sagte Emma, als der schwarze Wagen um ein Haar gegen eine Straßenlaterne geprallt wäre und nun in einer Schneewehe feststeckte. »Das wird ein Totalschaden, wenn das so weitergeht.«

Ohne nachzudenken, trat sie ins Freie. Ein eiskalter Wind wehte ihr entgegen. Sie fröstelte, zögerte aber nur kurz, dann lief sie über die Straße zu dem Wagen, der endlich zum Stehen gekommen war. Emma klopfte gegen die Fensterscheibe auf der Fahrerseite. Diese glitt auf, und sie sah in zwei dunkelblaue Augen. Als sie die Zornesfalte darüber bemerkte, bereute sie ihren Impuls zu helfen fast schon wieder. Der Fahrer telefonierte per Headset und wirkte nicht besonders erfreut über die Unterbrechung.

»Brauchen Sie Hilfe?«

»Von Ihnen?« Der Mann brummte seinem Gesprächspartner zu, dass er zurückrufen würde, und zog sich dann den Kopfhörer aus dem Ohr.

Emma streckte den Rücken gerade durch und sah sich um. Der Tonfall des Typen ärgerte sie. »Also, ich sehe hier sonst niemanden. Aber wenn Sie unbedingt gegen die Laterne da vorne fahren wollen, bitte sehr.« Die Worte waren einfach aus ihr herausgesprudelt. Wie konnte man nur so undankbar sein?

Der Mann zuckte mit den Schultern. »Wir können es ja mal versuchen.«

Emma erwiderte nichts, sondern stellte sich an den Kofferraum und legte ihre Hände auf das kalte Metall. »Wenn ich ›jetzt‹ rufe, geben Sie Gas!« Sie stemmte sich mit den Füßen in den Schnee, dankbar, dass sie ihre rutschfesten Winterstiefel angezogen hatte.

»Warte, ich helfe dir.«

Emma sah zur Seite und in Angelas entschlossenes Gesicht. Sie stand auf dem Bürgersteig und hatte wie immer die Hände voller Einkaufstüten. Sie trug einen weinroten Fuchsmantel, der bis zu den Knien ging, und an den Füßen hellbraune Ugg Boots. Sie stellte die Tüten auf den Boden und positionierte sich neben Emma.

»Ich wollte schon immer mal einem Fremden etwas Gutes tun«, sagte sie und zwinkerte Emma zu. »Jetzt!«, rief Emma und mit vereinten Kräften schoben sie den Wagen, dessen Reifen sich hilflos im Schnee drehten. »Verdammt, wir schaffen das zu zweit nicht«, sagte Angela und sah sich um. Normalerweise waren um diese Uhrzeit viele Leute unterwegs, aber die Straße war praktisch menschenleer.

»Sieht aus, als könntet ihr Unterstützung gebrauchen«, brummte Magda hinter ihnen. Sie hatte die schwarze Daunenjacke und ein Paar Handschuhe mitgebracht, die sich Emma dankbar anzog. Erst jetzt bemerkte sie, wie kalt und nass ihre Hände waren. Der Mann im Auto brüllte ihnen ein Kommando zu, und sie stemmten sich mit aller Kraft gegen den Wagen, der hin und her schlidderte.

»Los, Mädels«, feuerte Angela sie an, und gemeinsam gelang es ihnen, das Fahrzeug aus der Schneewehe zu schieben. Der Fahrer streckte seinen Arm aus dem Fenster und winkte ihnen zu.

»Vielen Dank!«, rief er, ehe er seinen Schlingerkurs fortsetzte.

»Gut gemacht!«, keuchte Angela. Emma sah schnaufend den roten Rücklichtern nach und Magda stützte sich außer Atem auf ihren Oberschenkeln ab. »Du bringst mich noch um, Emma. Eigentlich hätte er doch schieben und eine von uns am Steuer sitzen müssen, oder?«

»Wahrscheinlich wollte er nicht riskieren, dass wir seinen feinen Schlitten schrotten«, erwiderte Emma bissig.

»Die Frage ist doch, warum er überhaupt bei diesem Wetter mit so einem Auto herumfährt. Also mein Flitzer steht in den Wintermonaten in der Garage«, warf Angela ein.

Langsam kehrten die drei Frauen in den Laden zurück, als Angela plötzlich aufschrie und wieder zurückrannte, weil sie ihre Einkaufstaschen auf der anderen Straßenseite stehen gelassen hatte. »Ist das zu fassen? Ich hätte die dort glatt vergessen.«

»Was sagt ihr zu einer heißen Schokolade?«, fragte Magda. »Ich mache euch eine Tasse, wenn ihr mir versprecht, dass ich nie wieder bei so einem Einsatz dabei sein muss.«

»Einverstanden«, antwortete Emma. Obwohl der Mann alles andere als dankbar gewesen war, hatte die Aktion ein Gefühl der Wärme in ihr ausgelöst. Es erinnerte sie an das sonderbare Kribbeln im Bauch, nachdem sie Waldemar Rönnberg nach Hause begleitet hatte. Emma drehte sich zu Magda und Angela um, die vor der Kaffeemaschine standen und sich unterhielten. »Du wolltest doch, dass ich mir ein Hobby suche, Magda. Ich habe eins gefunden.«

»Emma! Ich wusste, dass auf der Liste was für dich dabei sein würde! Und was machst du? Den Töpferkurs?«

»Es steht nicht auf deiner Liste.«

»Nicht? Was willst du denn machen?«

»24 gute Taten. Ich werde jeden Tag bis Heiligabend eine gute Tat vollbringen. Und das hier gerade war meine erste.«

# 8

## SAMSTAG, 2. DEZEMBER

24 Tage, 24 gute Taten. Das war der perfekte Plan für den Dezember. Anderen Menschen bei kleinen oder großen Dingen helfen. Vielleicht sogar das Leben des ein oder anderen verändern? Oder zumindest ein kleines bisschen besser machen. Emma machte einen großen Schritt über einen Schneehaufen. *Niklas hätte das gefallen. Er hätte laut gelacht und gesagt, dass es typisch für mich ist. Immer die ganze Welt retten zu wollen.* Sie lief an einer Reihe eingeschneiter Autos vorbei. Fast wäre sie weggerutscht und hingefallen. Es dauerte doppelt so lange vorwärtszukommen, weil der Boden so uneben war. Eine ziemliche Herausforderung für Leute mit Kinderwagen oder ältere Menschen mit Rollatoren. Vermutlich verließen die das Haus erst gar nicht. Sie musste sofort an ihre Nachbarin Lilian denken. Seit dem Morgen, an dem sie sich ausgesperrt hatte, waren sie sich nicht mehr über den Weg gelaufen. Sie könnte nach der Arbeit bei ihr vorbeigehen und sie fragen, ob sie ihr was aus dem Supermarkt mitbringen konnte. Das wäre die nächste gute Tat. Sie hatte sich seit gestern viele Gedanken über ihr Projekt der »24 guten Taten« gemacht. Konkrete Pläne hatte sie zwar noch nicht geschmiedet, wollte das aber im Laufe des Tages tun. Als Emma die

Sturegatan überquerte, sah sie eine Frau, die sich tatsächlich mit ihrem Kinderwagen durch den Schnee kämpfte. Wild entschlossen schritt Emma auf sie zu und packte den Wagen, um ihr zu helfen.

»He, was machen Sie da?«, rief die Frau entrüstet.

Emma ließ erschrocken los. »Oh … Entschuldigung … ich wollte nur helfen.«

»Indem Sie auf uns losgehen?«

»Es sah aus, als hätten Sie Schwierigkeiten voranzukommen, und ich dachte …«

»Sie dachten, es wäre eine gute Idee, meine Tochter vom Trittbrett herunterzustoßen? Haben Sie nicht gesehen, dass sie fast eingeklemmt worden wäre?« Wütend deutete die Mutter nach unten, und erst da entdeckte Emma das kleine Mädchen, dass auf einem Brett zwischen den Beinen ihrer Mutter und dem Kinderwagen stand.

»Hui … ähm … ich habe dich gar nicht gesehen«, sagte sie und lächelte das Mädchen an, das mit großen Augen zwischen ihrer Mutter und Emma hin und her sah.

»Überlegen Sie mal, was da alles hätte passieren können!«

»Na, Ihre Tochter wäre vermutlich in etwa zehn Zentimeter Neuschnee gefallen«, entgegnete Emma, murmelte aber schnell eine Entschuldigung, als sie sah, dass die Frau zu einer weiteren Beschimpfung ausholte. Als sie einen sicheren Abstand zwischen sich und die gereizte Mutter gebracht hatte, sah Emma sich um. Die Frau war nicht viel weitergekommen, aber Emma hatte kein Interesse, umzudrehen und erneut ihre Hilfe anzubieten.

Plötzlich musste sie lachen. Das gerade zählte wohl eher nicht als eine gute Tat. Helfen war gar nicht so leicht. Der

Mann gestern hatte gestresst reagiert und sich kaum bedankt, und von der Mutter mit dem Kinderwagen war sie beschimpft worden. War ihre Idee doch nicht so gut? Vielleicht war es besser, die Tage bis Heiligabend ihren gewohnten Gang gehen zu lassen? *Nein! Ich werde mich doch nicht gleich entmutigen lassen.* Es gab bestimmt genug Menschen, die ein bisschen Wärme und Fürsorge gebrauchen konnten. Sie musste sie nur finden.

***

»Du bist aber noch nicht weit gekommen.« Magda war plötzlich neben Emma aufgetaucht, die vor dem Schaufenster einer Galerie stand.

»Ich mache doch erst in einer halben Stunde auf«, sagte Emma, ohne ihren Blick von dem Bild vor ihr zu nehmen. »Wie findest du das?«

Magda kratzte sich unter der Mütze und legte den Kopf auf die Seite. »Was soll das darstellen?«

»Ich weiß nicht. Einen Hamster vielleicht?«

»Oder einen fusseligen Ball vor einem blauen Nichts.« Magda kniff die Augen zusammen. »Obwohl, wenn man sich das Bild so ansieht, dann könnte es auch ein fusseliges Boot auf hoher See sein.«

Emma grinste und presste die Lippen aufeinander, um keinen Lachanfall zu bekommen. Sie sah ihre Schwester an, deren Augen schelmisch funkelten. Langsam gingen sie die Straße hinunter.

»Seit wann interessierst du dich für Kunst?«, fragte Magda, während sie, vorsichtig einen Fuß vor den anderen setzend, weiterstapften.

Emma überlegte kurz, ob sie ihr die Wahrheit sagen sollte, dass sie in einem Geheimfach in ihrer Wohnung ein Aquarell gefunden hatte und ihr der Rahmen zerbrochen war. Eben, als sie an der Galerie vorbeilief, war ihr der Gedanke gekommen, dass sie ihn vielleicht dort reparieren lassen und der Galerist vielleicht sogar den Besitzer ausfindig machen könnte. Als eine gute Tat gewissermaßen. *Nein, das Risiko, dass Magda sich einmischt, ist zu groß.*

»Ich bin zufällig vorbeigekommen und einfach an dem Bild hängen geblieben«, antwortete sie stattdessen und stapfte durch eine besonders hohe Schneewehe. Sofort drang etwas Schnee in den Schaft ihrer Winterstiefel. Ihr Strumpf wurde nass, aber Emma ging unbeirrt weiter. »Wie war es in der U-Bahn? Ging das?«

»Nicht wirklich«, sagte Magda und verzog ihr Gesicht, als auch sie Schnee in den Stiefel bekam. »Wie läuft es mit deinen 24 guten Taten?«

»Wie meinst du das?«

»Na ja, hast du einer alten Frau mit den Einkäufen geholfen oder noch mehr Autos durch die Gegend geschoben?«

»Haha, sehr witzig«, sagte Emma. »Ich habe das doch erst gestern beschlossen.« Sie grub ihre Hände in die Manteltaschen. »Bist du heute auch wieder im Laden?« Eigentlich war das eine dämliche Frage. Aus welchem Grund sollte Magda sonst in dieser Gegend unterwegs sein?

»Nur für ein paar Stunden.« Magda stampfte sich den pudrigen Schnee von den Lederstiefeln.

»Aber …« Emma sah ihre Schwester an.

»Was denn?«

»Solltest du nicht eigentlich zu Hause bei deiner Familie sein? Ich meine, es ist Samstag.« Emma hatte schon länger den Eindruck, dass Magda übertrieben viel Zeit im Laden verbrachte, auch wenn sie natürlich wusste, dass ihre Schwester ihr helfen wollte und ihren Job verloren hatte. Aber dass sie an einem Samstag kam, statt die Zeit mit ihrer Familie zu verbringen, passte nicht ins Bild.

»Henriks Eltern sind zu Besuch ... außerdem will ich dich unterstützen.«

»Und das ist der einzige Grund? Ihr habt euch doch nicht gestritten?« Die zweite Frage stellte Emma so beiläufig wie möglich.

»Nee. Aber die haben den ganzen Tag Programm, und da dachte ich, ich nutze die Gelegenheit und fahre zu dir«, sagte Magda und sah dem Wagen hinterher, der an ihnen vorbeifuhr.

Emma sah ihre Schwester von der Seite an. Magda sagte zwar, dass alles in Ordnung war, aber Emma spürte, dass etwas nicht stimmte. Als Magda sich zu ihr drehte, trafen sich ihre Blicke. Ihre Schwester lächelte. »Wir sollten uns beeilen, damit wir nicht zu spät aufmachen.«

Sie überquerten die Straße und spazierten die Allee hinunter, die zwischen den Fahrstreifen lag. Es war, als würde man durch einen Märchenwald laufen. Die Zweige der Bäume hingen tief unter dem schweren Schnee, und auf dem Boden waren kaum Fußspuren zu sehen. Beinahe unberührt erstreckte sich vor ihnen ein weißes Band aus Schnee. Wahrscheinlich war es nicht die beste Idee, ausgerechnet hier entlangzulaufen. Aber es war umwerfend schön.

»Hast du zu Hause schon geschmückt?«, fragte Magda, als

sie am Lampenladen an der Kreuzung von der Nybrogatan und dem Karlavägen vorbeikamen.

»Nein, noch nicht«, murmelte Emma ausweichend. Sie wollte nicht über ihre Wohnung sprechen. »Aber ich habe vorhin versucht, einer Mutter zu helfen.«

»Mit der Weihnachtsdeko?«

»Als gute Tat. Du hast mich doch vorhin danach gefragt.«

»Hast du nur *versucht,* ihr zu helfen, oder *hast* du ihr geholfen?«

»Sie ist wütend geworden, weil ich ihre Tochter fast vom Kinderwagentrittbrett geschubst habe«, antwortete Emma. Im Nachhinein konnte sie verstehen, warum die Frau sie so angegangen war. Trotzdem fand sie ihre extreme Reaktion noch immer übertrieben.

»Wie bitte?«

»Woher sollte ich denn bitte wissen, dass sie so ein verdammtes Trittbrett am Kinderwagen hat? Ich *konnte* das Mädchen überhaupt nicht sehen.«

Magda lachte laut los. »Weißt du, was, Emma? Ich glaube, dein Projekt wird ein voller Erfolg.«

»Vielen Dank, dass du dabei so hinter mir stehst«, grummelte Emma und schob ihre Hände noch tiefer in die Manteltaschen.

»Ach, komm schon, wen interessiert schon eine schlecht gelaunte Mutter? Und wer bitte stellt bei so einem Wetter seine Tochter auf ein Trittbrett?«

»Ich dachte, du warst gegen das Projekt?«

»Nein, überhaupt nicht. Ich finde, das ist eine Superidee.« Magda fing an, ein Weihnachtslied zu summen. »Was ist?«, fragte sie, als sie Emmas skeptischen Blick bemerkte.

»Nichts. Ich freue mich, dass dir meine Idee gefällt.«

»Das tut sie. Und nachdem deine heutige Mission, einer Mutter mit Kinderwagen zu helfen, gescheitert ist, was willst du stattdessen tun?«

»Keine Ahnung. Aber irgendetwas wird mir schon einfallen. Der Tag ist ja noch lang.« *Ich muss mir eine Liste mit guten Taten schreiben.*

»Dir fällt garantiert etwas ein. Wer weiß, vielleicht rettest du auf dem Nachhauseweg eine Katze aus einem Baum, oder so.«

Emma verdrehte die Augen. Obwohl sich Magda über sie lustig machte, tat es gut zu wissen, dass ihre Schwester ihren Plan ernst nahm. Zwar war der erste Versuch an diesem Tag gescheitert, und sie fragte sich insgeheim schon ein wenig, ob die Menschen ihre Hilfe überhaupt wollten. Aber sie würde auf keinen Fall aufgeben. Sie würde dieses Projekt zu Ende bringen, komme, was wolle.

Und vielleicht würde sie am Ende Vergebung finden. Wenn es überhaupt Vergebung gab, für jemand, der für den Tod seines Liebsten verantwortlich war.

***

Im Laden war den ganzen Vormittag viel zu tun, und Emma war dankbar, dass Julia und Magda sie unterstützten, obwohl es Samstag war. Viele Kunden waren gekommen, um Weihnachtsgeschenke einzukaufen, und dazu kamen die Bestellungen aus dem Onlineshop. Das Angebot, Kaffee und Kekse, wurde gerne angenommen, und der Duft nach frischem Kaffee und Gebäck mischte sich mit dem der Zimtstangen und Tannenzweige, die Magda zur Dekoration auf die Theke gelegt hatte. Emma beobachtete Julia und Magda, die in die Planung des morgigen Bastelkurses vertieft waren und sich offensichtlich prächtig dabei amüsierten. Sie selbst war nicht so enthusiastisch wie die beiden. Vermutlich hatte Magda recht, dass diese Kurse den Umsatz erhöhten, auf der anderen Seite aber hatten sie in den letzten Tagen so viel verkauft, dass Emma zu bezweifeln begann, ob die Geschäfte wirklich so schlecht liefen, wie Magda immer behauptete. *Vielleicht sollte ich selber mal einen Blick auf die Zahlen werfen*, dachte sie, während sie sich eine Bestellung ansah, die am Montag geliefert werden sollte.

»Was hältst du davon, wieder mit dem Versenden eines Newsletters anzufangen?«, fragte Magda und riss Emma aus ihren Gedanken.

»Ich weiß nicht. Haben wir denn überhaupt noch die ganzen Kundendaten?«

»Du hast doch früher jeden Monat einen Newsletter mit Angeboten verschickt. Hast du die Liste nicht mehr?«

Emma hätte Magda gerne gesagt, dass es reichte. Ihre Schwester hatte sich schon viel zu sehr in alles Mögliche eingemischt, und sie hatte weder Lust noch Kraft, noch mehr Energie in den Laden zu stecken. Aber statt sich zu wehren, nickte sie nur. »Ich kann ja mal nachsehen, ob ich die noch finde.«

»Topp! Hast du Julias Einladung für die Kurse schon gesehen?«, fragte Magda begeistert.

Emma folgte ihr zurück in den vorderen Teil des Ladens. Die Einladung war in der Tat sehr stimmungsvoll geworden.

»Sieht toll aus«, sagte sie.

»Du solltest Designerin werden«, schwärmte Magda, und

Julia strahlte vor Stolz. »Pass auf, Emma, Julia und Angela betreuen das Kinderbasteln morgen, ich helfe dir beim Geschenkverpackungskurs, und um den Tischdekorationskurs kümmerst du dich zusammen mit Angela.«

»Will sie dafür wirklich kein Geld haben?«

»Also mir hat sie gesagt, dass sie das umsonst macht«, warf Julia ein. »Ich glaube, sie ist ziemlich reich und braucht das Geld nicht.«

»Ach ja?«, fragte Magda neugierig.

»Ihre älteste Tochter geht in die Klasse unter mir, und ich habe gehört, dass sie in einem Townhouse in der Danderydsgatan wohnen. Außerdem fliegen sie in den Ferien auf die Malediven und fahren jedes Jahr in Verbier Ski. Das ist alles nicht gerade billig.«

»Genau.« Magda nickte. »Dann musst du auch kein schlechtes Gewissen haben, Emma. Angela will uns nur helfen.«

Emma nahm den Zettel, den Magda ihr hinhielt. »Okay, das wird schon alles werden. Ich muss mich jetzt um die Onlinebestellungen kümmern. Und dann werde ich dem nächsten Kunden einen Kaffee anbieten.«

»Oh, super. Ist das deine gute Tat für heute? Alle mit Kaffee zu versorgen?«, fragte Julia und sah sie neugierig an.

»Ja, so hatte ich mir das gedacht.«

»Ich finde deine Idee mit den 24 guten Taten total cool. Stell dir mal vor, was passieren würde, wenn wir alle ein bisschen netter zueinander wären!«

»Das wäre was.«

»Wenn du willst, kann ich das mit den Bestellungen machen, dann kannst du hier vorne im Laden sein.«

»Okay, danke.«

»Und ich gehe jetzt nach Hause«, verkündete Magda.

*Das wird auch allerhöchste Zeit.* Emma setzte sich auf einen Stuhl hinterm Tresen und blätterte, zum Schein hoch konzentriert, in einem Katalog mit Frühjahrsprodukten in den verschiedensten Pastellfarben. Kaum hatte Magda den Laden verlassen, legte sie den Katalog beiseite. Ihr Blick fiel auf Julias Einladung. Sie versuchte, eine ähnliche Freude wie die anderen beiden zu empfinden, aber es wollte ihr nicht gelingen.

***

Emma blickte auf, als die Türglocke bimmelte. Es war Zeit für ihre nächste gute Tat. Vielleicht würde sie ja einem Kunden bei etwas helfen können, das über die Wahl eines passenden Weihnachtsgeschenks oder Teeservice hinausging? Ihr Mut verließ sie augenblicklich, als sie sah, wer da den Laden betreten hatte. Es war der Mann mit dem Sportwagen. Dieses Mal hatte er allerdings keine Kopfhörer auf und telefonierte auch nicht. Vielleicht musste sie mit ihrer guten Tat auf den nächsten Kunden warten? Der Mann sah ihr direkt in die Augen, Emma schüttelte es innerlich.

»Hallo.« Er lächelte sie strahlend an, und um seine Augen bildeten sich feine Fältchen.

Emmas Blick wanderte von seiner Anzughose und dem dicken schwarzen Wintermantel, beides selbstverständlich teure Marken, hoch zu seinem zerzausten dunkelbraunen Haar. Als sie sein amüsiertes Schmunzeln bemerkte, presste sie die Lippen aufeinander und stand auf. *Der glaubt jetzt, dass ich ihn umwerfend finde.* So ein Typ, der dachte, man interessierte sich wahnsinnig für ihn, wenn man ihn nur ansah. Eitel und selbstverliebt bis zum Gehtnichtmehr. Aber das hatte sie ja schon gestern gewusst.

»Wie kann ich Ihnen behilflich sein?«, fragte Emma.

»Schöner Laden! Ist das Ihrer?«

»Ja.« Emma wich seinem Blick aus. *Der hat mich nicht wiedererkannt, typisch.* Aber war es ein Zufall, dass er ausgerechnet in ihr Geschäft kam? Er passte nicht zu ihrer üblichen Kundschaft, die vor allem aus Frauen mit einer Vorliebe für *Interior Design* bestand.

In diesem Moment wurde die Ladentür geöffnet, und eine dunkelhaarige Frau kam herein.

»Es tut mir leid, dass ich mich verspätet habe, ich wurde aufgehalten«, sagte sie und lief auf den Sportwagentypen zu. »Hast du schon etwas gefunden?«

»Ich bin auch gerade erst reingekommen«, sagte er und wandte sich an Emma. »Wir suchen ein Geschenk für eine Fünfzigjährige.«

»Schön. Und an was hatten Sie da so gedacht?«, fragte Emma und bemühte sich um einen freundlichen Ton. *Wir haben ihm mit seiner bekloppten Karre geholfen, und der hat nicht einmal den Anstand, sich ordentlich dafür zu bedanken.*

»Außerdem wollte ich nicht versäumen, mich für Ihre Hilfe gestern zu bedanken. Und mich für meine Unhöflichkeit zu entschuldigen.«

»Schon okay«, unterbrach ihn Emma überrascht. Hatte er sie also doch wiedererkannt.

»Ich hatte ein superwichtiges Telefonat und habe mich über mich selber geärgert, dass ich so dumm war, bei diesem Wetter in so einem Auto herumzufahren.«

»Bist du tatsächlich mit dem Wagen gefahren? Ich habe dir doch gesagt, dass du mit dem keinen Meter weit kommst«, sagte die Frau und wandte sich unvermittelt an Emma. »Haben Sie Geschenkgutscheine?«

»Ja, soll ich Ihnen einen ausstellen?«

»Das wäre toll. Wir nehmen einen für tausend Kronen. Dann kann sie sich selbst etwas aussuchen, was ihr gefällt. Schatz, kannst du das hier erledigen? Ich muss zurück nach Hause, da herrscht das Chaos des Jahrtausends, und du weißt ja, die Gäste kommen in ein paar Stunden.«

»Ich regel das hier. Geh du nur schon vor.«

Die Frau lächelte ihn an und legte eine Hand auf seinen Arm. »Bis später.« Dann verließ sie den Laden so schnell, wie sie gekommen war.

Emma machte sich daran, den Geschenkgutschein auszustellen. »Wollen Sie auch eine Karte dazu?«, fragte sie und zeigte auf den Kartenständer.

Nachdem der Mann sich für eine Karte entschieden und alles bezahlt hatte, verpackte Emma den Gutschein. *Soll ich ihm jetzt einen Kaffee anbieten, oder nicht?*

»Bitte sehr. Viel Spaß beim Verschenken«, sagte sie, als sie fertig war, und reichte ihm die kleine Tüte.

»Vielen Dank.« Der Mann ließ seinen Blick durch den Laden wandern. Er nahm eine Duftkerze in die Hand, roch daran, dann stellte er sie wieder hin. »Hm … Ich sollte Sie weiterarbeiten lassen. Vielen Dank noch mal für Ihre Hilfe gestern.«

»Gern geschehen«, log Emma und lächelte erleichtert, als sie Julia sah, die aus dem Lager kam. »Und, alles gut gegangen?«

»Alles erledigt und verpackt«, erwiderte Julia vergnügt und lächelte den Mann an. »Soll ich Ihnen einen Kaffee machen?«

»Julia, ich glaube, er hat keine …«

»Kaffee?«

»Wir laden jeden Kunden auf einen Kaffee mit Keks ein. Aber natürlich muss das nicht sein, wenn Sie keine Zeit haben.« Emma hoffte inständig, dass dieser Kelch an ihr vorbeigehen und er ablehnen würde.

»Oh, ich hätte sehr gerne einen Kaffee! Gibt es den auch zum Mitnehmen?«

Während sich Julia an der Kaffeemaschine zu schaffen machte, tat Emma so, als wäre sie mit etwas anderem beschäftigt. Es war fast unmöglich, sich natürlich zu verhalten, wenn dieser Mann nur zwei Meter entfernt von ihr dastand und mit Julia plauderte. Jede Bewegung fühlte sich steif und falsch an. Aus den Augenwinkeln beobachtete Emma, wie Julia ihm seinen Kaffee hinstellte. Endlich.

»Ach so!«, sagte er und wandte sich wieder Emma zu. »Jetzt hätte ich doch glatt vergessen, Ihnen mein kleines Dankeschön zu geben.«

Er zog eine Pralinenschachtel aus der Manteltasche und schob sie über die Theke. Widerwillig sah Emma auf. »Vielen Dank, aber das wäre wirklich nicht nötig gewesen.«

»Das ist ja wohl das Mindeste, was ich tun kann. Es ist schließlich nicht selbstverständlich, einfach so einem Fremden zu helfen. Und erst recht nicht einem so unmöglichen Kerl wie mir. Oder mögen Sie keine Schokolade?« Fragend sah er Emma an.

»Schokolade kann man nie genug haben«, rief Julia fröhlich. »Zumindest sagt meine Großmutter das immer.«

»Recht hat sie. Vielen Dank noch mal für die Hilfe«, sagte er und hob seinen Becher zum Abschied. »Und vielen Dank für den Kaffee.«

# 9

SONNTAG, 3. DEZEMBER

Emma schlug die Bettdecke beiseite, lief frierend über den kalten Fußboden, wich den Kartons und schwarzen Müllsäcken im Schlafzimmer aus und öffnete den Kleiderschrank. In einem der Fächer lag das, was sie jetzt brauchte. Ein Paar dicke Wollsocken in Gelb, Grün, Blau und Rot. Nachdem sie sich noch einen warmen, ziemlich zerschlissenen Kaschmirpullover und eine gemütliche Jogginghose angezogen hatte, ging sie in die Küche, um Teewasser aufzusetzen. Während das Wasser aufkochte, stellte sie sich ans Fenster und sah hinunter in den menschenleeren Hinterhof. Sie bewunderte die Adventssterne in den Fenstern ihrer Nachbarn und die Lichterketten an den Balkonen, die im Dunkeln leuchteten. Die Welt fühlte sich um diese Uhrzeit so friedlich an. Sie war gern früh wach. Sogar noch vor der Familie mit den Kleinkindern gegenüber.

Es war genau drei Wochen vor Weihnachten. Heute würde sie nicht in den Laden gehen und nach dem Rechten sehen, sondern den Keller aufräumen. Das Kinderbasteln hatte sie gestern schon abgesagt, weil vier Anmeldungen ihrer Meinung nach zu wenige waren, um den Aufwand zu betreiben. Neben der Spüle lag die Tüte mit dem Medaillon und dem

Bild. *Ich muss den Rahmen reparieren lassen und den Besitzer ausfindig machen.* Vorsichtig strich sie mit dem Finger über das Aquarell, da fing der Wasserkessel an zu pfeifen, und sie nahm ihn von der Herdplatte. Der Duft von Äpfeln, Zimt und Ingwer stieg ihr in die Nase, als sie den Tee aufgoss. Welche gute Tat würde sie heute vollbringen können? Ihr Projekt war nicht so gut angelaufen, wie erhofft, aber wenn sie es für die restlichen Tage besser plante, würde es vielleicht einfacher werden. Emma holte sich Stift und Papier und schrieb alles auf, was sie schon getan hatte und was ihr noch einfiel. Am Ende las sie sich ihre kurze Liste zufrieden durch. Sie war zwar noch nicht fertig und ihre Ideen vielleicht nicht besonders kreativ, aber es war immerhin ein Anfang.

1. *Dem Sportwagentypen helfen.*
2. *Jedem Kunden einen Kaffee anbieten.*
3. *Lilian einen Gefallen tun.*
4. *Dem Paketboten für seine Arbeit danken.*
5. *Einem Fremden die Taschen tragen.*
6. *Drei Unbekannten Komplimente machen.*
7. *Mama beim Schmücken des Weihnachtsbaums helfen.*
8. *Vor der Haustür und im Innenhof Schnee schippen (wenn es weiterschneit).*
9. *Mit Papa ein Eishockeyspiel ansehen (das ist eine ganz besonders gute Tat).*
10. *Jemanden überraschen.*
11. *Drei Menschen auf der Straße anlächeln.*
12. *Einem Wohltätigkeitsverein Geld spenden.*
13. *Das Medaillon und das Bild dem rechtmäßigen Besitzer zurückgeben.*

*14. ?*
*15. ?*
*16. ?*
*17. ?*
*18. ?*
*19. ?*
*20. ?*
*21. ?*
*22. ?*
*23. ?*
*24. Meiner Familie etwas Gutes tun und ihr sagen, wie sehr ich sie liebe und wie viel sie mir bedeuten.*

Emma lächelte zufrieden. Wenn sie es schaffen würde, das alles umzusetzen und noch etwas für die Fragezeichen zu finden, dann würde es ihr bestimmt besser gehen. Zumindest hoffte sie das. Und wenn nicht, war es immerhin ein Weg, durch den Dezember zu kommen.

***

Emma klopfte bei Lilian an die Tür und wartete. Kurz darauf hörte sie Schritte, dann ein Scharren hinter der Tür.

»Wer ist da?«, hörte sie Lilians Stimme auf der anderen Seite.

»Ich bin es, Emma. Ihre Nachbarin.« Emma sprach extra laut, damit Lilian sie auch hören konnte. »Ich wollte fragen, ob ich Ihnen was aus dem Supermarkt mitbringen kann?«

Es rasselte, als Lilian den Schlüssel umdrehte und die Tür öffnete. Ihr faltiges Gesicht zerknitterte noch mehr, wenn sie lächelte.

»Emma, wie nett. Wie geht es Ihnen?«

»Gut, danke. Ich gehe einkaufen und wollte fragen, ob Sie etwas brauchen.« Emma hoffte sehr, dass Lilian das Angebot annehmen würde. Sie wollte so gerne auch heute eine gute Tat vollbringen, und ihrer Nachbarin bei Schneegestöber mit den Einkäufen zu helfen schien eine hervorragende Gelegenheit dazu zu sein.

»Das ist sehr aufmerksam von Ihnen, Emma. Aber ich habe alles, was ich gerade brauche.«

»Na, das ist doch prima«, sagte Emma und trat einen Schritt zurück. *Dann muss ich mir für heute eine andere gute Tat ausdenken.* Sie wandte sich zum Gehen, aber Lilians Stimme hielt sie zurück.

»Vielleicht wollen Sie mich ja zum Gottesdienst begleiten?«

»Zum Gottesdienst?«

»Ja, es ist etwas Besonderes, am ersten Advent in die Kirche zu gehen, finden Sie nicht?«

»Ich bin keine große Kirchgängerin«, erwiderte Emma, um sich aus der Affäre zu ziehen. Sie war schon seit Jahren nicht mehr in der Kirche gewesen, nicht einmal an den Feiertagen. Aus Angst, dass es zu schmerzhaft werden würde.

»Ich auch nicht. Aber am ersten Advent lohnt es sich.«

Emma wusste, was Lilian meinte. Auch sie war als Kind am ersten Advent Jahr für Jahr mit ihrer Familie in die Kirche in Bromma gegangen. Sie erinnerte sich an die besondere Atmosphäre, die vielen Menschen, den Kerzenschein, die Musik, mit der man den ersten Tag des Kirchenjahres feierte. Mittlerweile gingen ihre Eltern allein dorthin. Magda und sie hatten im Teenageralter aufgehört, sie zu begleiten, weil sie an genau diesem Sonntag immer zu faul gewesen waren oder eine lange Partynacht hinter sich hatten.

»Ich war schon seit Ewigkeiten nicht mehr am ersten Advent in der Kirche.«

»Na, dann wird das ja allerhöchste Zeit.«

Emma lächelte verlegen. *Wie komme ich da wieder raus?* Als hätte Lilian ihre Gedanken gehört, sagte sie: »Es würde mich so freuen, wenn Sie mir Gesellschaft leisten könnten. Vor allem bei diesem Wetter.«

»Ich würde auch wirklich gerne mitkommen«, log Emma. »Aber ich muss heute leider den Keller ausräumen.«

»Ach wirklich? Es ist nur so … Heute habe ich besonders starke Schmerzen in den Beinen, und ich fühle mich draußen nicht sicher, bei der Glätte und dem Schnee. Es wäre doch furchtbar ärgerlich, wenn ich stürzen und mir den Oberschenkelhalsknochen brechen würde. Viele in meinem Alter erholen sich nie wieder davon.« Um ihren Worten noch mehr Ausdruck zu verleihen, stützte sich Lilian im Türrahmen ab und stöhnte leise auf.

Emma sah in Lilians hellblaue, lebhafte Augen. Brauchte sie wirklich Hilfe? Oder spielte die alte Dame ihr hier etwas vor? Emma wusste es schlicht nicht. Und gab schließlich auf.

»Meinetwegen, ich komme mit. Wann müssen wir los?«, fragte sie und beruhigte sich damit, dass dieser Ausflug auf jeden Fall als eine gute Tat zählte.

»Oh, wie wunderbar. Wir gehen sofort los. Ich ziehe mir meinen Mantel an, und in der Zeit können sie sich umziehen. Ich komme gleich rüber.«

Emma sah an sich hinunter, sie trug nach wie vor die Jogginghose und den alten Pullover. Lilian hatte wahrscheinlich recht damit, dass sie sich umziehen sollte. Ihre Nachbarin trug eine schwarze Stoffhose und eine Seidenbluse unter einem rosa Cardigan. An ihren Ohren leuchteten Perlen, ihr dickes weißes Haar war perfekt frisiert, und um den Hals hatte sie sich eine lange, dünne Goldkette mit einem kleinen Kreuz gehängt.

Kurz darauf stand Emma vor ihrem Kleiderschrank und sondierte das Angebot. Sie wusste nicht, was sie anziehen sollte. Waren eine dunkelblaue Hose und ein schlichter Wollpullover fein genug? Sie ließ ihren Blick über die Bügel gleiten, griff wahllos nach einem Pullover, hängte ihn wieder zurück, nahm den nächsten.

»Und, wie läuft es?« Emma zuckte zusammen, als Lilian plötzlich in ihrem Schlafzimmer stand. Sie war es nicht gewohnt, dass Leute einfach ungefragt in ihre Wohnung kamen. Schon gar nicht Menschen, die sie kaum kannte. Aber die alte Dame hatte es wohl als Einladung verstanden, dass sie die Wohnungstür angelehnt gelassen hatte.

»Räumen Sie hier gerade aus?«

Lilian zeigte auf die schwarzen Müllsäcke und Umzugskartons.

»Ähm, ja … ich muss ein bisschen aussortieren«, sagte Emma.

Lilian ließ ihren Blick für einen kurzen Moment auf einem der Säcke ruhen, in den Emmas alte Sommerkleider gewandert waren, dann ging sie an den Schrank und versuchte, eine der Schubladen aufzuziehen.

»Da sind keine Sachen von mir drin«, sagte Emma und zog Lilians Hand von der Schublade. Die war absolut tabu.

Die durfte niemand aufmachen. Nicht einmal sie selbst. »Ich habe das, was dort hängt«, schob sie schnell hinterher. Lilian begann sofort damit, Emmas Kleider mit kritischem Blick zu inspizieren, und griff schließlich mit einer routinierten Bewegung nach einer cremefarbenen Bluse.

»Die hier ist reizend. Die passt hervorragend für einen Kirchbesuch.«

»Meinen Sie wirklich? Ich hatte eher an etwas Schlichtes gedacht«, erwiderte Emma und hielt ihr den Pulli hin, den sie in der Hand hatte.

»Wir wollen in die Kirche, meine Liebe. Und danach will ich Sie zum Mittagessen einladen.« Lilian nahm Emma den Strickpulli aus der Hand und hängte ihn zurück in den Kleiderschrank.

»Sie müssen mich nicht …«

»Ich will aber.«

Ohne dass sie wusste wie ihr geschah, hatte Emma sich wenig später umgezogen und trug die Bluse und eine dunkelblaue Seidenhose. Lilian hatte sogar den roten figurbetonten Wollmantel hervorgekramt und Emma dazu überredet, ihn »statt dieses fürchterlichen schwarzen Dings da« anzuziehen, wie sie ihre Daunenjacke nannte. Auf dem Weg zur Oscarskirche musterte Emma ihre Nachbarin von der Seite. Die Hedvig Eleonora Kirche, die viel näher lag, war laut Lilian keine ernst zu nehmende Alternative. Nein, die Oscarskirche auf dem Narvavägen war die einzige Option, um einen anständigen ersten Advent zu feiern.

***

Die Kirche war voll, aber es gelang ihnen, ziemlich weit vorne noch zwei Plätze zu ergattern. Das hatten sie vor allem Lilians sich plötzlich akut verschlimmernder Gebrechlichkeit zu verdanken. Sie konnte sich auf Höhe der vorderen Reihen ganz plötzlich kaum noch auf den Beinen halten.

»Das ist doch ganz gut gelaufen«, flüsterte Lilian, als ein jüngeres Paar ihnen ihre Plätze überließ.

Emma sank auf die Holzbank. »Das tut mir leid, dass Ihr Bein gerade so wehtut«, sagte sie und zog den Mantel aus.

Lilian kicherte. »Ja, das macht manchmal, was es will«, antwortete sie und fuhr dann mit so laut erhobener Stimme fort, dass sich die Gäste in den Reihen vor ihnen umdrehten: »Oh, da ist ja Frau Håkansson, vor der müssen wir uns in Acht nehmen, wenn wir nicht den ganzen Tag hier verbringen wollen.«

Emma musste die Lippen aufeinanderpressen, um nicht laut loszulachen. Entweder bemerkte Lilian nicht, dass die Leute sie hören konnten, oder es war ihr egal. Sie vermutete stark, dass Letzteres der Fall war. Während Lilian in ihrer Handtasche kramte, sah sich Emma vorsichtig um. Sie war noch nicht oft hier gewesen, aber das gigantische Kirchenschiff aus grauem Kalkstein mit seinem hohen Gewölbe, raubte ihr jedes Mal den Atem. Ihr Blick blieb an den großen Kerzenleuchtern hängen, in denen unzählige kleine Teelichter flackerten. *Für die, derer wir gedenken*, kam ihr in den Sinn und merkte, wie ihr die Tränen in die Augen stiegen. Sie blinzelte sie weg und ließ ihren Blick weiter durch die Kirche wandern. Die gewaltige Orgel auf der Balustrade über ihnen hatte etwas Majestätisches. Auch dort oben saßen Leute. Die Kirche war bis auf den letzten Platz gefüllt. Emma sank gegen die Lehne der Holzbank und atmete tief durch.

»Hallo, Emma!«

Vor ihr stand Kia, eine Bekannte von Niklas. Sie hatten sich seit seiner Beerdigung nicht mehr gesehen. Ihre Erinnerungen an diesen schlimmen Tag waren verschwommen. Hatten sie sich überhaupt unterhalten?

»Hallo.« Emma stand auf. Kia umarmte sie.

»Oh, meine Süße, das ist ja so lange her. Wir hätten uns nach der Beerdigung melden sollen, aber du weißt ja, wie das ist. Die Zeit rast, die Kinder, der Job, der Freizeitstress, und auf einmal sind zwei Jahre um.«

»Kein Problem.«

»Wie geht es dir?« Kia hatte ihren Kopf zur Seite gelegt und sah sie mitleidig an. Emma wand sich vor Unbehagen.

»Mir geht es gut.«

»Das freut mich. Als wir uns das letzte Mal gesehen haben, ging es dir ja nicht so gut. Da warst du echt am Ende. Es muss schlimm für dich sein, hier in der Kirche zu sitzen. Ich meine diese Weihnachtsstimmung und alles, das ist bestimmt nicht schön. Du muss wahrscheinlich ständig daran denken, was passiert ist.«

»Es geht schon«, antwortete Emma und presste ihre Kiefer so fest aufeinander, dass ihre Zähne knirschten. Kia war schon immer taktlos und indiskret gewesen. Und weil sie seit ihrer Jugend mit Niklas befreundet gewesen war, hatte Emma im Laufe der Zeit öfter einmal ihre Fehltritte ertragen müssen.

»Das ist gut. Du bist eine Kämpferin.« Kia drückte sie noch einmal an sich. »Ich muss los, Arienne singt im Kinderchor mit, und ich will ihr noch ein bisschen Mut machen, bevor es losgeht.«

Erschöpft ließ sich Emma zurück auf die Kirchenbank fallen. Nach der Begegnung mit Kia fühlte sie sich, als hätte sie jemand durch den Wolf gedreht. Ihr Kopf pochte, und ihre Beine zitterten. Um Situationen wie diesen aus dem Weg zu gehen, mied sie ihre Freunde und Bekannten. Sie wollte nicht ihre mitleidigen Blicke sehen und die immergleichen Fragen gestellt bekommen, wie es ihr ging und ob sie zurechtkam. In diesem Moment wünschte sie sich nichts inniger, als so schnell wie möglich von diesem Ort zu verschwinden.

»Zerbrich dir nicht den Kopf. Einige Menschen sind so von sich selbst eingenommen, dass sie gar nicht merken, was ihre Worte bei anderen auslösen«, sagte Lilian und drückte Emmas Hand.

Emma versuchte zu lächeln, aber ihr Gesicht verzog sich zu einer Grimasse. »Ich sollte jetzt vielleicht lieber nach Hause gehen.«

»Bleib sitzen. Lass nicht zu, dass sie so einen großen Einfluss auf dich hat«, sagte Lilian. »Ich weiß, wovon ich spreche. Ich musste auch viele unachtsame, wenig sensible Menschen ertragen.«

»Wirklich?«

»Ja, aber das ist schon lange her … Ich habe einen geliebten Menschen verloren, und das führte zu … ziemlich viel Aufregung, könnte man sagen.« Lilian schüttelte den Kopf. »Ich glaube mittlerweile, dass diese Leute es gar nicht böse meinen, sondern ihre Gedanken nur sehr ungeschickt formulieren.«

Emma senkte den Kopf und sah auf ihre in ihrem Schoß gefalteten Hände. Sie atmete tief und gleichmäßig. Lilian hatte recht. Sie sollte einer flüchtigen Bekannten wie Kia nicht so viel Macht über sich geben, auch wenn es schwerfiel. Lilian hatte begonnen, sich mit ihrer Sitznachbarin zu unterhalten. Zu gerne hätte Emma gewusst, um wen sie trauerte und auch was es mit der großen Aufregung auf sich hatte. *Aber sie ist ganz bestimmt nicht für seinen Tod verantwortlich, so wie ich.* Erneut kämpfte Emma mit den Tränen. In diesem Moment begannen die Kirchenglocken zu läuten, und das gedämpfte Gemurmel der Anwesenden verebbte.

Nachdem der Kirchenchor sein zweites Lied gesungen hatte, war sie wieder zur Ruhe gekommen und konnte sich zurücklehnen und den Gesang und die Musik genießen, die das ganze Kirchenschiff erfüllten. Es war wirklich ein unvergleichliches Erlebnis, am ersten Advent in der Kirche zu sitzen, gemeinsam mit so vielen Menschen, im Kerzenlicht und mit der feierlichen Musik. Emma schielte zu Lilian herüber. Es war schon sonderbar, sich mit ihr auf so vertraute Weise zu unterhalten. Vielleicht war das eigentlich sonderbare aber auch, dass sie vorher nie miteinander gesprochen hatten, obwohl sie im selben Stockwerk wohnten. Mal ein Guten Tag im Treppenhaus, aber mehr auch nicht. Das war nichts Ungewöhnliches bei Nachbarn. Man grüßte sich, plauderte kurz über das Wetter, und dann ging jeder seiner Wege. Vielleicht hätte man gerne mal den Mut aufgebracht, den ein oder anderen zum Kaffee einzuladen. Aber meistens blieb es bei dem Gedanken, der sich schnell wieder verflüchtigte. Sie war Lilian dankbar, dass sie sie überredet hatte mitzukommen. Vielleicht hatte auch sie etwas davon, dass sie ihre Nachbarin begleitet hatte? Es war bestimmt nicht leicht, alt zu werden, dachte Emma. Ihre Großmutter hatte sich häufig beklagt, dass sie ihre Freunde an das Alter und die Krankheiten, die es mit sich brachte, verloren hatte. Am Ende war sie fast als Einzige übrig geblieben. Und die wenigen, die es noch gab, lebten zu weit entfernt, um sie zu besuchen. *Ich weiß ja gar nicht, ob Lilian wirklich einsam ist. Vielleicht hat sie einen ganzen Haufen Kinder und Enkelkinder?* Aber Emma spürte, dass es sehr wahrscheinlich nicht so war. Dass Lilian in Wahrheit so einsam war wie sie selbst.

***

Es war schon spät, aber Emma wollte noch nicht schlafen gehen. Stattdessen hatte sie den letzten Schrank im Wohnzimmer ausgeräumt. Es hatte ziemlich lange gedauert, weil Niklas und sie die Angewohnheit gehabt hatten, einfach alles in die Schubladen und Fächer zu stopfen, was sonst nirgendwo einen Platz hatte. Sie hatten immer vorgehabt, mal gemeinsam auszumisten, hatten sich aber beide gesträubt, Dinge wegzuwerfen, die eigentlich noch zu gebrauchen waren. Gleichzeitig konnte Niklas es nicht leiden, wenn überall alles herumlag. Emma warf einen Stapel Papier in einen Müllsack und sah sich um. Wieder blieb ihr Blick an den Fotoalben hängen, die vor ihr auf dem Boden lagen. Darin war ihr Leben gesammelt, vom ersten wankenden Schritt als Einjährige bis zum letzten Herbst mit Niklas. Die würde sie wieder einräumen, aber sollte sie sich vorher nicht vielleicht doch auf eine Reise in die Vergangenheit wagen und ein wenig darin herumblättern? Am Ende setzte sie sich auf den Boden, griff nach einem und schlug es auf. Unwillkürlich musste sie kichern, als sie das kleine Mädchen sah, das glücklich in die Kamera strahlte, das Gesicht mit Eiscreme verschmiert. Da war sie höchstens zwei, drei Jahre alt. Den gelben Sommerhut mit den rosa Blumen darauf hatte sie von Magda geerbt. Den gab es noch, auf dem Dachboden ihrer Eltern, zusammen mit anderen Klamotten und Spielzeug aus ihrer Kindheit, weil ihre Mutter es nicht übers Herz brachte, die Sachen wegzuwerfen.

Emma blätterte das Album durch, dann griff sie nach dem nächsten. Darin war ein Foto von ihr als Zwölfjährige, mit Krücken. Sie war beim Skifahren aus dem Lift gestürzt. Magda hatte sie Ewigkeiten damit aufgezogen, dass sie sich nicht beim Skifahren verletzt hatte, sondern auf dem Weg *auf* den Berg. Als sie das nächste Album aufschlug, schluckte sie. Es waren Fotos aus ihrer Studienzeit, als Niklas und sie sich kennengelernt hatten. Aufnahmen aus den Gängen des Studentenwohnheims, von Kommilitonen und vom Campus, auf dem sie und ihre Mitstudenten sich versammelt hatten, sobald sich die ersten Sonnenstrahlen nach einem langen, dunklen Winter zeigten. Es waren Fotos von Partys und Abendessen mit unzähligen Flaschen Wein. Und immer wieder Bilder von Niklas und ihr. Bei einer Aufnahme blieb sie länger hängen. Sie standen draußen vor dem Studentenwohnheim und sahen aus, als wären sie auf dem Weg zu einer Party. Niklas hatte seinen Arm um sie gelegt, und sie lächelten beide in die Kamera. Sein Haar war von der Sonne gebleicht, und seine braunen Augen strahlten vor Lebensfreude mit dem Himmel hinter ihnen um die Wette. Sie trug ein Sommerkleid, war braun gebrannt, und ihr offenes Haar wurde vom Wind zerzaust. Emma betrachtete die lächelnde junge Frau, die so glücklich aussah. Fröhlich und voller Erwartungen. Sie freute sich auf die bevorstehende Party, aber auch auf das Leben, das sie und der junge Mann neben ihr vor sich hatten. Zärtlich strich sie mit dem Finger über das Fotopapier und über ihr ehemaliges Ich. Das Leben hatte einen vollkommen anderen Weg eingeschlagen, als sie ihn sich für sie beide vorgestellt hatte. Sie wusste nicht mehr, wer sie war oder wohin die Frau auf dem Foto verschwunden war.

# 10

## MONTAG, 4. DEZEMBER

»Das sieht gar nicht gut aus«, brummte Magda, während sie durch die Unterlagen blätterte.

»Was sieht nicht gut aus?«, fragte Emma.

Sie hatte seit morgens im Laden gestanden und sehnte sich nach einer kleinen Pause und einem Becher heißen Chai-Tee, mit extra viel Milch. Seit Magda beschlossen hatte, sich noch stärker im Geschäft zu engagieren, hatte sie kaum noch Zeit für ihre kleinen Rituale. Etwas, das Emma sehr vermisste.

»Der Umsatz muss deutlich steigen, wenn du bis Weihnachten durchhalten und vor allem im nächsten Jahr weitermachen willst.« Magda runzelte die Augenbrauen und kaute auf dem Stift, mit dem sie gerade geschrieben hatte. »Wie lief denn der Bastelnachmittag gestern?«

»Ähm … da hatte sich niemand angemeldet.« Emma tat so, als wäre sie sehr damit beschäftigt, einen Fleck aus einem Handtuch zu reiben. Sie hatte gehofft, dass Magda nicht nachfragen würde.

»Wie bitte?« Magda sah hoch und starrte Emma entgeistert an. »Niemand?«

»Es hatten sich nur vier Kinder angemeldet, und dann haben Julia und ich gedacht, dass der Bastelkurs mit so wenig

Teilnehmern keinen Sinn macht.« Emma wusste, dass es feige war, Julia da mit hineinzuziehen, aber sie konnte nicht anders. Magda war schon wütend genug, und wenn sie erfahren würde, dass Julia sogar versucht hatte, sie zu überreden, den Kurs trotzdem stattfinden zu lassen, würde sie vollkommen ausflippen. Ganz zu schweigen von der Tatsache, dass der Laden am gestrigen Sonntag komplett geschlossen geblieben war.

»Vier Kinder! Das ist doch großartig. Was hattest du denn erwartet? Dass der Laden knackevoll ist, oder was?«

»Ich fand es zu wenig«, murmelte Emma. Natürlich hätte sie den Kurs stattfinden lassen können, aber die geringe Teilnehmeranzahl war ihr ein willkommener Grund gewesen, ihn abzusagen.

»Du brauchst Umsatz, Emma! Ich sage das nicht zum Spaß. Dein Laden steckt in einer finanziellen Krise.«

»Ich weiß das doch, du musst mir damit nicht die ganze Zeit in den Ohren liegen.«

»Aber es ist dir egal, oder wie?«

»Nein, es ist mir nicht egal«, antwortete Emma. »Ich dachte, dass wir mehr Anmeldungen brauchen, um die Unkosten wieder reinzuholen. Da habe ich mich vielleicht vertan.« Sie senkte den Kopf. Die Kurse hatten sie von Anfang an nicht interessiert, und Magda hatte recht damit, dass sie nicht genug für das Überleben ihres Ladens kämpfte.

»Vielleicht?« Magdas Stimme war um eine Oktave nach oben geklettert, und sie sah aus, als würde sie jeden Augenblick explodieren. Emma hatte Angst, dass sie gleich anfangen würde zu brüllen. Fieberhaft überlegte sie, was sie sagen könnte.

»Entschuldige. Du hast ja recht. Ich habe nicht so weit gedacht«, sagte sie schließlich. »Ich werde versuchen, beim nächsten Kurs mein Bestes zu geben.«

»*Versuchen?* Mach es einfach. Ist dir überhaupt klar, was ich hier mache? Ich will deinen Laden retten, während du dir alle Mühe gibst, ihn direkt in die Pleite zu steuern.«

»Das stimmt doch überhaupt nicht«, fauchte Emma ihre Schwester an. Sie wollte nicht, dass der Laden den Bach runterging, sie hatte nur keine Kraft, sich darum zu kümmern. Nicht im Moment. »Der nächste Kurs findet hundertprozentig statt, ich verspreche es dir.«

»Was ist denn nächsten Sonntag dran?«

»Der Geschenkverpackungskurs.«

»Ich sag dir, was wir machen: Das Kinderbasteln findet nächsten Sonntag statt, und der Geschenkverpackungskurs wird auf einen Abend unter der Woche verlegt. Ich will nicht, dass wir einen der Kurse ausfallen lassen.« Magda war so aufgebracht, dass Emma zurückwich.

»Ich verstehe ja, dass du wütend bist, aber glaube mir bitte, ich tue alles, was ich kann, um den Laden am Laufen zu halten«, sagte Emma und versuchte, ihre Stimme freundlich und warm klingen zu lassen. Magda brummte etwas Unverständliches.

»Wie geht es deinen Kindern?«, fragte Emma, um vom Thema abzulenken und die Stimmung zu heben.

»Alles in Ordnung.«

»Gefällt es den Zwillingen in der Vorschule?«

»Sie haben noch nicht angefangen, Henrik kümmert sich im Moment um sie.«

»Hat er auch seinen Job verloren?«, fragte Emma und

kicherte, verstummte aber sofort, als sie Magdas vernichtenden Blick sah.

»Er hat für Dezember Elternzeit beantragt. Wir haben eine Menge zu tun.«

»Was denn, die Weihnachtszeit bewältigen?«

»Es gibt auch andere Dinge, die erledigt werden müssen«, entgegnete Magda aufgebracht. »Wir haben schon vor einiger Zeit verabredet, dass er den Dezember freinimmt. Bevor ich aufgehört habe zu arbeiten. Nur deshalb kann ich dir jetzt mehr helfen als sonst. Du hast Glück, dass sich das alles so ergeben hat.«

Sie zuckten zusammen, als es an der Tür klopfte. Julia sah lächelnd durch die Scheibe. Emma erwiderte ganz automatisch das Lächeln und machte ihr auf, erleichtert, dem Streit mit Magda zu entkommen.

»Ich dachte, mir fallen auf dem Weg hierher die Füße ab vor Kälte«, sagte Julia.

Emma sah auf ihre Schuhe, sagte aber nichts dazu, dass sie Converse-Turnschuhe bei Minusgraden und Schneewetter nicht für angemessenes Schuhwerk hielt. Wenigstens trug sie inzwischen eine dickere Jacke.

»Aber du hast deine Sommerjacke weggehängt.«

Julia wurde rot. »Meine Tante hat mich gezwungen. Sie war zu Besuch und hat mir verboten, die Wohnung zu verlassen, wenn ich mir nicht was Wärmeres anziehe.« Sie öffnete ihre blaue Steppjacke. »Und es ist auch ganz schön, nicht mehr so zu frieren.«

»Das glaube ich dir«, sagte Magda, ohne den Kopf zu heben. »Allerdings solltest du auch andere Schuhe tragen. Die da sind eher was für den Sommer.«

Emma warf ihrer Schwester einen wütenden Blick zu. Warum war sie denn jetzt auch zu Julia so zickig? Aber die schien sich nicht an dem scharfen Ton zu stören. Sie sah auf ihre Füße. »Habt ihr Ersatzschuhe hier?«

»Du kannst meine Latschen anziehen, die sind im Lager«, sagte Emma.

Kaum war Julia außer Hörweite, wandte sich Magda an Emma. »Ich hoffe sehr, dass du den Laden in den Griff bekommst.«

»Bitte beruhige dich, ich habe alles unter Kontrolle«, sagte Emma beschwichtigend und lächelte, aber Magda schien nicht besonders empfänglich für ihren versöhnlichen Ton zu sein.

»Die Frage ist, ob du das wirklich hast. Wenn du es nicht für dich selbst tust, dann tu es wenigstens für Niklas. Er hätte nicht gewollt, dass du deinen Lebenstraum kampflos aufgibst.«

»Ich gebe überhaupt nicht …«

»Doch, das tust du. Du wirst Konkurs gehen, wenn sich hier nichts änderst. Und du weißt so gut wie ich, dass deine einzige Chance die Vorweihnachtszeit ist. Im Januar kommt keiner und kauft sich Einrichtungsgegenstände und Dekoration. Dann ist erst mal Flaute. Der Dezember ist der umsatzstärkste Monat.« Magda holte Luft. »Ich weiß, dass du diesen Monat nicht magst. Aber du musst an deine Zukunft denken. Du darfst deinen Laden nicht aus Angst, weiterzumachen und nach vorne zu sehen, Konkurs gehen lassen. Der Markt für kleinere Geschäfte ist hart genug.«

Magdas Handy klingelte, und Emma ging in die Küche, um sich etwas zu trinken zu holen. Während sie Wasser in ein

Glas goss, hörte sie wie Julia aus dem Lager zurückkam. Magda beendete ihr Telefonat und fing mit ihr ein Gespräch über die Aktualisierung des Onlineshops an. Es war nicht in Ordnung, dass sie Niklas in die Sache mit reinzog. Er hatte nichts damit zu tun. Natürlich hatte er sich am Anfang für den Laden starkgemacht und ihr viel geholfen, aber sie wollte von ihrer Schwester deshalb kein schlechtes Gewissen eingeredet bekommen. Das erledigte sie schon selbst.

***

Emma hob einen der Kartons hoch und stöhnte auf. Das Paket war unfassbar schwer, und sie bereute sehr, dass sie dem Boten gesagt hatte, er könnte die Lieferung gerne vor der Tür abladen, statt sie vor den Hintereingang zu fahren. Schwer atmend trug sie den Karton in den Laden und stellte ihn ab.

»Könntest du bitte eine Kundin anrufen und sie benachrichtigen, dass ihr Service eingetroffen ist?«, bat sie Julia. »Sie heißt Ebba, und ihre Telefonnummer steht auf einem Zettel unter dem Tresen.«

»Brauchst du Hilfe beim Tragen?«, fragte Magda.

»Nein danke, es sind ja nur zwei Kartons«, sagte Emma und ging wieder raus auf die Straße. Natürlich hätte sie Magdas Versöhnungsangebot annehmen können und nicht so zickig sein müssen, aber ihr Konflikt war für sie noch nicht geklärt. Das lag vor allem daran, dass ihre Schwester versuchte, sie emotional zu erpressen. Als sie sich mit dem zweiten schweren Paket im Arm umdrehte, wäre sie fast gegen Angela geprallt, die gerade mit ihren Kindern am Laden vorbeilief.

»Oh, hallo. Verzeih, ich habe dich nicht gesehen.«

»Hallo. Wir haben es heute ein bisschen eilig und können nicht reinkommen, tut mir leid.«

»Das macht doch nichts«, entgegnete Emma ein wenig befremdet davon, dass Angela sich bei ihr entschuldigte. Sie war doch nicht dazu verpflichtet, mehrmals die Woche bei ihr shoppen zu gehen. Sie wollte gerade zurück in den Laden, als Magdas wütende Worte über die Kurse in ihren Ohren klingelten. »Vielen Dank noch mal, dass du deine Freundinnen überredet hast, ihre Kinder für das Basteln am Sonntag anzumelden. Und Entschuldigung, dass ich dann so kurzfristig abgesagt habe.«

»Ach, das ist doch gar kein Problem.«

»Magda und ich haben beschlossen, das Basteln diesen Sonntag nachzuholen und den Geschenkverpackungskurs an einem Abend unter der Woche anzubieten. Hast du immer noch Lust, mir beim Bastelnachmittag zu helfen?«

»Absolut, aber …«

»Mama!« Angelas jüngste Tochter zog an der Jacke ihrer Mutter. Ihr Gesicht war tränenverschmiert, und erst jetzt bemerkte Emma, dass auch Angela ganz rote Augen hatte.

»Entschuldige, ich wollte euch nicht aufhalten.«

»Alles gut, wir sind nur ein bisschen traurig heute, stimmts, Liebling?«, sagte Angela mit sanfter Stimme und streichelte ihrer kleinen Tochter über den Kopf.

»Wir müssen Lukas töten«, sagte die Kleine.

»Wie bitte?«, fragte Emma, sie war sich sicher, dass sie sich verhört hatte.

»Hedvig ist asymmetrisch.«

»Sie ist allergisch«, korrigierte Angela und zeigte auf den Labrador an ihrer Seite. »Wir müssen ihn leider weggeben.«

»Du meinst töten«, sagte Hedvig, Angelas Älteste, wütend. »Ich bin nicht allergisch, Papa kann Lukas einfach nicht leiden.«

»Das stimmt doch gar nicht.« Angela schüttelte den Kopf und wandte sich wieder Emma zu. »Es ist schrecklich, aber wir haben keine andere Wahl. Wir haben versucht, ihn zu vermitteln, aber niemand will einen fast neun Jahre alten Hund haben. Die meisten wollen einen Welpen.«

Das ansonsten schwarze Fell des Hundes war von feinen grauen Strähnen durchzogen. Emma spürte einen Kloß im Hals, beugte sich zu ihm hinunter und streichelte ihn. »Das ist wirklich sehr traurig.«

»Vielleicht kann die Frau ja Lukas nehmen!«, rief Angelas Jüngste.

»Emma? Nein, sie hat doch den Laden hier und bestimmt keine Zeit …« Angela verstummte mitten im Satz. »Oder hättest du Lust auf einen Hund? Er könnte tagsüber bei dir im Laden sein, und ich würde natürlich auch mal mit ihm Gassi gehen, wenn viel los ist.«

»Wir auch!«, warf Hedvig ein und strahlte übers ganze Gesicht. »Ich kann ihn nach der Schule abholen und mit ihm spazieren gehen. Wenn ich draußen mit ihm bin, merke ich nichts von der Allergie.«

»Oh … ich glaube nicht, dass ich Zeit für einen … Ich kann nicht …« Emma hob abwehrend die Hände und versuchte, den flehenden Blicken der Kinder auszuweichen.

»Bitte, bitte! Sonst muss Mama ihn töten«, brach jetzt Angelas Sohn sein bisheriges Schweigen.

Emma sah hilflos vom einem zum anderen, dann zum Hund, der sich auf den Boden gelegt hatte. Er hatte keine

Ahnung, dass sein Schicksal in ihren Händen lag. *In meinen Händen!* Sie wollte auf keinen Fall der Grund für seinen Tod sein.

»Was ist denn hier los?« Magda war nach draußen gekommen und musterte neugierig die kleine Versammlung.

»Emma will Lukas nicht retten«, erklärte ihr Hedvig die Situation.

»Ich habe nicht gesagt, dass ich ihn nicht …« Emma kam nicht weiter.

»Du willst doch einen Hund?«, fragte Angela erstaunt.

»Nein, ich will keinen Hund.«

»Es ist vollkommen in Ordnung, wenn du Lukas nicht zu dir nehmen kannst. Es tut mir leid, ich hätte nicht anfangen sollen, davon zu reden«, sagte Angela und hielt die Hundeleine fest umklammert. »Wir müssen jetzt los, Kinder. Wir können Emma nicht zwingen, sich um unseren Hund zu kümmern, nur weil ihn sonst niemand nehmen will.«

»Und warum nicht?«, insistierte Hedvig.

»Ja, warum eigentlich nicht?«, stimmte Magda mit ein.

Emma sah ihre Schwester mit offenem Mund an. Wie bitte? Warum verbündete sich Magda jetzt mit Angelas Kindern?

»Das könnte doch ganz schön sein. Dann hast du ein bisschen Gesellschaft und kommst häufiger vor die Tür.«

Vor die Tür kommen. War das ein Witz? Sie konnte sich doch jetzt nicht auch noch einen Hund aufbinden lassen. Hatte Magda ihr nicht gerade noch vorgebetet, dass sie all ihre Kraft in den Laden stecken musste, um nicht bis Weihnachten Konkurs anmelden zu müssen? Das war unmöglich.

»Ich kann leider nicht.«

»Selbstverständlich kannst du. Willst du den armen Kindern im Ernst das Weihnachtsfest verderben?«

»Das Ganze hat doch nichts mit Weihnachten zu tun.«

»Warum willst du den Hund nicht? Es gibt nichts, was dagegen spricht, dass du ihn aufnimmst.«

Magda sah Emma ermunternd an. Die wollte gerade den Mund öffnen und etwas Trotziges erwidern, als Angela dazwischenging.

»Wir müssen jetzt los.« Sie schob ihre Kinder vor sich her. »Ich habe volles Verständnis dafür, dass du das nicht machen willst, Emma. Es tut mir leid, wenn ich dich in eine unangenehme Situation gebracht habe.« Sie ging davon, die Kinder folgten ihr, und auch Lukas erhob sich und trottete seiner Familie mit wedelndem Schwanz hinterher. Als würde ihm ein schöner Ausflug bevorstehen. Er hatte keine Ahnung, dass es der letzte Tag seines Lebens war. Emma hörte das Schluchzen der Kinder und die tröstenden Worte ihrer Mutter.

»Wartet!«, rief sie ihnen hinterher, einem plötzlichen Impuls nachgebend.

Angela drehte sich um.

»Ich nehme ihn«, hörte sie sich sagen, und als das Freudengeschrei der Kinder ertönte, kniff sie die Augen zu. *Was hast du dir dabei gedacht?* »Aber ihr müsst mir versprechen, dass ihr nach der Schule mit ihm Gassi geht.«

»Wir versprechen es dir. Vielen, vielen Dank!«, jubelten die Kinder und warfen sich ihr so stürmisch in die Arme, dass sie fast umgefallen wäre. Emma umarmte sie alle drei. Angela formte mit den Lippen: *Danke.*

Emma lächelte Angela an und streichelte Lukas, der sie

mit seinen treuen und gelassenen Augen ansah. Wie sollte das nur gut gehen?

***

»Und warum hast du deine Meinung dann doch noch geändert?«, fragte Magda. Lukas, der seine Leine noch trug, saß auf dem Boden. Dass Angela ihn ihr sofort übergeben würde, damit hatte Emma nicht gerechnet. Machte man das nicht anders? Mit einer Eingewöhnungszeit? Die entfiel wohl bei spontanen Hunderettungsaktionen. Schließlich waren sie auf dem Weg zum Tierarzt gewesen, um Lukas einschläfern zu lassen.

»Das ist einfach so passiert«, murmelte Emma. »Sag jetzt nichts, sonst bereue ich es vielleicht gleich wieder.«

»Ich sage gar nichts. Super, dass dir Angela gleich heute Nachmittag alle Sachen für ihn vorbeibringt.«

»Wahrscheinlich will sie auch sehen, wie ich wohne. Ich finde es ganz schön mutig, mir einfach so ihren Hund zu überlassen.«

»Quatsch, die kennt dich doch.«

»Das tut sie nicht.«

»Dein ganzes Wesen strahlt Freundlichkeit aus.« Magda lachte laut auf, als Emma sie entgeistert anstarrte. »Du *bist* freundlich und nett, Emma. Ich finde es toll von dir, dass du das machst.« Sie räusperte sich. »Es tut mir leid, was ich über Niklas gesagt habe. Ich wollte ihn da nicht mit reinziehen. Ich weiß, dass das alles nicht leicht für dich ist.«

Emma musste sich zusammenreißen, um nicht laut loszuschluchzen. »Ist schon gut«, sagte sie leise und umklammerte die Hundeleine.

»Ich will dir wirklich nur helfen.« Magda umarmte sie. Emma erwiderte die Umarmung halbherzig, dann ließ ihre Schwester sie endlich los und zeigte auf den Hund.

»Komm, lass uns reingehen.«

Ohne Magda in die Augen zu sehen, ging Emma in den Laden. Konnte sie Lukas in der Küche lassen? Musste er am Anfang die ganze Zeit in ihrer Nähe sein, damit er nicht unruhig wurde? Sie hatte keine Ahnung von Hunden. Als Erstes würde sie ihm eine Schüssel mit Wasser hinstellen. Sie sah Lukas an. Er war so gehorsam und ergeben, fast so, als wüsste er doch, dass sein Leben auf dem Spiel gestanden hatte.

»Und was mache ich jetzt mit dir?«, fragte sie, während sie eine große Schüssel mit Wasser füllte, sie auf den Boden stellte und in die Hocke ging. Sofort kam Lukas auf sie zugetrottet und schob seine kalte Nase in ihre Hand.

»Ihr scheint euch gut zu verstehen«, sagte Magda, die in die Küche gekommen war, sich neben Emma hockte und Lukas eine Hand hinstreckte, die er neugierig beschnupperte. »Bestimmt wird er dir ein treuer Freund.« Magda kraulte ihn hinter den Ohren, er schloss die Augen und drückte sich gegen sie.

»Glaubst du, Mama sieht das genauso?«

»Vermutlich nicht«, antwortete Magda. Sie blickten sich an und kicherten. Ihre Mutter würde wahrscheinlich einen Herzinfarkt bekommen. Ihr ganzes Leben lang hatten sie zu hören bekommen, wie gefährlich Hunde waren und dass sie vorsichtig sein müssten. Nur weil sie selbst als Kind eine unangenehme Begegnung mit einem großen Hund gehabt hatte. Gegen andere Haustiere hatte sie nichts einzuwenden, deshalb durften Magda und Emma in ihrer Kindheit sowohl Kaninchen als auch Meerschweinchen halten.

»Ich weiß gar nicht, wie man mit einem Hund umgeht.«

»Klar weißt du das. Glaubst du nicht, dass der kleine durchgedrehte Collie von unseren Nachbarn ein hervorragendes Übungsobjekt gewesen ist?«

Emma lächelte. »Charlie, ja, der war süß.« Sie hatte viel Energie aufbringen müssen, um ihre Mutter zu überreden, sie mit dem Nachbarshund Gassi gehen zu lassen. Und die hatte auch erst nachgegeben, als ihr Vater sich für sie eingesetzt hatte.

»Wie lange hast du dich um Charlie gekümmert?«

»Von der vierten bis zur sechsten Klasse. Und später dann auch noch ab und zu. Wenn unsere Nachbarn in Urlaub waren. Aber Charlie durfte nie zu uns nach Hause. Erinnerst du dich, dass wir manchmal an den Wochenenden bei denen drüben übernachtet haben?«

»Klar. Ich war stinksauer, weil ich damals lieber mit meinen Freunden ausgehen wollte, als mit meiner kleinen Schwester Hundesitting zu machen. Aber Mama hat mich gezwungen, bei dir zu bleiben, weil sie eine Todesangst hatte, dich mit dem Hund allein zu lassen.«

»Vielen Dank, dass du mir damals geholfen hast.«

»Hmm«, machte Magda und stand auf. »Übrigens hast du damit eine wirklich gute Tat getan. Wie läuft es denn mit deinem Projekt ansonsten?«

»Womit?«

»Na, mit deinen guten Taten?«

»Ach so … Ausgezeichnet. Ich war gestern mit meiner Nachbarin beim Adventsgottesdienst in der Kirche. Ursprünglich wollte ich nur für sie einkaufen gehen, aber das hebe ich mir für einen anderen Tag auf.«

Als die Türglocke bimmelte, stand auch Emma auf. »An die Arbeit!« Sie ging in den Verkaufsraum, blieb aber abrupt stehen, als sie den Kunden erkannte. Er!

»Kann ich Ihnen behilflich sein?«

»Einen Augenblick!« Der Sportwagentyp hob eine Hand und tippte sich mit der anderen an sein Headset, dann drehte er sich um und sah aus dem Schaufenster auf die Straße. Er telefonierte wieder. Obwohl er leise sprach, konnte Emma jedes Wort verstehen. Hatte der Typ eigentlich kein Büro? »Es gibt keine Alternative. Entweder so, oder wir müssen ihn entlassen.«

Emma schnaubte. Sie hatte sich nicht in ihm geirrt. Er war wirklich ein arroganter Macho, überzeugt davon, alle herumkommandieren zu können.

»Wie gehts?«

Er hatte sein Telefonat beendet und sah Emma mit einem amüsierten Blick an.

»Ausgezeichnet«, entgegnete Emma spitz und stellte sich hinter die Ladentheke. *Was will der schon wieder hier? Was, wenn ich einem Wahnsinnigen geholfen habe und der mich jetzt stalkt?* In ihrem Kopf spielte sich ein fürchterliches Szenario ab, aber bevor ihre Fantasie mit ihr durchgehen konnte, spürte sie einen Stoß in ihre Kniekehle und zuckte zusammen. Magda hatte die Küchentür aufgelassen, und Lukas stand schwanzwedelnd neben ihr.

»Ist das Ihr Hund?«

»Hmmm, ja.«

»Oh, ich habe auch einen Labrador. Sie heißt Fiffi.« Er

grinste, als er sah, wie Emma eine Augenbraue hob. »Ich weiß, das ist nicht der originellste Name der Welt, aber meine Freundin hat ihn so getauft, und ich habe es nicht geschafft, mich gegen sie durchzusetzen.«

Stimmte ja, er hatte eine Freundin. War nicht auch die Rede von einem Kind gewesen? Fast hätte sie die Frau vergessen, mit der er den Gutschein gekauft hatte. Vielleicht war er doch kein Stalker.

»Das ist nicht wirklich mein Hund. Oder ... doch. Ich habe ihn heute bekommen.«

»Heute?«

»Der Arme sollte eingeschläfert werden, und Emma hat sein Leben gerettet«, erklärte Magda, die aus der Küche gekommen war. »Hallo, ich bin Magda«, sagte sie und streckte ihm die Hand hin.

»Adam.« Sie schüttelten sich die Hände und lächelten sich an.

»Lukas ist Emmas gute Tat für heute.«

»Gute Tat?«

»Hast du es ihm gar nicht erzählt?«, fragte Magda. Offensichtlich hatte sie die Situation falsch interpretiert. Doch ehe Emma sie aufhalten konnte, hatte Magda ihm schon alles geschildert. Wie sie ihr vorgeschlagen hatte, sich ein Hobby zuzulegen, und Emma stattdessen entschieden hatte, bis Weihnachten 24 gute Taten zu vollbringen. »Ihr beide könnt doch mal mit den Hunden spazieren gehen. Fiffi heißt deiner, stimmts?«, plapperte Magda ohne Punkt und Komma weiter.

Emma starrte ihre Schwester fassungslos an. Was hatte sie vor? Erst erzählte sie einem nahezu wildfremden Kunden von ihrem hochgradig persönlichen Projekt, und dann schickte sie ihre Schwester noch auf ein Hundedate mit ihm? Wenn er überhaupt ein Kunde war. Vielleicht war er auch nur wegen seines verfluchten Wagens vorbeigekommen, weil sie einen Kratzer reingemacht hatten oder so.

»Er ist ein Kunde, Magda!«, sagte Emma und wandte sich an Adam. »Bitte, wie kann ich helfen?«

Adam stutzte für einen Moment und sah sie verwirrt an, dann hatte er sich wieder gefangen »Ich brauche ein Geschenk für meine Schwester und dachte da an Ihren Laden hier. Sie liebt solche Geschäfte.«

»Du findest bestimmt was bei uns, Adam«, sagte Magda. »Ich muss jetzt leider ein bisschen Buchhaltung machen, aber du kannst ihm doch sicher weiterhelfen, Emma.«

So schnell Magda auf der Bildfläche aufgetaucht war, so schnell war sie auch wieder verschwunden.

»Okay, *Adam*. Was könnte deiner Schwester denn gefallen?«, fragte Emma und versuchte, das komische Gefühl abzuschütteln, das sie beschlichen hatte. Sie fühlte sich unwohl bei dem Gedanken, dass ein Fremder über ihr Projekt der »24 guten Taten« Bescheid wusste und ihre Schwester versuchte, sie mit vergebenen Männern zu verkuppeln. Vergebenen, *arroganten* Männern.

»Vielleicht eine Duftkerze? Was würden Sie mir denn empfehlen?«

Emma ging mit ihm zu dem Regal mit den Duftkerzen. »Ich mag diese hier. Sie riechen nach Maiglöckchen«, sagte sie und öffnete einen der Kartons.

Adam roch daran. »O ja, tatsächlich!«, sagte er erstaunt. »So eine nehme ich.«

»Ist das ein Geschenk zu Weihnachten oder zum Geburtstag?«

»Ein Geburtstagsgeschenk.« Er ging zum nächsten Regal, in dem Tee- und Kaffeebecher standen.

»Trinkt Ihre Schwester gerne Tee oder Kaffee? So ein Becher und eine Tafel Schokolade dazu, wäre das was?«

»Sie hat schon genug Becher.«

Emma kam zu ihm. »Becher kann man nie genug haben!«, sagte sie und griff nach einem mit Blumenmuster. »Der hier passt super zur Duftkerze.«

Adam betrachtete den Becher eingehend, dann zuckte er mit den Schultern. »Meinetwegen, den nehme ich auch noch dazu.«

»Soll ich die Sachen einpacken?«

»Ja, gerne. Danke.«

Emma nahm den Becher und schlug ihn in Wellpappe ein. Adam und sie unterhielten sich nicht weiter, was sie überhaupt nicht störte. Sie hatte keine Lust auf Small Talk. Während sie das Geschenk mit schönem Tape verpackte, holte Adam sein Handy aus der Jacke. Er warf einen Blick auf sein Display und bekam eine tiefe Furche zwischen den Augenbrauen.

»Ich muss mal eben einen Anruf erledigen«, entschuldigte er sich und ging ein paar Schritte Richtung Schaufenster. Dieses Mal konnte sie nicht hören, was er sagte, weil er so leise sprach, aber eigentlich interessierte es sie auch überhaupt nicht. Sie sah hinunter zu Lukas, der zu ihren Füßen lag. Er schien daran gewöhnt zu sein, dass ihn niemand beachtete, sonst wäre er nicht so entspannt, dachte sie und legte die Geschenke in eine kleine Tragetüte. Dann wartete sie darauf, dass Adam sein Telefonat beendete. Etwas Kaltes berührte ihre Hand. Lukas hatte sich aufgesetzt und sah sie aus seinen schokoladenbraunen Augen an. Sie streichelte seine weichen Ohren. »Vielleicht kannst du nach Weihnachten zu Magda ziehen.« Lukas seufzte schwer und legte sich wieder hin, als hätte er sie verstanden. Emma lächelte. »Ich weiß, eine schreckliche Vorstellung, aber immer noch besser als der Hundehimmel, oder?«

***

Der Laden war winzig, die Wände hingen voller Rahmen in den unterschiedlichsten Materialien und Farben. Es sah aus, als hätte jemand zufällig Nägel in die Wand gehauen und sie einfach aufgehängt.

»Kann ich Ihnen behilflich sein?« Ein junger Mann in ihrem Alter kam auf sie zu.

»Ich wollte einen Rahmen reparieren lassen«, sagte Emma und holte das Bild aus der Tasche. Das Aquarell hatte eine Weile zu Hause herumgelegen, bis sie endlich die Zeit gefunden hatte, hierherzukommen. Emma schob ihm das Gemälde in dem zerbrochenen Rahmen über die Theke. »Das ist mir leider auf den Boden gefallen.«

Er sah sich das Bild lange an, dann rief er nach einer Kollegin. Kurz darauf kam eine ältere Frau aus der Werkstatt in den Verkaufsraum und stellte sich neben den Mann. Der Ähnlichkeit zwischen den beiden nach zu urteilen waren die beiden Mutter und Sohn. Zwar war er groß und schlank und sie eher klein und kräftig, aber sie hatten ähnliche Gesichtszüge.

»Sieh dir das mal an.« Er hielt das Aquarell hoch. Die

Augen der Frau wurden groß. »Ist das ein Carl Larsson?« Sie inspizierte das Bild ebenso genau wie ihr Sohn zuvor.

»Woher haben Sie das?«

»Oh, das habe ich zu Hause gefunden«, sagte Emma. *Ein echter Carl Larsson? Das ist doch nicht möglich.*

Die Frau, offenbar die Chefin des Ladens, sah sich das Bild noch einmal lange an, dann hob sie den Kopf. »Ich wäre fast drauf reingefallen. Für einen Moment dachte ich wirklich, wir hätten ein neues Gemälde von Carl Larsson entdeckt.«

»Aber es ist keins?« Emma spürte den Anflug von Enttäuschung. Ein echter Carl Larsson! Das wäre was gewesen.

»Nein, der Stil ist sehr ähnlich, und der Künstler hat dieselbe Technik verwendet. Aber es ist nicht signiert, und dem Zustand nach zu urteilen würde ich annehmen, dass es Mitte des zwanzigsten Jahrhunderts gemalt wurde. Etwa fünfzig Jahre zu spät also. Aber es ist ein wunderschönes Gemälde. Ich nehme an, dass Sie einen neuen Rahmen dafür haben wollen?«

»Ja. Oder könnten Sie den alten reparieren?«

Jetzt unterzog die Frau auch den Rahmen einer gründlichen Untersuchung. Als sie fertig war, schüttelte sie den Kopf. »Ich befürchte, das ist nicht möglich. Er ist an mehreren Stellen gebrochen, sehen Sie? Hier und hier. Aber wenn Sie wollen, kann ich versuchen, den neuen Rahmen wie den alten aussehen zu lassen.«

Emma zögerte kurz, dann nahm sie das Angebot an. »Wie lange würde das ungefähr dauern?«

»Eine Woche. Füllen Sie das hier aus, dann rufen wir Sie an, wenn der Rahmen fertig ist. Sie nehmen das Original als

Beleg dafür mit, dass Sie das Bild hiergelassen haben, und die Durchschrift behalten wir.«

Emma sah sich ein letztes Mal das Aquarell an, bevor sie das Geschäft verließ. Dann machte sie sich auf den Weg nach Hause, um dort Angela zu treffen, die Lukas' Sachen vorbeibringen wollte. Emma hatte Magda und Julia gebeten, sich um den Hund und den Laden zu kümmern, solange sie unterwegs war. Die beiden wussten weder von dem Gemälde noch von dem Medaillon. Dieses Projekt blieb ihr Geheimnis. Hoffentlich würde es ihr gelingen, den Besitzer ausfindig zu machen. Ihr fiel ein, dass sie den Hausverwalter fragen könnte, ob er ein Verzeichnis von allen ehemaligen Bewohnern ihres Hauses hatte. Emma sah auf die Uhr. Sie hatte Magda gesagt, sie wäre in etwa einer Stunde wieder im Laden, und jetzt war schon eine halbe Stunde rum. Die Übergabe von Lukas' Wohnstand und eine Einführung von Angela über die Hundepflege würden auch eine Weile dauern. Nein, der Hausverwalter musste noch warten. Sie würde ihm an einem der nächsten Abende mal einen Besuch abstatten.

***

Magda und Emma spazierten gemütlich den Karlvägen hinunter. Lukas trottete neben ihnen her.

»Und, wie lief es mit Angela? Hat sie dir alles erklärt?«

»Ja, das hat alles gut geklappt. Danke noch mal, dass du und Julia in der Zeit den Laden geschmissen habt.« Emma hoffte, dass Magda nicht nachhaken und wissen wollen würde, warum sie so lange unterwegs gewesen war.

»Kein Problem. Wir hatten richtig viel Spaß. Hat Lukas viel Kram?« Magda holte ihre Mütze aus der Tasche.

»Unmengen!« Emma sah die vollgestopften Kisten vor sich. Das war Zeug für mindestens *drei* Hunde, und sie hatte schon überlegt, ob es in Ordnung war, wenn sie einiges davon verschenken würde.

»Das habe ich mir schon gedacht.«

Emma und Magda blieben stehen, um Lukas an einem Baum schnüffeln zu lassen.

»Ich mag Angela. Sie ist echt süß«, sagte Magda.

»Ja. Und es ist so nett, dass sie dir bei deinen Kursen hilft.«

»Du meinst bei deinen Kursen.«

»Die du mir aufgezwungen hast.«

»Ich weiß, dass ich dich nerve. Aber du musst begreifen, dass die Situation ernst ist.«

Emma holte tief Luft. »Und ich danke dir, dass du dir so viele Gedanken machst. Aber es ist mein Laden. Ich werde das schon schaffen.« Sie zog an der Leine, und Lukas ließ widerstrebend von dem Baum ab. »Ich werde eine große Runde mit ihm machen, damit er ein bisschen Bewegung bekommt.«

»Soll ich dich begleiten?«

»Nein danke.«

»Wir könnten uns was beim Chinesen holen und es bei dir zu Hause essen? Henrik und die Kinder haben schon gegessen, und außerdem muss ich die Kleinen dann nicht ins Bett bringen«, sagte Magda und verdrehte die Augen.

»Ich dachte immer, es ist schön, Leo und die Zwillinge ins Bett zu bringen?«

»Das stimmt ja auch. Aber manchmal ist es einfach genauso schön, es nicht machen zu müssen.«

Emma beobachtete ihre Schwester aus den Augenwinkeln.

Da stimmte doch etwas nicht. Magda wollte in letzter Zeit nie nach Hause. Und auch ihr Streit am Morgen über den Laden kam Emma im Nachhinein merkwürdig vor. Als wäre die Ursache ihrer Sorge und schlechter Laune eine andere.

»Ist zwischen dir und Henrik alles in Ordnung?«

Magda verzog keine Miene. »Absolut. Uns geht es prima.«

Emma versuchte, ihr in die Augen zu sehen, aber Magda wich ihrem Blick aus. »Bist du sicher?«

»Ja, natürlich. Im Moment ist nur so viel los. Aber das geht wieder vorbei.« Magda nestelte an ihrer Handtasche herum und schob sie sich über die Schulter. »Also, was sagst du? Wollen wir uns Take-away holen und bei dir was essen?«

Emma räusperte verlegen. Sie wollte Magda nicht zu sich in die Wohnung lassen. Dann würde sie die Müllsäcke und Kartons sehen. Und Fragen stellen, die Emma weder beantworten konnte noch wollte. »Wir machen das ein andermal, okay? Es war ein aufregender Tag, und ich bin ziemlich müde.« Jetzt war es Emma, die den Blicken ihrer Schwester auswich.

Am Eingang zur U-Bahn-Station Karlaplan blieben sie stehen.

»Ich habe die nächsten Tage einiges zu erledigen und werde nicht vorbeischauen können.«

»In Ordnung«, sagte Emma und versuchte, sich nicht anmerken zu lassen, wie erleichtert sie war. *Wie schön, dann muss ich mir das Genörgel ein paar Tage lang nicht anhören.*

# 11

DIENSTAG, 5. DEZEMBER

»Guten Morgen. Ist die Tür artig? Macht sie, was sie machen soll?«

»Seit Ihrem Einsatz funktioniert alles wieder perfekt.« Emma lächelte Hasse an, der ihr wie versprochen vor ein paar Tagen die Tür repariert hatte. »Wollen Sie einen Kaffee? Ich habe gerade aufgemacht«, sagte sie und hängte das *Geöffnet*-Schild ins Fenster.

Hasse ging zielstrebig auf den Tisch zu, an dem er auch beim letzten Mal gesessen hatte. Er zeigte auf die Regale an der Wand. »Hui, die sehen aber auch ganz schön wackelig aus!«

»Wir haben die Dinger gerade erst gekauft, und ich habe es noch nicht geschafft, sie an der Wand zu befestigen«, erwiderte Emma. Allerdings hatte sie auch überhaupt keine Lust dazu, denn die Bestellung war natürlich auf Magdas Mist gewachsen. Als Lukas ihre Stimmen hörte, kam er unter dem Verkaufstresen hervor.

»Das ist aber ein schöner Hund.«

»Danke. Sie sind doch nicht allergisch?«

Hasse schüttelte den Kopf und kraulte Lukas hinter den Ohren. »So ein hübscher Bursche. Wie alt ist er?«

»Neun Jahre. Ich bin nicht sein richtiges Frauchen. Ich habe ihn in Pflege, bis wir ein neues Zuhause für ihn gefunden haben. Hätten Sie gern einen Hund?«

»Meine Frau will keinen neuen Hund mehr haben. Wir hatten drei, und jedes Mal war sie am Boden zerstört, wenn sie starben. Und unsere Kinder auch.«

»Das verstehe ich«, murmelte Emma.

»Und wie sind Sie in den Besitz eines Hundes gekommen?«

»Er sollte eingeschläfert werden. Ich konnte nicht anders.«

Hasse hatte nicht aufgehört zu kraulen, und Lukas stampfte glücklich und genießerisch im Takt mit seiner Hinterpfote auf. »Als die Kinder klein waren, hatten wir auch einen Labrador.«

»Eine tolle Rasse.«

»Sehr. Zuverlässig und anhänglich.«

Emma stellte Hasse den Kaffee auf den Tisch, woraufhin der sofort nach seinem Portemonnaie kramte.

»Sie müssen nichts bezahlen. Ich lade Sie ein.«

»Verdienen Sie so Ihr Geld? Indem Sie immer alle Kunden auf einen Kaffee einladen?«

Emma lachte. »Sie haben mir geholfen. Und dadurch habe ich eine Menge Geld gespart.«

»Danke, das ist lieb von Ihnen.« Hasse zeigte auf die Regale. »Ich könnte die an der Wand befestigen, wenn Sie wollen.«

»Das ist nicht nötig, danke.«

»Eine Hand wäscht die andere, oder? Außerdem habe ich nichts weiter vor.«

Emma nickte. Es konnte ja nicht schaden, wenn ihr Hasse mit den Regalen half. Und es war bestimmt besser, wenn sie ordentlich befestigt waren, damit nicht am Ende noch ein Unglück passierte. »Sind Sie sich ganz sicher?«

»Absolut, überhaupt kein Problem«, erwiderte Hasse und trank genüsslich einen Schluck Kaffee. »Haben Sie denn jetzt Werkzeug hier, oder soll ich meins holen?«

»Ähm … ich hatte leider noch keine Gelegenheit, meins herzubringen.« In Wirklichkeit hatte sie vollkommen vergessen, die Werkzeugkiste von zu Hause mitzunehmen. Überhaupt wusste sie gar nicht genau, wo die sich befand.

»Dann hole ich meins, so einfach ist das.«

Die Türglocke klingelte, und Julia kam mit roten Wangen in den Laden gestürmt. »Ich habe den Zettel mit den Kursen ans Schwarze Brett bei uns im Haus gehängt, und es haben sich schon zwei Nachbarn mit ihren Kindern angemeldet.«

»Wirklich?« Emma hatte auch beim zweiten Anlauf mit keiner großen Nachfrage gerechnet. Nicht so kurz vor Weihnachten.

»Ich wohne ja ganz in der Nähe, für die Leute ist es nicht so weit«, sagte Julia und verstummte, als sie Hasse entdeckte. »Oh, entschuldigung, ich habe nicht gesehen, dass du schon Kundschaft hast.«

»Hasse hilft uns mit den Regalen.«

»Toll!«, antwortete Julia. »Dann sind Sie gar kein Kunde?«

Hasse lachte. »Doch, gewissermaßen schon, aber ich habe Emma angeboten, ihr die Regale an der Wand zu befestigten.«

»Müssen Sie nicht zur Arbeit?«

Hasses Lachen verstummte, und sein Gesichtsausdruck wurde ernst. »Im Moment nicht«, lautete seine knappe Antwort, dann stand er auf. »Ich gehe mal mein Werkzeug holen.«

Als er den Laden verlassen hatte, sah Julia Emma zerknirscht an. »Habe ich etwas Falsches gesagt?«

Emma schüttelte den Kopf und sah nachdenklich aus dem Fenster. »Ich glaube, er ist arbeitslos, er hat letztes Mal so ein merkwürdiges Telefonat geführt.«

»Mein Vater war auch arbeitslos, ehe er ...« Julia senkte den Kopf. »Er hat uns vor fünf Jahren verlassen.«

»Oh, das tut mir leid.«

Sie selbst war kein Scheidungskind, hatte aber viele Freunde gehabt, deren Eltern sich getrennt hatten. Und obwohl die meisten Scheidungen einigermaßen glimpflich über die Bühne gegangen waren, hatte es viel Schmerz und Trauer gegeben. Und wenn sich die Eltern nicht einigen konnten und vor den Kindern ihre Kämpfe ausgetragen hatten, war es zum Teil unerträglich geworden. »Hast du noch Kontakt zu ihm?«

»Nicht wirklich. Meine Mutter mag es nicht besonders, wenn wir uns sehen. Also ist es besser, wenn ich es sein lasse. Außerdem hat er jetzt eine Neue.«

Emma sah Julia voller Mitgefühl an. »Ist deine Mutter noch sehr traurig wegen der Trennung?«

»Jetzt nicht mehr. Jetzt ist sie nur noch stinksauer. Vor allem auf mich, wenn ich nicht mache, was sie will. Wie früher, wenn ich meinen Vater sehen wollte.« Julia streifte sich die Jacke ab. »Das wird bestimmt irgendwann besser«, sagte Emma und verschwand im Lager.

***

Der Duft frischer Pommes frites stieg verlockend aus der braunen Papiertüte, die ihr die Verkäuferin in die Hand drückte. Emma lief das Wasser im Mund zusammen.

»Entschuldigung«, murmelte jemand hinter ihr. Sie steckte sich gerade Strohhalme und Servietten in die Tüte.

Emma trat einen Schritt zur Seite und warf einen flüchtigen Blick auf den Jungen neben sich. Er war nicht älter als zehn oder elf Jahre und sah aus wie die meisten Kinder heutzutage. Er trug Jacke, Jeans und Stiefel – alles angesagte Marken. Ohne sie anzusehen, nahm er einen Strohhalm, steckte ihn in seine Cola und ging Richtung Ausgang. Emma sah ihm hinterher, wie er den Fast-Food-Imbiss verließ. Er war ziemlich klein und schmal und wirkte so, als hätte er es nicht besonders eilig, irgendwohin zu kommen. Er wäre Emma nicht weiter aufgefallen, wenn er nicht viel zu jung gewesen wäre, um sich mitten am Tag in einem Einkaufszentrum aufzuhalten. *Müsste er nicht eigentlich in der Schule sein?* Sie sah, wie er an dem Blumenladen vorbeischlenderte und von seiner Cola trank. Was er wohl trieb? Emma schüttelte den Kopf und ermahnte sich. Sie war keine Lehrerin mehr und musste sich deshalb auch nicht um schwänzende Schüler kümmern. Sie wandte sich wieder ihrer Tüte zu, überprüfte, ob sie alles eingepackt hatte, und verließ das Einkaufszentrum Fältöversten.

Draußen vor der Tür sah sie den Jungen am Springbrunnen auf dem Karlaplan sitzen. Aus den Augenwinkeln registrierte sie eine Bewegung. Eine Gang aus vier, fünf Jugendlichen ging auf den Jungen zu. Emma konnte nicht sagen warum, ob es an ihren Gesichtern oder ihrer Körpersprache lag, aber sie hatte sofort eine böse Vorahnung. Sie schubsten und stießen sich gegenseitig an, dann setzte sich jeweils einer von ihnen rechts und links von dem Jungen auf die Parkbank. Die anderen postierten sich davor, sodass er nicht mehr zu sehen war. Emma lief, so schnell sie konnte, Richtung Springbrunnen.

Die Jugendlichen, die den Jungen umstellt hatten, waren höchstens sechzehn oder siebzehn.

»Ich habe kein Handy«, hörte sie den Jungen mit ängstlicher Stimme sagen. »Lasst mich. Ich will nur in Ruhe meine Cola trinken.«

Einer der Jugendlichen sagte etwas, das Emma nicht verstehen konnte. Kurz entschlossen schritt sie ein: »Hier bist du! Entschuldige, ich bin zu spät. Ich habe noch was zu essen gekauft.«

Alle Blicke waren auf Emma gerichtet, und sie wusste, dass sie das Richtige getan hatte. Sie sah etwas Glattes, Glänzendes aufblitzen, das aber sofort in einer Jackentasche verschwand. Alle standen auf, nur der Junge blieb sitzen.

»Wer bist du denn?«, fragte einer von ihnen.

»Ich bin Emma. Und wer bist du?« Emma starrte den Jungen an, der sie gefragt hatte, bis er nachgab und ihrem Blick auswich. »Ich finde, ihr solltet jetzt sofort gehen, bevor ich die Polizei rufe.«

»Bleib mal locker. Wir haben uns nur unterhalten«, sagte ein anderer und hob abwehrend die Hände. »Wir sind Freunde.«

»Ach was, wirklich?«, sagte Emma. »Wolltet ihr ihm deshalb sein Handy abnehmen?«

»Was redest du da?« Drohend baute er sich vor ihr auf. Da kam zufällig ein Paar mit Hund vorbei.

»Komm, Alter, wir gehen«, sagte einer seiner Kumpane, und die Gruppe trat den Rückzug an.

Als sie auf der anderen Seite des Springbrunnens waren,

drehte sich einer von den Jungen um und streckte den Mittelfinger raus. Emma schnitt eine Grimmasse.

»Alles okay bei dir?«, fragte sie den Jungen.

»Ja, alles gut«, flüsterte er, ohne hochzusehen.

»Das waren nicht deine Freunde, oder?«, fragte Emma, obwohl sie die Antwort schon kannte. Ihre Beine zitterten, sie setzte sich neben ihn auf die Bank und stellte die Tüte mit den Pommes auf den Boden.

Der Junge schüttelte den Kopf, seine Hand umklammerte den Becher mit Cola so fest, dass ein bisschen über den Rand lief.

»Darf ich dich fragen, warum du nicht in der Schule bist?«

»Ich bin erkältet. Mama ist zu Hause und arbeitet, und ich wollte mir nur was zu trinken holen.«

»Wollen wir sie anrufen?«

Der Junge nickte, und Emma holte ihr Handy aus der Tasche. »Wenn du mir ihre Nummer sagst, dann kann ich sie bitten, dich abzuholen. Oder ich begleite dich nach Hause. Was ist dir lieber?«

»Ich will nach Hause gehen«, sagte er leise.

Kurz darauf standen sie vor seiner Wohnungstür. Als die Mutter die Tür öffnete, fiel die mühsam aufrechterhaltene Fassade des Jungen in sich zusammen, und er warf sich schluchzend in ihre Arme.

»Mein kleiner Schatz, was ist denn passiert?«, fragte sie besorgt. Emma erzählte ihr von dem Zwischenfall am Springbrunnen.

»Ich habe gar nicht mitbekommen, dass du die Wohnung verlassen hast. Wir wollten doch zusammen einkaufen gehen?«

»Du hast die ganze Zeit telefoniert.«

Seine Mutter drückte ihn liebevoll an sich. »Vielen Dank, dass Sie ihm geholfen haben«, sagte sie.

Sie unterhielten sich eine Weile, dann brach Emma auf. Als sie draußen vor der Haustür stand, wickelte sie ihren roten Mantel enger um den Körper und steckte die Hände in die Taschen. Wie war es möglich, dass eine Bande von Jugendlichen am helllichten Tag beinahe Leute ausraubte, während gestresste Angestellte in ihrer knapp bemessenen Mittagspause in unmittelbarer Nähe an ihnen vorbeihetzten und nichts unternahmen? Sie war froh, dass sie auf ihre Intuition gehört hatte. *Was wohl passiert wäre, wenn ich nicht dazwischengegangen wäre?* Mit großen Schritten machte sich Emma auf den Rückweg und versuchte, das Geschehene hinter sich zu lassen. Erst als sie die Tür zum Laden aufdrückte, fiel ihr auf, dass sie die Papiertüte mit ihrem Mittagessen neben der Parkbank hatte stehen lassen.

***

»Hattest du gar keine Angst?«, fragte Julia, nachdem Emma Hasse und ihr von dem Vorfall erzählt hatte.

»Nein, ich habe gar nicht darüber nachgedacht. Ich habe diese Jugendlichen gesehen und sofort gespürt, dass da irgendetwas nicht stimmt. Ihr hättet den armen Jungen mal sehen sollen. Der hatte Todesangst.«

Julia hatte Hasse überredet, zum Mittagessen zu bleiben. Der war losgezogen und hatte Ersatz für die Pommes geholt. Genüsslich trank er den letzten Schluck von seinem Smoothie. »Das war ganz schön mutig von Ihnen. Das hätte auch ganz anders ausgehen können.«

»Für den Jungen aber auch. Oh Gott, stellt euch mal vor, ich wäre einfach weitergegangen.« Emma lief ein Schauer über den Rücken. »Seine Mutter sollte auf jeden Fall bei der Polizei Anzeige erstatten.«

»Stimmt. Auch wenn die Polizei diese Typen wahrscheinlich nicht schnappen wird, wissen sie dann wenigstens Bescheid, was da passiert ist.«

»Echt krass, dass du dich das getraut hast. Was hättest du denn gemacht, wenn sie auf dich losgegangen wären? Ich habe ein paar Freunde, die auch ausgeraubt worden sind«, sagte Julia und leckte sich einen Brotkrümel aus dem Mundwinkel.

»So weit habe ich gar nicht gedacht. Mein erster Gedanke galt meinem Gute-Taten-Katalog, aber als ich dann in der Situation war, habe ich nur noch instinktiv reagiert«, sagte Emma wahrheitsgetreu. »Ich war so aufgedreht, dass ich unser Essen vergessen habe.«

»Aber die Ersatzbaguettes mit Hähnchensalat sind auch superlecker.« Julia schob sich den letzten Bissen in den Mund. »Und du hast deine gute Tat für heute erledigt.«

»Die gute Tat für heute?« Hasse war neugierig geworden.

»Emma will bis Weihnachten jeden Tag eine gute Tat vollbringen. Sie hat schon tolle Sachen gemacht.«

Hasses Augen funkelten interessiert. »Erzähl mal, Emma, was hast du schon alles gemacht? Ich darf doch Du sagen?«

»Ja klar.« Emma lächelte. »Ach, nichts Besonderes«, murmelte sie dann und senkte den Blick. Sie hielt Lukas ein Stückchen von ihrem Baguette hin, das er mit einem Happs herunterschlang, um sie danach gleich wieder mit flehendem Blick anzubetteln. In unerschütterlicher Hoffnung, dass sie ihm noch mehr geben würde.

»Sie hat einen Wagen befreit, der im Schnee stecken geblieben ist, und Lukas bei sich aufgenommen. Eigentlich sollte er eingeschläfert werden!«

»Und heute hast du einem Jungen in Not geholfen. Du bist ja eine richtige Samariterin«, lächelte Hasse.

»Überhaupt nicht, hört auf damit«, entgegnete Emma. Das war so ungefähr das Letzte, was sie war. Emma spürte, wie ihr das Blut hinter den Schläfen pochte und stand auf. »Ich gebe Lukas mal frisches Wasser.«

Sie hatte mit einem Mal einen dicken Kloß im Hals und konnte nicht einmal sagen, warum. Ihr Projekt der 24 guten Taten war toll, und sie fand es auch nicht schlimm, dass Julia Hasse davon erzählte. Und trotzdem fühlte es sich merkwürdig, ja fast ein bisschen hässlich an. Als wäre sie nur auf Lob aus, wenn sie sich von ihrer guten Seite zeigte. Sie hatte nicht vor, sich damit zu brüsten. Überhaupt kein bisschen. Als sie eine Hand auf der Schulter spürte, zuckte sie zusammen.

»Es gibt keinen Grund, sich schlecht zu fühlen. Ich weiß, dass du es nicht machst, um Lob von anderen zu bekommen.«

»Danke«, murmelte Emma, ohne Hasse dabei anzusehen. »Aber wie gesagt: Mein erster Gedanke war, dass ich dem Jungen helfen will, weil ich dann die gute Tat für heute erledigt habe.«

»Ich bin mir ganz sicher, dass du dem Jungen auch ohne dein Projekt geholfen hättest«, erwiderte Hasse und warf seine Serviette und den Smoothiebecher in den Mülleimer. »So, und jetzt werde ich mich um eure Bücherregale kümmern. Das wird meine gute Tat für heute.«

# 12

## MITTWOCH, 6. DEZEMBER

Der Schnee war zu Schneematsch geworden. Lukas tappte mitten in eine große Pfütze, bevor sie den Laden betraten.

»Bleib stehen!«, befahl Emma und rannte zu dem Regal mit den Handtüchern. Sie hatte keine Wahl und griff nach einem edlen blau-rosafarbenen Exemplar der Marke Missoni, um ihn damit abzurubbeln. Lukas blieb gehorsam mit tropfendem Fell am Eingang stehen.

»Was bist du für ein Guter, schüttelst dich nicht und wartest so fein! Du weißt offenbar, dass Magda durchdrehen würde, wenn du hier alles nass machst.« Emma rieb ihm das Fell und die Pfoten mit dem Handtuch trocken. Lukas bedankte sich, indem er ihr einmal übers Gesicht leckte. Da klopfte es an der Schaufensterscheibe. Als Lukas Angela erkannte, kläffte er vor Freude und wedelte begeistert mit dem Schwanz.

»Hallöchen, ich wollte nur mal vorbeischauen und sehen, wie es euch beiden geht«, sagte sie, bevor sie von Lukas, der direkt auf sie zugestürmt war, fast umgerannt wurde. »Ich kann weitermachen, wenn du magst.«

Emma gab ihr das Handtuch, und Angela hob eine Augenbraue, als sie die Marke erkannte. »Oha, du wirst ja mit der feinsten Ware getrocknet, Lukas!«

»Ja, ich musste schnell reagieren!«, lachte Emma und sah zu, wie Angela mit geübten Griffen den Hund trocken rieb.

»Das Handtuch bezahle ich dir.«

»Nein, das musst du nicht.«

»Natürlich mache ich das. Ich weiß doch, wie gering die Margen in so kleinen Boutiquen sind und dass man jeden Euro zweimal umdrehen muss. Apropos, hast du schon neue Ware bekommen?«

»Hauptsächlich Weihnachtssachen. Magda hat ordentlich bestellt, weil sie sich in den Kopf gesetzt hat, dass wir noch massenhaft verkaufen müssen bis Heiligabend.«

Angela lächelte begeistert. »Ich liebe Weihnachtsdekoration. Hast du ein schönes Weihnachtsservice? Ich will mir doch mein Sortiment im Sommerhaus aufstocken.«

»Aber … du hast doch gerade erst ein ganzes Service fürs Sommerhaus gekauft? Und überhaupt, Weihnachten im Sommerhaus?«

»Ach, das nennen wir doch nur so. Und das andere Service ist ja auch für den Sommer gedacht. Aber ich will eben auch eins für den Dezember haben, für die Feiertage!«

Emma ließ das Gesagte unkommentiert und ging stattdessen in die Ecke mit dem Geschirr. »Ich hätte das hier«, sagte sie und hob einen weißen Teller mit einem gemusterten Rand aus grünen Blättern und roten Schleifen hoch. »Ich habe davon ein ganzes Service, allerdings insgesamt nur ein einziges Exemplar. Wir konnten leider nicht mehr bestellen.«

»Das ist ja unglaublich schön! Ich nehme es.«

»Meinst du das im Ernst? Willst du dir nicht erst einmal alle Teile in Ruhe ansehen?« Emma war ein bisschen fassungslos, dass Angela so sorglos mit ihrem Geld umging. Als hätte sie eine niemals versiegende Quelle.

»Das muss nicht sein. Der Teller ist ein Traum! Und er passt hervorragend ins Sommerhaus. Wie läuft es denn mit Lukas?«

»Sehr gut. Deine Tochter war gestern Nachmittag noch hier und ist mit ihm Gassi gegangen.« Das hatte ihr tatsächlich sehr geholfen, denn so hatte sie Zeit gehabt, in Ruhe das Lager aufzuräumen und die Retouren zu packen.

»Hedvig war hier?«

»Jepp. Und Lukas hat sich wie verrückt gefreut, als sie reinkam. Wie bei dir gerade. Er liebt euch wirklich sehr.« Das stimmte. Lukas hatte so wild mit dem Schwanz gewedelt, dass Emma Angst bekam, er könnte in der Mitte durchbrechen.

»Ja … ihm hat es bei uns gefallen, obwohl wir eine ziemlich laute Familie sind.« Angela machte eine kurze Pause. »Aber er genießt es bestimmt, dass seine Ohren jetzt ein bisschen Frieden haben. In letzter Zeit gab es viel Geschrei. Erik ist viel unterwegs, und wenn er nach Hause kommt, streiten wir oft. Dabei geht es um nichts Großes, aber weißt du, die Kinder und ich haben unsere Routinen entwickelt, und wenn er kommt, will er seine durchsetzen.«

Emma wusste nicht, was sie dazu sagen sollte. Ihr war zwar schon aufgefallen, dass Angela in letzter Zeit angespannter war als sonst, aber so offen hatte sie noch nie mit ihr gesprochen.

»Was ist denn mit deiner Arbeit?« Obwohl Emma die

Antwort schon kannte, wollte sie das Gespräch von Angelas Mann ablenken.

»Na ja … Seit meine Jüngste da ist, habe ich praktisch nicht mehr gearbeitet.« Angela warf Lukas einen liebevollen Blick zu, der aufmerksam allen Passanten hinterhersah, die draußen vorbeiliefen. »In meinem früheren Leben war ich Einkaufsleiterin bei H&M und habe danach ein eigenes Unternehmen geführt«, sagte sie lächelnd.

»Was war das für ein Unternehmen?«

»Ach, im weitesten Sinne ging es um Mode. Ich habe viel mit digitalen Verkaufsstrategien gearbeitet und so. Aber vor ein paar Jahren habe ich das aufgegeben und bin seitdem zu Hause.«

»Das klingt so, als hättest du ziemlich viel Erfahrung auf dem Gebiet.«

Angela lachte. »Ja, wir werden sehen, was ich damit noch anfangen kann.« Sie streichelte Lukas hinter den Ohren. »Lukas und ich haben viel Zeit miteinander verbracht. Jetzt, wo er neue Wege geht, muss ich vielleicht auch mal schauen, dass sich in meinem Leben etwas verändert.«

Emma hatte das letzte Teil des Service auf den Verkaufstresen gelegt. »Soll ich dir die Sachen richtig verpacken oder nur einwickeln?«

»Ein bisschen Wellpappe reicht vollkommen. Ist es in Ordnung, wenn ich jetzt bezahle, die Sachen aber erst später abhole? Wir wohnen zwar nicht weit weg, aber ich würde das lieber mit dem Auto machen.«

»Ich habe die Kasse noch nicht offen, dann machen wir das beides nachher zusammen, ja?«

Angela schlug sich die Hand vor den Mund. »Oje, entschuldige! Ich wollte mich gar nicht so aufdrängen. Du hast ja noch nicht einmal deine Jacke ausgezogen.«

»Kein Problem. Du hast dafür meinen Tagesumsatz gerettet.« Das erleichterte Emma tatsächlich sehr, denn das bedeutete einen früheren Feierabend.

»Kann ich dir noch mit irgendetwas helfen, bevor du öffnest? Jetzt habe ich dich so lange aufgehalten.«

Emma stutzte. Hatte ihr Angela gerade angeboten, dazubleiben und mit ihr den Laden aufzumachen? Sie wollte dankend ablehnen, als sie ihren erwartungsvollen Blick sah.

»Da gibt es nicht viel zu helfen«, sagte sie zögerlich, dann fielen ihr zum Glück die Kurse ein, bei denen Angela sie unterstützen wollte. »Aber wir könnten gleich über das Kinderbasteln am Sonntag sprechen? Bist du da noch an Bord?«

»Ah, das findet statt? Wie toll. Natürlich bin ich an Bord! Erik ist beruflich unterwegs ... mal wieder. Und ich bin mit den Kindern allein. Wir kommen alle vier. Da klingelt es in der Kasse!«

»Du musst doch nicht für deine Kinder bezahlen, du bist doch die Kursleiterin!«

»Natürlich bezahle ich für meine Kinder. Sie benutzen doch das Material.« Angela klatschte begeistert in die Hände. »Wie viele haben sich denn schon angemeldet?«

»Sechs.«

»Mit meinen sind das also neun. Ich frage in meinem Freundeskreis herum, wenn wir insgesamt zehn, zwölf Teilnehmer werden, wäre das doch großartig. Wo soll das Basteln stattfinden?«

»Ich hatte mir überlegt, es im Keller zu veranstalten. Dann

kann hier oben noch der Verkauf stattfinden, und unten haben wir unsere kleine Werkstatt.«

»Das ist perfekt. Hast du genug Stühle? Sonst bringe ich welche von zu Hause mit.«

Angela sprudelte förmlich über vor Energie, und Emma versuchte mitzukommen, gab aber nach einer Weile auf und überließ ihr die ganze Planung und Organisation.

***

*1. Dem Sportwagentypen helfen.*
*2. Jedem Kunden einen Kaffee anbieten.*
*3. Lilian einen Gefallen tun. Bin mit Lilian zum Adventsgottesdienst gegangen.*
*4 ~~Dem Paketboten für seine Arbeit danken.~~ Habe Lukas adoptiert.*
*5 ~~Einem Fremden die Taschen tragen.~~ Habe einem Jungen geholfen, der von Jugendlichen bedroht wurde.*
*6 Drei Unbekannten Komplimente machen.*

Emma unterbrach die Aktualisierung ihrer Liste der guten Taten, als ihr Handy klingelte. Wenn sie zu Hause gewesen wäre, hätte sie es einfach klingeln lassen, aber sie saß in einem Café und wollte die anderen Gäste nicht stören. Vermutlich war es Magda, sie war mittlerweile die Einzige, die sie noch anrief. Und ihre Mutter. Die anderen hatten fast alle aufgegeben. Sogar Molly, ihre beste Freundin, die sie seit der Schulzeit kannte. Sie lebte mit ihrer Familie in Neuseeland und hatte sich schon seit Monaten nicht mehr gemeldet. Dass sie keinen Kontakt mehr hatten, war ihre eigene Schuld, das wusste Emma. Der Abstand und die Zeitverschiebung taten ihr Übriges, aber die letzten Telefonate waren zäh und leblos gewesen, und Emma hätte am liebsten jedes Mal direkt wieder aufgelegt. Magdas Name leuchtete auf dem Display, sie hatte recht gehabt.

»Prima, dass ich dich erwische.«

»Was gibt es?« Emma konnte hören, wie abweisend und muffelig sie klang, aber ihre Schwester ging ihr langsam wirklich auf die Nerven. Sie hatte angekündigt, dass sie die nächsten Tage mit etwas anderem beschäftigt sei. Offenbar konnte sie aber nicht anders, als sich schon wieder einzumischen, und musste auf Teufel komm raus irgendetwas besprechen.

»Henrik und ich haben Samstagabend eine Verabredung, und ich dachte, Mama und Papa hätten Zeit, um auf unsere Mäuse aufzupassen. Aber das war wohl ein Missverständnis, denn sie haben keine Zeit. Darum wollte ich dich fragen, ob du vielleicht babysitten könntest? Du hast doch nichts weiter vor und siehst die Kinder ja auch so selten.«

»Ich habe leider auch keine Zeit.« Emma versuchte, schwer beschäftigt zu klingen. Sie wollte ihrer Schwester gerne helfen, aber konnte sich nicht vorstellen, Leo und die Zwillinge einen ganzen Abend lang zu betreuen.

»Du hast keine Zeit?«

»Nein … ich habe Samstag etwas vor.« Emma puhlte den Perlenzucker von ihrer Zimtschneckenhälfte. Die Zimtschnecken waren riesig in diesem Café, eine einzige reichte locker für vier Leute.

»Was denn?«

Emma hörte an Magdas Stimme, dass sie ihr nicht glaubte, und suchte fieberhaft nach einer guten Ausrede, die ihr

Magda abkaufen würde. Aber ihr Kopf war wie leer gefegt. »Ich muss mich um Lukas kümmern«, war das Einzige, was ihr einfiel.

»Um den Hund?«

»Ja, er ist gerade erst bei mir eingezogen. Ich kann ihn nicht den ganzen Abend allein lassen.« Das stimmte sogar. Sie wollte und konnte Lukas nicht allein lassen. Er sollte sich nicht unwohl fühlen in der neuen Umgebung. Es war lange still am anderen Ende der Leitung.

»Nimm ihn einfach mit. Er kann es sich in der Waschküche bequem machen«, sagte Magda.

»Ich will aber nicht, dass er da allein ist.«

Magda seufzte. »Meinetwegen, dann kann er mit in die Küche.«

Emma begriff, wie verzweifelt Magda nach einer Lösung suchte. Ihr waren offensichtlich die Ideen und Alternativen ausgegangen, ansonsten würde sie Emma niemals erlauben, den Hund mitzubringen.

»Was habt ihr denn Großes vor?«, fragte sie neugierig. Es musste etwas ganz Besonderes sein, wenn Magda bereit war, einen Hund in ihr Heiligstes zu lassen.

»Henriks Eltern feiern Goldene Hochzeit und wollen uns zum Essen einladen.«

»Sollen die Kinder nicht mitkommen?«

»Du weißt doch, wie das ist. Kinder sind überall gerne gesehen, aber nirgendwo gerne gehört. Und mit den Zwillingen ins Restaurant … da beschwört man die Katastrophe ja geradezu herauf.« Magda seufzte. Emma konnte sie gut verstehen, aber auch Henriks Eltern.

»Und Leo? Den könntet ihr doch mitnehmen?«

»Natürlich könnte er mitkommen, aber ich glaube, ihm gefällt es zu Hause besser. Und es sind ja auch keine anderen Kinder dabei.«

»Meinetwegen, dann mache ich es eben.« Kaum hatte sie den Satz ausgesprochen, bereute Emma ihn wieder. Sie hatte noch nie auf die Zwillinge aufgepasst, und auch Leo hatte sie schon lange nicht mehr gebabysittet.

»Tausend Dank, meine Süße. Du rettest mir das Leben.«

»Kein Ding …«

»Das ist deine gute Tat für morgen. Und zwar eine richtig gute Tat. Was war heute dran?«

»Ich habe drei Unbekannten Komplimente gemacht.«

»Und, haben sie sich gefreut?«

»Allerdings.« Emma lächelte. Sie musste an das strahlende Gesicht der jungen Mutter denken, der sie gesagt hatte, wie apart ihr Mantel war. Genau genommen brauchte es nicht viel, um andere froh zu machen. Und wenn man jemandem etwas Gutes tat, wurde automatisch auch die eigene Laune besser. Es war schön, dass, seit sie mit den 24 guten Taten begonnen hatte, jeder Tag etwas Neues brachte.

»Dafür kannst du dir aber auch mal auf die Schulter klopfen. Und ich will mich fürs Babysitten bei *dir* mit einer guten Tat bedanken. Ich kann den Ladendienst am Samstag übernehmen, dann hast du frei.«

»Du willst ganz allein den Laden schmeißen?«

»Jupp. Das wollte ich eine ganze Weile schon mal ausprobieren. Samstag ist perfekt. Außerdem schließt du da ja schon um drei.«

Genau genommen schloss sie erst um vier, aber was war schon eine Stunde? Sie unterhielten sich noch eine Weile, beziehungsweise redete Magda die ganze Zeit, und Emma brummte hin und wieder zustimmend, damit es so klang, als würde sie zuhören. Nachdem sie das Gespräch beendet hatten, nahm sie einen Schluck von ihrem Tee und beobachtete ein paar Frauen, die sich Smoothies und Kekse bestellten. Es wäre traumhaft, einen Tag freizuhaben, keine anderen Menschen sehen zu müssen. Das hatte sie in letzter Zeit mehr als genug. Ihr Blick wanderte zurück auf ihre Liste der 24 guten Taten. Bisher war kaum etwas so gelaufen, wie sie es sich vorgestellt hatte. Die guten Taten waren eher durch Zufall entstanden. Sie ergänzte noch ein paar neue Ideen, dann packte sie zusammen und verließ das Café, um Lukas für einen Spaziergang abzuholen. Als sie an Lilians Wohnungstür vorbeikam, nahm sie sich vor, bald wieder bei ihr zu klingeln.

# 13

DONNERSTAG, 7. DEZEMBER

Im Schlafzimmer war es dunkel. Das Gewicht am Fußende sagte ihr, dass Lukas an seinem neuen Stammplatz lag. Sie war davon wach geworden, dass sie jemanden weinen hörte, aber jetzt war alles wieder still. Vorsichtig zog sie ihren Fuß zu sich. Lukas bewegte sich im Schlaf. Er war erst seit wenigen Tagen bei ihr, aber hatte sich schon eingelebt. Und auch Emma begann, sich an seine Gesellschaft zu gewöhnen. Auf Zehenspitzen schlich sie in die Küche. Das Thermometer im Fenster zeigte drei Grad plus, die Uhr halb sechs. Sie hatte noch Zeit, ein paar Stunden sogar, bevor sie im Laden sein musste. Eine kalte Nase drückte sich gegen ihr nacktes Bein, und sie erschrak.

»Hallo, du, habe ich dich doch geweckt?« Lukas streckte sich genüsslich, während sein Schwanz sanft hin und her wedelte. Er gähnte, zeigte dabei seine scharfen Zähne, trottete dann ans Fenster und starrte in den menschenleeren Hinterhof, als gäbe es dort etwas Spannendes zu entdecken. Emma ließ ihn dort stehen und zog sich an. Jeans und ein grünes Sweatshirt, sie bürstete sich ihre dunklen, verstrubbelten Haare und putzte sich die Zähne, dass es nur so schäumte. Lukas saß im Flur und hypnotisierte förmlich seine rote Leine, als wäre ihre bloße Existenz der Grund für Emmas frühes Aufstehen.

Geduldig wartete er neben ihr, während sie sich ihre Turnschuhe anzog. Sie streichelte ihn und spürte eine große Dankbarkeit, dass er in ihr Leben gekommen war. Obwohl sie ihn nur kurz behalten würde, war sie so froh über seine Nähe. Er brauchte nicht viel mehr als ein paar Streicheleinheiten, einen Schlafplatz, Essen und ein bisschen Bewegung. Aber er plapperte nicht die ganze Zeit oder verlangte von ihr, dass sie sich zusammenreißen, einen Kurs besuchen oder um ihren Laden kämpfen sollte.

Sie wusste nicht, ob ihre Trauer die innere Leere erzeugte, die sie verspürte. Das erste Gefühl der Verzweiflung nach Niklas' Tod, das sich anfühlte, als würde sie selbst gleich sterben, hatte sich mit der Zeit gelegt. Auch die Wut auf die ganze Welt war verebbt. Stattdessen verspürte sie eine unendliche Müdigkeit. *Müdigkeit und Schuld*, dachte sie, als sie die Treppen hinunterging. Natürlich gab es auch Tage, an denen es ihr besser ging, Stunden, in denen sie gute Laune hatte. Sie lebte nicht in einer konstanten Finsternis. Aber die schweren Tage überwogen die leichteren. Und die müden die fröhlicheren. Aber das sahen die Menschen nicht. Sie sahen eine freundliche, zuvorkommende Person, die in einem hübschen kleinen Geschäft in einer der schönsten Straßen von Stockholm arbeitete. Sie wussten nichts von der Dunkelheit, die seit zwei Jahren in ihr gärte und wie eine graue Regenwolke immer größer wurde. Sie sahen nur ihr freundliches Lächeln. Aber wie viele Menschen lächelten, obwohl es ihnen in Wirklichkeit gar nicht gut ging? Julia zum Beispiel. Emma hatte sich in letzter Zeit viele Gedanken um sie gemacht. Sie hatte immer gute Laune, war zu allen freundlich und hilfsbereit. Manchmal aber, wenn sie sich unbeobachtet fühlte, verblasste ihr Lächeln. Emma hatte schon oft nach einem Blick aufs Handy die schiere Verzweiflung in ihrem Gesicht gesehen. *Vielleicht könnte ich Julia etwas Gutes tun? Ihr das Leben leichter machen?*

Ihre Schritte hallten auf den Marmorplatten im Hausflur wider. Mit einer Hand zog sie die Eingangstür auf. Lukas lief vor ihr her aus dem Haus. Es war schön draußen. Kein Wind empfing sie, keine beißende Kälte, die einem Schauer durch den Körper jagte. Es war schon sonderbar, wie sich das Wetter verhielt. Wie ein launischer Mensch, dessen Stimmung zwischen himmelhochjauchzend und zu Tode betrübt schwankte. Lukas zog an der Leine.

»Hey, wir wollen nicht zum Laden«, sagte sie und lief mit ihm in die entgegengesetzte Richtung, hoch zum Valhallavägen, mit seiner breiten Esplanade zwischen den Fahrbahnen. Sie waren die einzigen Fußgänger weit und breit. Die meisten Hundebesitzer tauchten erst gegen halb sieben auf. Emma und Lukas überquerten eine der Fahrbahnen und liefen durch die wunderschöne Lindenallee. Über ihnen streckten die knorrigen Bäume ihre kahlen Äste aus. Das Gefühl von Märchenwald war mit dem Schnee verschwunden, zurückgeblieben waren große graue Pfützen. Um Gespräche mit den wenigen Hundebesitzern zu vermeiden, die doch schon wie sie zu so früher Stunde unterwegs waren, sah Emma mit gespielt angestrengtem Blick auf ihr Handy, wenn sie einem von ihnen begegnete. Sie hatte festgestellt, dass es die effektivste Methode war, die Leute von sich fernzuhalten. Als sie das südliche Ende der Allee erreicht hatten, riss Lukas an der

Leine. Wahrscheinlich war er es gewohnt, mit den anderen Hunden über die weiten Wiesen zu toben, die sich hier an den Valhallavägen anschlossen. Aber Emma hielt ihn fest. Sie wollte zur Villa Källhagen unten am Kanal. Sie hoffte, dass wenigstens dort niemand unterwegs sein würde. Den prachtvollen Botschaftsgebäuden zu ihrer Rechten schenkte sie keine Beachtung. Den meisten Leuten war der entlegene Djurgårdskanal um diese Uhrzeit zu unheimlich, um sich dort aufzuhalten. Früher hätte sie diesen Ort auch gemieden. Aber jetzt hatte sie keine Angst mehr. Das Gefühl löste sich auf, wenn man den Tod nicht mehr fürchtete. Dann hatte man keine Probleme mehr damit, morgens in tiefster Dunkelheit spazieren zu gehen.

Sie liefen einen kleinen Hang hinunter und waren am Wasser. Ein paar Enten schliefen unweit des Ufers. Emma musste lächeln, als sie sah, wie Lukas sofort in den Jagdmodus schaltete.

»Nein, wir werden heute keine Enten jagen«, sagte sie streng.

»Hallo, Emma!« Ein Mann mit einem hellbraunen Hund an seiner Seite kam auf sie zu. Als sie erkannte, wer es war, verschwand ihre gute Laune schlagartig. Adam. Wenigstens trug er keinen Anzug, sondern zerschlissene Jeans, schwere Stiefel und dazu die dunkelblaue Daunenjacke. Seine braunen Haare waren unter einer dunkelgrauen Mütze versteckt. Als Lukas den anderen Hund sah, zog er aufgeregt an der Leine und wedelte mit dem Schwanz.

»Das ist ja eine schöne Überraschung, Sie hier zu sehen. Ich wusste nicht, dass Sie in der Nähe wohnen«, sagte er.

Die Hunde begrüßten sich ausgelassen.

»Ich wohne nur ein paar Blocks vom Laden entfernt«, klärte Emma ihn auf und sah Lukas zu, der Adams Hund von vorne bis hinten beschnupperte. Dann hob sie den Kopf.

Adam hatte ein breites Lächeln aufgesetzt, was seine Grübchen zum Vorschein brachte. »Und Sie gehen im Dunkeln am Djurgårdskanal spazieren?«

»Nicht oft. Aber manchmal will ich einfach meine Ruhe haben.«

Adam ignorierte den Wink mit dem Zaunpfahl. »Ich versuche, eigentlich jeden Morgen eine Runde zu drehen, ehe ich mit Fiffi zur Arbeit fahre. Genau genommen ist das Quatsch, weil sie in den Gärten, in denen ich zu tun habe, frei herumlaufen kann. Aber es ist ein schöner Start in den Tag.«

Emmas Neugier war geweckt. »Ich dachte, Sie sind Büromensch.«

»Nee, das ist nichts für mich«, lachte Adam. »Ich habe eine Gärtnerei außerhalb der Stadt. Das passt viel besser zu mir als den ganzen Tag nur Papierkram.«

»Ich glaube, heutzutage scrollt man eher auf einem Monitor herum«, entgegnete Emma trocken. »Und als Gärtner benötigt man einen Sportwagen und trägt einen Anzug?«

»Ich hatte in letzter Zeit ziemlich viele Termine in der Stadt. Wir hatten einiges zu tun …«, sagte Adam. »Und es ist auch nicht mein Wagen, also doch, jetzt gewissermaßen schon. Er gehörte meinem Bruder.« Adam kratzte sich am Kopf. »Er ist vor einem halben Jahr gestorben. Ich hätte den Wagen schon viel früher aus der Garage holen sollen, aber …« Der Satz blieb unvollendet. Emma fühlte sich ertappt und oberflächlich und dumm.

»Entschuldigen Sie bitte, das war blöd von mir.«

»Das konnten Sie doch nicht wissen. Gehen Sie auch da lang?« Adam zeigte den Kanal hinunter.

Sollte sie lügen und sagen, dass sie in die andere Richtung unterwegs war? Nein. Lukas schien begeistert von Fiffis Gesellschaft, und was war schon schlimm daran, ein Stück gemeinsam zu gehen? Bewegungsmelder ließen kleine Lampen am Wegesrand aufleuchten, die wieder erloschen, sobald sie an ihnen vorbeigegangen waren. Zu ihrer Rechten lag ruhig der dunkle Kanal, und schräg hinter ihnen, auf der anderen Seite, thronte das Nordische Museum mit seinen beleuchteten Zinnen und Türmchen.

»Wie lange …«

»Wie geht es …«

Emma und Adam lächelten einander an. »Sie zuerst«, sagte Adam.

»Ich wollte Sie fragen, wie lange Sie schon als Gärtner arbeiten?«

»Eigentlich bin ich Landschaftsarchitekt, die Gärtnerei war das Unternehmen meines Bruders.«

»Und Sie haben es übernommen und schmeißen jetzt den Laden?«

»Ich versuche, meine Zeit gerecht zwischen meinen Aufträgen und der Gärtnerei aufzuteilen. Zum Glück haben wir tolles Personal dort, das macht einiges leichter. Unsere Gewächshäuser und Pflanzen benötigen je nach Saison unterschiedlich viel Pflege und Aufmerksamkeit. Und meine Mutter kümmert sich um das Gärtnerei-Café.«

»Dann ist das Ganze ja ein richtiges Familienunternehmen.«

»Ja, das war es von Anfang an. Als mein Vater starb, haben mein Bruder und ich die Gärtnerei weitergeführt. Jetzt sind nur noch meine Mutter und ich übrig.«

Emma wollte nicht nachhaken, was mit seinem Bruder passiert war. Sie wusste genau, wie unangenehm es war, wenn die Leute anfingen, einen unaufgefordert und ohne ein zweites Mal zu überlegen mit Fragen zu löchern. Die meisten polterten wahrscheinlich einfach drauflos, um ihre Neugier zu befriedigen.

»Und Sie … oder darf ich Du sagen?« Emma nickte. »Wie lange hast du deinen Laden schon?«

»Seit fünf Jahren. Ich habe damals meinen Job gekündigt und mich kopfüber in eine vollkommen neue Branche gestürzt.«

»Das klingt ziemlich mutig.«

»Mein Freund hat mich damals sehr dabei unterstützt. Er war Arzt und der Ansicht, dass man immer seinen Träumen folgen soll.« Emma sah ein paar Enten nach, die den Kanal hinunterschwammen. Niklas war in der Tat die treibende Kraft gewesen, als sie vor der Entscheidung stand, ihren Job als Lehrerin aufzugeben und den Laden zu eröffnen. Seiner Ansicht nach gab es keinen Grund, vor Veränderung Angst zu haben. Das Schlimmste, was passieren konnte, war ein Misserfolg. Und was war daran gefährlich?

»Er war? Und was macht er jetzt?«

Emma wurde aus ihren Gedanken gerissen, zurück zu dem knirschenden Kies unter ihren Schuhsolen, den Hunden und Adam. »Er ist vor zwei Jahren gestorben.«

»Mein Beileid«, sagte Adam und blieb stehen, um Fiffi einen Baum inspizieren zu lassen.

Emma sah stumm über den Kanal. Sie wollte nicht mit einem Fremden über Niklas sprechen. Schweigend gingen sie weiter, jeder in seine eigenen Gedanken versunken.

»Und du willst also bis Weihnachten 24 gute Taten vollbringen?«

Emma sah Adam überrascht an. Sie hatte nicht damit gerechnet, dass er sich an das Geplapper von Magda erinnern würde.

»Nein, ich …« Emma schüttelte den Kopf. »Das ist nur so eine alberne Idee gewesen.«

»Ich finde, es klingt ehrlich gesagt nach einer ziemlich schönen Idee.« Sie stiegen eine kleine Anhöhe hinauf, und Emma spürte, wie ihre Oberschenkel anfingen zu brennen. Sie war so ausgedehnte Spaziergänge nicht mehr gewohnt.

»War das auch schon eine deiner guten Taten, als du mir mit dem Wagen geholfen hast?«

»Meine erste.«

»Und ich habe es dir nicht gerade gedankt.«

»Ich gebe zu, du warst nicht mein freundlichster Klient bisher«, sagte Emma und zwang sich trotz der Anstrengung zu einem Lächeln. Sie bogen an der großen Kreuzung ab und liefen auf die chinesische Botschaft zu. Über ihnen reckten die hohen Linden ihre laubfreien Kronen in den Himmel. Im Sommer und Herbst hatte man ein Gewölbe aus Blättern über sich, das den Himmel verdeckte. Jetzt aber sah man dunkle Wolken über den Himmel ziehen.

»Ich möchte mich aufrichtig dafür entschuldigen«, sagte Adam zerknirscht. »Ich war so gestresst an dem Tag und habe mich geärgert, dass ich den Wagen bei so einem Wetter rausgeholt habe.«

»Das ist doch in Ordnung. Es war bestimmt nicht lustig, im Schnee stecken zu bleiben.«

»Das kannst du laut sagen.«

Sie überquerten die Straße, liefen ein Stück über den Kiesweg, der parallel zum großen freien Feld verlief, und bogen dann in Höhe der Villa Källhagen wieder ab und gingen noch einmal hinunter zum Wasser. Emma kam für einen Moment der Gedanke, sich bereits hier zu verabschieden und über den Valhallavägen nach Hause zu gehen. Aber Lukas gefiel es so gut mit seiner neuen Freundin, dass sie es nicht übers Herz brachte, die beiden Hunde zu trennen.

»Und was hast du bisher schon alles gemacht? Du hast doch bestimmt schon einiges bewirkt?«

»Jeder Kunde im Laden bekommt neuerdings einen Kaffee, und ich habe meine Nachbarin zum Adventsgottesdienst begleitet«, sagte sie. Hoffentlich erinnerte er sich nicht daran, dass sie *ihm* bei seinem Besuch im Laden keinen Kaffee angeboten hatte, zumindest nicht gleich. Vergebens.

»Und mir wolltest du keinen Kaffee ausgeben?«, fragte Adam und legte den Kopf schief. Emma biss sich auf die Lippe. »Ach so! Du warst der Ansicht, dass ich nicht noch eine gute Tat verdient hätte?« Er lachte herzlich. »Recht hast du. Ich habe wahrscheinlich wirklich nicht den besten ersten Eindruck gemacht.« Er wurde wieder ernst. »Aber warum machst du das? Ist das eine Art Weihnachtsprojekt?«

»Meine Schwester will, dass ich mir ein Hobby suche, und sie hat mir einen Haufen schrecklicher Vorschläge gemacht, von Töpfern bis Fallschirmspringen war alles dabei. Und da kam mir der Gedanke, dass ich doch bis Heiligabend jeden Tag was Gutes tun kann.«

Plötzlich sah sie Niklas vor sich. In Wahrheit machte sie das alles für ihn und für sich und für ihr Seelenheil. Sie wollte Vergebung. Sie wollte mit jeder guten Tat Buße tun. *Wenn ich an diesem Tag nicht so wütend gewesen wäre und nicht diese schrecklichen Dinge gesagt hätte, dann wäre er vielleicht noch am Leben.* Emma musste schlucken.

»Alles in Ordnung?«

»Absolut«, antwortete sie um einen munteren Ton bemüht. Als sie die Brücke Djurgårdsbro erreichten, kamen ihnen einige Frühaufsteher entgegengejoggt. Die Sonne war noch nicht aufgegangen, aber es war nicht mehr so dunkel wie am Anfang ihres Spaziergangs.

»Wollen wir irgendwo einen Kaffee trinken gehen?«

Kaffeetrinken? Er wollte die Unterhaltung fortführen?

»Ich muss nach Hause«, sagte sie und hörte selbst, wie schroff sie klang. Sie wollte noch hinzufügen, dass sie noch etwas zu erledigen hatte, aber Adam kam ihr zuvor.

»Dann machen wir das ein anderes Mal.« Er blieb stehen. Sie sahen sich an. »Dieser Spaziergang mit dir war sehr schön, Emma.«

»Vielen Dank für die Begleitung.« Emma steckte ihre Hände tief in die Jackentasche. Plötzlich fühlte es sich komisch an, hier mit Adam zu stehen. Sie kannte ihn doch gar nicht, und doch hatte sie so vertraut mit ihm gesprochen.

Bevor das Schweigen unangenehm wurde, lächelte Adam sie an. »Bis bald.« Dann drehte er sich um und zog mit Fiffi über den Strandvägen von dannen. In letzter Sekunde konnte Emma die Leine von Lukas festhalten, der seiner neuen Freundin am liebsten sofort hinterhergejagt wäre. Sie ärgerte sich über ihre Unfreundlichkeit. Allerdings schien Adam nicht besonders geknickt gewesen zu sein, als sie sein Angebot abgelehnt hatte. Emma blieb nicht stehen, um den beiden hinterherzusehen. Stattdessen bog sie in den Narvavägen. Langsam schlenderte sie die Allee hoch, vorbei an den hochherrschaftlichen Gebäuden, und überquerte schließlich das Rondell am Karlaplan. Mittlerweile waren wesentlich mehr Menschen auf den Straßen. Ihr kamen die ersten gestressten Bewohner von Östermalm entgegen, die zu ihren Bussen oder U-Bahnen hetzten. Sie war froh, nicht dazuzugehören. Sie dachte über den unverhofften Spaziergang mit Adam nach. Es hatte Spaß gemacht, und die Begegnung war ganz anders verlaufen, als sie erwartet hatte.

***

Emma war auf dem Weg nach unten, als Lilians Wohnungstür aufging und ihre Nachbarin den Kopf durch den Spalt schob.

»Guten Tag, Emma, wie geht es Ihnen?«

»Mir geht es gut, danke«, antwortete Emma und stellte verwundert fest, wie leicht es ihr auf einmal fiel, diesen Satz zu sagen. »Und Ihnen?«

»Ganz passabel.« Lilian tippte auf ihre frisch gemachten Haare. Lukas sah sie mit wedelndem Schwanz an.

»Der ist ja goldig! Sind Sie jetzt Hundesitterin?«

Emma wusste nicht recht, was sie darauf antworten sollte. »Das könnte man so sagen. Ich habe ihn nur vorübergehend, bis er ein neues Zuhause gefunden hat.«

Lilian ließ Lukas an ihrer Hand schnüffeln, dann streichelte sie sein dickes Fell. »Ich habe mir immer einen Hund gewünscht, der die Trauer ein bisschen lindert«, murmelte sie dabei. Dann riss sie sich wieder zusammen und lächelte Emma an. »Wie sentimental man am frühen Morgen schon sein kann. Ich will nachher raus und einen Spaziergang machen. Hättet ihr Lust, mir Gesellschaft zu leisten?«

»Lust schon, aber wir waren gerade auf einem langen Spaziergang, und ich muss in einer Viertelstunde im Laden sein.«

»Verstehe. Vielleicht schaue ich auch irgendwann einmal vorbei.«

»Sie sind immer herzlich willkommen«, sagte Emma und spürte, dass sie es auch wirklich so meinte. »Sie könnten auch gleich mitkommen!«

»Vielen Dank, mein Herz, aber ich bin ja noch gar nicht fertig.«

»Dann ein anderes Mal.«

»Ganz bestimmt.« Lilian winkte ihr mit einer Hand zu und schloss die Tür. Emma trat aus dem Haus und in den Innenhof. Auf halbem Weg zu dem Tor, das auf die Straße führte, drehte sie sich um und sah hoch. Eines der Fenster war erleuchtet. Lilian saß dort und wirkte ganz in sich gekehrt. Ihr Blick war auf die große Wohnung auf der anderen Seite vom Hof gerichtet, in der sie früher einmal gewohnt hatte.

***

Der Feinkostladen Sabis im Einkaufszentrum Fältöversten war brechend voll. Emma bereute sofort, dass sie hergekommen war. Sie hatte den Laden pünktlich zugemacht und hätte also genauso gut noch im kleinen Tante-Emma-Laden bei sich um die Ecke etwas besorgen können. Aber sie hatte sich in den Kopf gesetzt, Lachstartar und einen schönen Weißwein zum Abendessen zu kaufen. Sie konnte sich kaum daran erinnern, wann sie das letzte Mal Wein getrunken hatte. Vielleicht auf dem alljährlichen Sommerfest ihrer Eltern, zu dem sie als brave Tochter trotz allem erschienen war. Emma schob sich an der Fleischtheke vorbei, an der man auch Fertiggerichte kaufen konnte. Die Schlange war ziemlich lang, sie zog eine Nummer, stellte sich an den Rand und lauschte, während sie wartete, was die anderen Kunden bestellten. Viele schienen schon fürs Wochenende einzukaufen. Serranoschinken, Rinderfilet und Entrecôtes. Emma sah in ihren Korb. Einen Liter Milch, zwei Äpfel und Joghurt. Lebensmittel für einen Einpersonenhaushalt.

»Was kann ich für Sie tun?«, fragte der Mann hinter der Theke.

»Einen Hähnchenschenkel, bitte.«

»Wie viele?«

»Äh … einen nur.« *Das habe ich doch gerade gesagt.*

Er verzog keine Miene, griff nach einem Schenkel und packte ihn ein. »Sonst noch was?«, fragte er und reichte ihr die jämmerlich kleine Tüte.

Emma wollte gerade den Kopf schütteln, dann überlegte sie es sich plötzlich anders. »O doch, das hätte ich ja fast vergessen. Ich habe ja versprochen, Schinken mitzubringen!« Sie zeigte auf den tiefroten Serrano in der Auslage.

»Und wie viel wollen Sie haben?«

»Sagen wir … zwanzig Scheiben. Das sollte reichen.« *Was mache ich da nur?*

Während der Verkäufer routiniert zwanzig perfekte Scheiben vom Schinken herunterschnitt, sah Emma sich verstohlen um. Aber da war niemand, den sie kannte. Natürlich nicht. Stockholm war so anonym, dass man im selben Stadtteil wie seine Freunde wohnen konnte, ohne ihnen jemals über den Weg zu laufen.

»War es das?«

»Ich hätte gerne noch ein paar Oliven, bitte. Und Artischocken.« *Stopp, hör auf damit!* Emma beobachtete, wie der Verkäufer die Oliven und Artischocken in kleine Behälter füllte. Noch ehe er damit fertig war, hatte sie einen zweiten Hähnchenschenkel und eine Wildschweinsalami bestellt. Sie legte ihre Einkäufe in den Korb und ging schnell weiter. An der Käsetheke wiederholte sich das Spiel. Nach kurzem Zögern kaufte sie drei Weichkäse, Feigenmarmelade und Cracker. *Ich muss auf der Stelle raus hier, ich habe niemanden, mit dem ich das ganze Essen teilen kann. Das wird doch alles schlecht, nur weil ich … Ja, warum eigentlich? Nur weil ich wildfremden Leuten beweisen will, dass ich nicht allein bin? Dass ich auch jemanden zu Hause habe, mit dem ich den Abend verbringe?* Emma stiegen die Tränen in die Augen. Das fühlte sich alles so verdammt falsch an. *Warum bin ich überhaupt hierhergegangen?*

»Entschuldigen Sie bitte?«

Als sie die Stimme hörte, rieb sie sich schnell über die Augen und drehte sich dann erst um.

»Ich wusste doch, dass ich Sie kenne. Ich habe so oft an Sie gedacht und wollte Ihnen so gerne dafür danken, dass Sie mich nach Hause begleitet haben.«

Es dauerte einen Augenblick, bevor Emma den Mann wiedererkannte. Es war Waldemar Rönnberg, den sie vor einer Weile sicher durch den Schneesturm nach Hause gebracht hatte. Dadurch war überhaupt erst die Idee der 24 guten Taten entstanden.

»Wie geht es Ihnen?«

»Prima«, log Emma und versuchte, unbeschwert zu klingen. »Und Ihnen?«

»Ach danke, die immergleichen Beschwerden«, antwortete Waldemar mit einem zaghaften Lächeln.

Emma warf einen Blick in seinen Korb. Eine Apfelsine und ein Fertiggericht. Sie schluckte. Würde sie auch so enden? Sahen das die Leute in ihr? Einen einsamen Menschen ohne Freunde und Familie?

»Ich habe ganz vergessen, mich richtig bei Ihnen zu bedanken neulich. Dürfte ich Sie vielleicht auf einen Kaffee einladen? Wenn Sie es nicht eilig haben?«

Sie wollte sich gerade eine Ausrede zurechtlegen, als sie seinen flehenden Blick sah. Sie kannte diesen Blick von ihrer Großmutter. Und sie hatte ihn auch bei Lilian gesehen.

»Vielen Dank, gerne. Wollen wir zur Kasse?«

***

Emma verließ das Einkaufszentrum und überquerte die Straße. Unzählige kleine Lämpchen erleuchteten den Valhallavägen und glitzerten in den Kronen der Linden um die Wette. Die ganze Allee erstrahlte in festlichem Licht. Das Kaffeetrinken mit Waldemar hatte sich doch länger hingezogen als erwartet, aber es war sehr schön gewesen. Sie hatten festgestellt, dass er wie sie einmal Lehrer gewesen war. Zwar hatten sie den Beruf beide zu irgendeinem Zeitpunkt in ihrem Leben an den Nagel gehängt, er, um Professor für Geschichte zu werden, sie, um sich einen Traum zu verwirklichen. Aber es war spannend gewesen, sich darüber auszutauschen, wie sehr sich die Schule seit seiner Zeit als Lehrer verändert hatte. Sie waren in die Konditorei Thelins gegangen, und Waldemar hatte eine Runde Kaffee und Makronentörtchen spendiert. Er hatte ihr von seiner geliebten Frau erzählt, die er erst viel zu spät im Leben kennengelernt hatte und die dann viel zu früh gestorben war. Kinder hatten sie keine mehr bekommen. Emma hatte sich wahnsinnig zusammennehmen müssen, um sich nicht von seiner Trauer und seiner Wehmut anstecken zu lassen und ihre Gefühle im Zaum zu halten. Seinetwegen, aber auch ihr selbst zuliebe.

Ihre Einkaufstüte war furchtbar schwer. Hätte sie doch nur nicht so viel eingekauft. *Das esse ich doch nie im Leben alles auf. Vielleicht sollte ich Lilian zum Essen einladen?* Da kam eine bekannte Gestalt auf sie zu. Mit hängenden Schultern und gesenktem Kopf.

»Hallo, das ist ja ein Zufall, dass wir uns hier über den Weg zu laufen.«

Julia hob den Kopf, als sie Emmas Stimme erkannte, und sah sie mit tränenüberströmten Gesicht an.

»Oh Gott, Julia!« Emma nahm ihre Hand. »Ist etwas passiert?«

Julia senkte den Kopf und schniefte. »Meine Mutter und ich haben uns schrecklich gestritten. Ich konnte einfach nicht zu Hause bleiben. Sie hat mich nur die ganze Zeit angeschrien und …« Julia schluchzte auf und wischte sich mit der Hand über die Wangen. »Ich habe morgen eine Klausur, und es ist immer dasselbe. Wenn ich in Ruhe lernen will, fängt meine Mutter jedes Mal an zu streiten. Sie findet immer irgendetwas und hört einfach nicht auf. Und dann kann ich mich auf gar nichts mehr konzentrieren.«

»Das tut mir leid.« Emma hatte geahnt, dass bei Julia zu Hause etwas nicht stimmte.

»Meine Mutter ist vollkommen verrückt.« Das Mädchen strich sich die Haare aus dem Gesicht. »Aber ich darf diese Klausur nicht verhauen.«

Deshalb hatte Julia also darum gebeten, morgen nicht arbeiten zu müssen. Weil sie eine Klausur hatte. »Schreibt ihr Klassenarbeiten in der Zeit, in der ihr das Betriebspraktikum macht?«

»Ich habe die Prüfung verpasst, weil ich krank war, und mein Lehrer hat mir erlaubt, sie nachzuschreiben, weil ich gute Noten brauche, um auf die Schule zu kommen, auf die ich wechseln will.«

Emma fand es nett, dass der Lehrer Julia unterstützte. Das war leider nicht selbstverständlich. »Und auf welche Schule willst du gehen?«

»Ich will aufs Enskilda-Gymnasium. Und nach dem Abitur will ich Tiermedizin studieren.« Ein Lächeln huschte über Julias verheultes Gesicht. »Ich habe Tiere schon immer geliebt und würde ihnen so gerne helfen können, wenn sie verletzt oder krank sind.«

Emma freute sich, dass Julia schon an ihren Zukunftsplänen bastelte. Auch sie hatte nach der Schule eine Zeit lang Tierärztin werden wollen. Leider war es fast unmöglich, einen Studienplatz zu ergattern, weswegen sie sich nach einigen erfolglosen Anläufen schließlich von dem Gedanken verabschiedet hatte. Trotzdem, es war immer gut, ein Ziel vor Augen zu haben.

»Tiermedizin, wie spannend«, sagte sie und wechselte die Tüte auf die andere Seite. Arme und Schultern taten ihr weh, doch sie konnte ihre Einkäufe nicht abstellen, weil der Boden so nass war.

»Aber wenn ich mich nicht mal ordentlich auf meine Klausuren vorbereiten kann, schaffe ich das nie.«

Julia schluckte mehrmals, um nicht erneut in Tränen auszubrechen.

»Kannst du nicht woanders lernen?«, fragte Emma und überlegte, ob ihr Alternativen einfielen. Es war schon spät, und Thelins hatte gerade geschlossen. So wie alle anderen Geschäfte im Einkaufszentrum. Gab es keinen anderen Ort?

»Ich hatte an die Bibliothek gedacht. Da kann ich gut arbeiten.«

»Haben die noch geöffnet?«

Julias Augen füllten sich wieder mit Tränen. »Wenn nicht, dann setze ich mich eben auf eine Parkbank. Ich muss in dieser Klausur gut abschneiden.« Sie rieb sich die Nase. »Sonst kann ich einpacken.«

*Soll ich ihr anbieten, bei mir zu Hause zu lernen? Nein, das geht zu weit. Obwohl … was spricht denn eigentlich dagegen?* Emma hatte den Vorschlag ausgesprochen, bevor sie es sich anders überlegen konnte. »Du kannst bei mir zu Hause büffeln, wenn du magst.«

»Wirklich?«

»Ich habe genug Platz, und du kannst ungestört in der Küche sitzen.« Emma war sich nicht sicher, ob sie das Richtige tat. Doch als sie Julias dankbaren Blick sah, war jeder Zweifel wie weggewischt. »Außerdem habe ich viel zu viel Essen eingekauft. Also, wenn du Lust auf einen Hähnchenschenkel oder feinsten Schinken hast, ich habe haufenweise davon.«

Sie liefen los. »Du solltest vielleicht deiner Mutter Bescheid sagen, damit sie weiß, wo du steckst.«

»Das interessiert die überhaupt nicht«, erwiderte Julia wütend.

»Das glaube ich schon. Auch wenn ihr euch gestritten habt.« Sie musste an die unzähligen Male denken, an denen sie selbst nach einem Streit mit ihren Eltern wutentbrannt von zu Hause abgehauen war. Einmal war sie so lange weggeblieben, dass ihre Mutter fast die Polizei gerufen hätte.

»Meine Mutter hat aufgehört, sich für mich zu interessieren, als mein Vater ausgezogen ist. Seitdem geht es nur noch um sie und ihre Gefühle.« Julia starrte auf den Boden. »Wir können nicht mal darüber reden. Sie wird sofort furchtbar wütend und wirft mir vor, dass ich sowieso nur auf der Seite meines Vaters bin. Sie ist nicht mal zu meiner Turnaufführung gekommen, weil mein Vater auch kommen wollte.« Julias Züge verhärteten sich. »Ich muss dafür sorgen, dass ich gute Noten habe, damit ich die Schulen besuchen kann, die mich weiterbringen, damit ich mein eigenes Leben führen kann. Ohne sie.«

Sie bogen vom Valhallavägen ab und liefen am Sureparken vorbei. Wenig später standen sie vor Emmas Haustür.

»Glaubst du nicht, dass du das anders siehst, wenn du dich wieder ein bisschen beruhigt hast?«, fragte Emma, während sie mit steifen Fingern den Türcode eintippte. Julia schüttelte den Kopf.

»Mein einziges Ziel ist, nicht so zu werden wie sie. Sie ist echt eine miese Mutter, und ich würde sie am liebsten niemals wiedersehen.«

***

Es war spät geworden. Julia hatte den ganzen Abend in der Küche gesessen und gelernt. Emma hatte es sich mit Lukas auf dem Sofa im Wohnzimmer gemütlich gemacht. Er hatte sich an seinem ersten Tag bei ihr diebisch darüber gefreut, dass sie ihn nicht von den weichen Kissen gescheucht hatte. Mittlerweile war das Sofa sein Stammplatz geworden. Sein eigentlicher Schlafplatz, ein luxuriöser Korb mit vielen Decken, war von Anfang an unbenutzt geblieben.

»Ich glaube, ich bin fertig«, rief Julia aus der Küche.

Emma legte die Zeitschrift beiseite, in der sie geblättert hatte. »Und, wie liefs?«

»Ganz gut, nur bei einer Sache komme ich nicht weiter.« Julia kam ins Wohnzimmer.

»Vielleicht kann ich dir ja helfen?«

»Kennst du dich etwa mit Chemie aus?«

»Ich war Lehrerin, bevor ich den Laden eröffnet habe.«

»Wirklich? Warum hast du aufgehört?«

Emma zuckte mit den Schultern. »Irgendwie war das nicht so meins. Aber meine Eltern waren der Meinung, dass ein kreativer Beruf brotlose Kunst ist, und deshalb bin ich Lehrerin geworden. Mein Lebensgefährte hat mich schließlich davon überzeugt, dass in mir noch ganz andere Talente schlummern und ich sie nur wecken muss.«

»Dann bist also du deinem Traum gefolgt?«

»Ja, das kann man so sagen.« Emma biss sich auf die Lippe. »Komm, zeig mir mal, wobei du Hilfe brauchst.«

Sie gingen in die Küche, und Julia schlug die Stelle im Buch auf. Emma las sich die Seite durch und griff dann nach Julias Stift. »Du musst dir das so vorstellen …« In aller Ruhe erklärte sie ihr das Thema. Danach sprachen sie noch einmal über alles andere, was in ihrer Chemieklausur vorkommen sollte. Als Julia schließlich aufbrach, sah Emma der schmalen Gestalt aus dem Fenster hinterher, wie sie durch den Hof lief. Sie hatte nicht gewusst, dass Julia in so schwierigen Verhältnissen lebte. Aber schließlich wussten auch nur die wenigsten, wie es ihr ging. Emma drehte sich um und streckte sich.

»Wollen wir auch ins Bett gehen? Wir haben morgen einiges vor uns«, sagte sie zu Lukas und ging ins Badezimmer. Lukas hob kaum den Kopf vom Sofa. Emma lachte. »Alter Faulpelz.«

Während sie sich die Zähne putzte, musterte sie ihr Spiegelbild. Blaue Augen, lange braune Haare, weiche Züge. Eigentlich ein ganz hübsches Gesicht. »Ich habe heute eine gute Tat getan«, sagte sie ihrem Spiegelbild. »Genau genommen waren es sogar zwei. Ich war mit einem einsamen alten Mann Kaffee trinken und habe Julia geholfen.« Sie spuckte die Zahnpasta ins Waschbecken, spülte ihren Mund aus und wusch sich das Gesicht. Diese beiden guten Taten waren besonders wertvoll gewesen. Julia würde morgen hoffentlich eine gute Note schreiben, und Waldemar hatte Gesellschaft gehabt. Aber nicht nur das. *Mir hat es auch sehr gefallen, mit Waldemar Kaffee zu trinken und Julia in Chemie helfen zu können*, dachte Emma und machte das Licht aus.

# 14

FREITAG, 8. DEZEMBER

*Schweinekalt und windig, na, das passt ja perfekt zu meiner Stimmung*, dachte Emma, als sie sich mit klammen Fingern den Mantel auszog. Auch Lukas hatte sich mäßig begeistert vom Wetter gezeigt und nur bei etwa der Hälfte seiner üblichen Schnupperstellen auf dem kurzen Weg bis zum Laden haltgemacht. Emma setzte Teewasser auf und rieb sich die Hände, damit ihr wieder warm wurde. Lukas kam zu ihr in die Küche getrottet. Zum Glück regnete es nicht, sodass er nur ein paar Kieselsteinchen mit ins Haus getragen hatte.

Emma gähnte herzhaft. Die Nacht war unruhig gewesen, sie hatte sich hin und her gewälzt, und am Ende hatte sie morgens verschlafen. Sie war müde und hungrig. Eben auf dem Weg hätte sie sich zu gerne etwas aus einem der vielen Cafés mitgenommen, aber sie wollte Lukas nicht unnötig draußen in der Kälte sitzen lassen. Und jetzt hatte sie auch keine Lust mehr, vor die Tür zu gehen. Sie öffnete einen der Küchenschränke und inspizierte den Inhalt. Doch der bestand nur aus einer Schachtel Pralinen. Immerhin. Die mussten eben als Frühstück herhalten und würden den schlimmsten Hunger stillen.

»Hallo?«

Der Morgen hatte schon nicht gut begonnen, und jetzt Magdas Stimme zu hören gab Emma den Rest. Hatte sie nicht gesagt, dass sie in den nächsten Tagen keine Zeit haben würde? Der Laden fühlte sich schon seit einer Weile nicht mehr an wie ihr eigener, seit ihre Schwester ihr permanent dazwischenfunkte. Sie hatte gerade die Pralinenschachtel aufgerissen, als Magda den Kopf in die Küche steckte.

»Du hast vergessen abzuschließen«, sagte sie vorwurfsvoll. »Was, wenn jemand gekommen wäre und etwas gestohlen hätte?«

»Dir auch einen schönen guten Morgen«, brummte Emma und blickte kurz auf.

Magda sah aus wie immer: die perfekte Vorzeigemutter. Die Haare fielen ihr in weichen, frisch geföhnten Wellen auf die Schultern, und ihr Gesicht war sorgfältig geschminkt und zeigte keinerlei Anzeichen einer möglicherweise durchwachten Nacht. Im Gegenteil, sie wirkte beneidenswert erholt und frisch. Auch ihre Kleidung war makellos und saß wie angegossen. Dabei hätte sie doch eigentlich ganz verschmiert sein müssen von fettigen Kinderfingern und laufenden Rotznasen. Auch wenn sich im Moment hauptsächlich Henrik um die Kinder kümmerte. Emma drehte Magda den Rücken zu und goss den Tee auf.

»Willst du auch einen Tee?«, fragte sie höflichkeitshalber.

»O nein. Das schaffe ich nicht. Ich habe in einer Stunde einen Termin. Ich wollte nur mal nach dem Rechten sehen. Ist für das Kinderbasteln am Sonntag alles vorbereitet?«

Dieses Kinderbasteln. Da hatte sie weder Lust drauf noch Kraft für. Einen Haufen lärmender Kinder und deren Eltern zu unterhalten war alles andere als Spaß. Warum begriff

Magda das nicht? Warum sah sie nicht, wie viel Energie sie das alles kostete? Emma stellte die Blumentöpfe beiseite, die neben der Spüle thronten. Wer hatte die wieder dorthin gestellt? Die müssten doch eigentlich im Lager oder draußen im Verkaufsraum stehen. Während sie mit den Töpfen klapperte, spürte sie, wie der Ärger in ihr aufstieg.

»Weißt du, ich finde, du gehst langsam ein bisschen zu weit.« Emma hatte diese direkte Konfrontation mit ihrer Schwester nicht geplant, aber langsam ertrug sie es wirklich nicht mehr, dass Magda sich ständig überall einmischte. Sie hatte doch zugesagt, dass diese Kurse stattfinden würden. Genügte das nicht?

»Zu weit, wie meinst du das?«

Emma holte tief Luft. Am besten sagte sie es einfach gerade heraus. Vielleicht würde sich Magda dann endlich mal etwas zurücknehmen. »Du mischt dich in alles ein. Du hast die Planung der Kurse übernommen, eigenmächtig Waren bestellt, und jetzt meinst du noch, mich kontrollieren zu müssen, obwohl ich versprochen habe, die Kurse abzuhalten. Und Angela hat alles im Griff.«

»Nun ja, den letzten Kurs hast du abgesagt, da wird man ja wohl noch mal fragen dürfen. Ich will doch nur sicherstellen, dass es diesmal dabei bleibt, Emma. Genau genommen müsste jeden Tag so ein Event stattfinden, damit du über die Runden kommst.«

»Das stimmt doch gar nicht. Bisher ist es noch immer gut gegangen.« Sie hätte wissen müssen, dass Magda das anders sah.

»Es ist eben *nicht* gut gegangen. Dein Laden steht vor dem Konkurs, und das scheint dich nicht mal zu interessieren. Könntest du dich bitte mal umdrehen? Ich finde es nicht so toll, mit deinem Rücken zu sprechen.«

Emma drehte sich mit dem Teebecher in der Hand um. »Mein Laden steht überhaupt nicht vor dem Konkurs«, warf sie ihr trotzig entgegen.

Magda ließ sich auf einen Stuhl fallen. »Ich bin gestern Nacht noch mal die Bücher durchgegangen.«

*Wer tut so etwas? Wer setzt sich jeden Tag hin und überprüft die Abrechnungen?* Emma biss sich auf die Lippe, um nichts Gemeines zu sagen.

»Und es sieht alles andere als gut aus. Ganz und gar nicht gut.«

»Ja, das sagtest du bereits.«

»Aber ich befürchte, dass du es immer noch nicht verstehst. Es ist fünf vor zwölf. Ist dir das ganz egal?«

»Ich bin bisher doch auch über die Runden gekommen, oder etwa nicht?«

»Ja – mit Müh und Not. Aber es wird jeden Tag schwieriger, sich zu halten. Wusstest du, dass Sara ihre kleine Schuhboutique schließen muss? Und von solchen Läden gibt es hier im Viertel einige. Sigrid zum Beispiel, mit ihrem Café ein paar Häuser weiter, hat bestimmt nicht nur zugemacht, weil sie in Pension gegangen ist, sondern weil es verdammt schwer ist, als kleines Unternehmen hier zu überleben.«

Sara würde ihren Laden schließen? Dieser wunderbare Laden mit der gemütlichen Einrichtung und den schicken Schuhen? Emma hatte augenblicklich ein schlechtes Gewissen. Sie war schon so lange nicht mehr dort gewesen, obwohl das Geschäft gleich gegenüberlag. Früher war sie oft bei Sara vorbeigeschlendert, hatte kurz mit ihr geplaudert und ab und zu ein Paar Schuhe gekauft. Erst jetzt fiel ihr auf, dass auch Sara schon lange nicht mehr vorbeigekommen war.

»Ich wusste nicht, dass Sara zumacht.«

»Es sind immer weniger Kunden gekommen, und darum lohnt es sich nicht mehr für sie, den Laden zu behalten. Nicht wenn die ganzen Einkaufszentren überall in und außerhalb der Stadt aus dem Boden gestampft werden und alle Kunden zu sich locken.«

»Das tut mir sehr leid. Ich werde mal bei ihr vorbeischauen.«

»Da musst du dich aber beeilen. Sie macht diese Woche noch Räumungsverkauf, und dann ist Schluss.«

Emma merkte, wie ihre Hand mit dem Teebecher zu zittern begann. »Es ist schrecklich, dass Sara ihre Boutique schließen muss, aber wir bieten doch ganz unterschiedliche Dinge an.«

»Das ist zwar richtig, aber dein Laden läuft auch nicht gut. Wenn du nächstes Jahr weitermachen willst, brauchst du jetzt im Dezember richtig viel Umsatz.«

Emma schloss die Augen. Ihr reichte es schon, wenn sie den Dezember irgendwie überstand, alles andere würde sich dann schon finden. Für den Januar hatten sie bisher weder Bestellungen noch weitere Planungen gemacht.

»Ich will dir doch nur helfen, Emma«, sagte Magda jetzt. »Was willst du denn machen, wenn der Laden den Bach runtergeht? Dir einen neuen Job suchen oder einfach nur in deiner leeren Wohnung sitzen und die Wand anstarren?«

»Kannst du mich nicht einfach in Ruhe lassen? Ich habe dich nicht um Hilfe gebeten!«

Lukas erhob sich und trottete aus der Küche. Der Streit

zwischen den Schwestern war ihm wohl zu ungemütlich. Emma wäre am liebsten auch gegangen. Sie presste sich die Finger an die Schläfen. Am liebsten hätte sie Magda laut angeschrien, dass sie endlich verschwinden sollte. »Du weißt nicht, wie es mir geht«, sagte sie schließlich. »Ich kann nicht einfach so …«

»Natürlich kannst du. Himmelherrgott, Emma! Niklas' Tod ist jetzt zwei Jahre her, aber du erlaubst dir nicht weiterzumachen. Du lässt alles um dich herum untergehen. Du hast deine Freunde verjagt, sitzt nur noch allein zu Hause und starrst deine Wände an und hast es fast geschafft, den Laden in den Ruin zu treiben. Du wirst ihn verlieren, wenn du nichts unternimmst. Wie lange soll Niklas' Tod dich noch davon abhalten weiterzuleben?«

»Lass Niklas aus dem Spiel«, fauchte Emma und versuchte, Magdas Worte zu ignorieren. Sie wollte ihr nicht zeigen, wie sehr sie das verletzte.

»Niklas hätte nicht gewollt, dass du dich aufgibst, nur weil er nicht mehr da ist. Du hast noch dein ganzes Leben vor dir, Emma, aber du weigerst dich, neu anzufangen.«

Emma schnappte nach Luft. »Du hast keine Ahnung, was Niklas gewollt hat oder nicht. Also. Hör auf damit.«

»Emma …«

»Es ist besser, wenn du jetzt gehst.«

»Du hast recht. Das hier führt zu nichts, es ist vollkommen sinnlos.«

»Warum kommst du hierher und machst mir alles kaputt?«

»Das muss ich gar nicht. Das schaffst du ganz wunderbar alleine.«

***

Hasse betrat den Laden in dem Moment, in dem Emma ihn öffnete. Obwohl sie sich wieder beruhigt hatte, wirkten Magdas Worte noch nach. *Magda hat keine Ahnung, wovon sie da redet. Sie hat eine nette Familie und ein erfülltes Leben. Warum kann sie sich nicht einfach aus meinen Angelegenheiten raushalten?*

»Guten Morgen.« Hasse sah sich im Laden um. »Du hast was umgestellt.«

»Das war Magda, meine Schwester. Julia hat das Porzellan und die Textilien neu sortiert. Mir hat es sehr gut gefallen, wie es vorher war«, gab Emma zurück und ging an die Kaffeemaschine. »Komm, setz dich, dann mache ich dir einen Kaffee.«

»Hast du auch Kekse da?«

»Nein, leider nicht.« Emma beschloss, Hasses enttäuschte Miene zu ignorieren. »Aber wenn du Lust auf Kekse oder ein Teilchen zum Kaffee hast, dann geh doch gegenüber in die Bäckerei oder hol dir was in einem der Cafés hier in der Straße. Warum versteckst du dich hier?«

Hasse sah sie schweigend an. »Ich will nicht, dass mich jemand sieht«, sagte er schließlich.

»Entschuldigung«, murmelte Emma beschämt. »Du musst mir gar nichts erklären. Das war unhöflich von mir, ich habe gar kein Recht, dich so anzufahren. Ich habe mich mit meiner Schwester gestritten und bin noch ganz durcheinander.«

»Trinkst du einen Kaffee mit?«

»Ich nehme lieber einen Tee. Aber ansonsten setze ich mich gern dazu, solange kein Kunde kommt.«

Kurz darauf ließ sie sich mit der Pralinenschachtel und einem dampfenden Becher Tee nieder.

»Wie läuft es mit den guten Taten?«

»Nicht schlecht …«

»Aber?«

»Muss es immer ein *Aber* geben?«

Hasse nahm den Löffel und rührte seinen Kaffee um. »Nein, aber du klangst gerade nicht so hundertprozentig überzeugt.«

Emma sah Hasse eine Weile nachdenklich an. Seit Tagen verbrachte er viele Stunden bei ihr im Laden. Langsam gewöhnte sie sich an seine Anwesenheit.

»Ich würde sagen, das ist ungefähr das Einzige in meinem Leben, wovon ich hundertprozentig überzeugt bin«, erklärte sie lächelnd.

Hasse brummte zustimmend, stippte eine Praline in seinen Kaffee und schob sie sich in den Mund.

Auch Emma griff nach einer Praline. Da stupste sie Lukas mit der Nase an und sah sie mit flehendem Blick an. »Hunde dürfen keine Schokolade essen, das ist Gift für dich«, sagte sie und streichelte ihn. »Ich muss unbedingt ein neues Zuhause für ihn finden. Bist du ganz sicher, dass du keinen Hund haben willst?«

»Leider ja. Warum kann er denn nicht bei dir bleiben?«

Emma senkte den Kopf und sah auf ihre Hände. »Weil mein Leben so … ich kann ihn nicht behalten.«

»Du findest bestimmt eine Lösung.«

»Das hoffe ich sehr.« Lukas hatte sich mit einem tiefen Seufzer auf den Boden gelegt, sein großer Kopf ruhte auf den Vorderpfoten.

»Was für eine gute Tat steht denn heute auf dem Programm?«

»Keine Ahnung. Immer wenn ich was geplant hatte, ist etwas ganz anderes passiert. Als würde nicht ich bestimmen, wie die gute Tat aussieht.«

»Das klingt doch ziemlich aufregend.«

Emma zuckte mit den Schultern und nahm sich eine zweite Praline. »Manchmal ist es das auch. Kannst du vielleicht Hilfe bei irgendetwas gebrauchen?«

Hasse sank in sich zusammen und starrte stumm in seinen Kaffeebecher.

»Es stimmt, dass ich mich hier bei dir verstecke«, meinte er dann. »Ich habe vor Kurzem meinen Job verloren, aber meine Frau glaubt, dass ich jeden Morgen zur Arbeit gehe.«

Dann hatte ihr Gefühl sie also nicht getäuscht. Wie lange machte er das wohl schon so?

»Sie wäre am Boden zerstört, wenn sie es erfahren würde.«

»Könntest du dir nicht einen neuen Job suchen?«

Hasse strich mit seinen großen Händen verlegen über die Tischdecke. »Wer will schon so einen alten Kerl wie mich einstellen, der kurz vor der Pensionierung steht? Nein, ich muss wohl akzeptieren, dass mein Berufsleben vorbei ist.«

»Das ist es ganz bestimmt nicht.«

»Als ich arbeitslos geworden bin, habe ich mich überall beworben. Drei Bewerbungen am Tag, mindestens. Ich habe keine einzige Einladung zu einem Bewerbungsgespräch bekommen.«

»Du versteckest dich also hier bei mir und wartest auf Antwort von den Firmen, bei denen du dich beworben hast?«

»Ich trinke hier meinen Kaffee, und dann gehe ich den restlichen Tag auf Jobsuche. Meine Frau ist schon in Rente, und wenn ich mich in ein normales Café setzen würde, könnte ich unter Umständen ihr oder einer ihrer Freundinnen über den Weg laufen.«

»Aber wo sitzt du denn, wenn du deine Bewerbungen machst?«

Hasse wurde ganz rot unter seinem grauen Bart. »Im Keller.«

»Im Keller?«

»Ich sitze bei uns im Keller in einem Abstellraum. Dort stehen ein alter Esstisch und ein paar Stühle.«

»Aber du kannst doch nicht jeden Tag da unten sitzen!« Das musste doch furchtbar kalt und ungemütlich sein. Emma dachte an ihren eigenen Keller. Sie musste sich ja schon überwinden, um dort kurz etwas holen zu gehen.

»Ich sitze da nicht jeden Tag. Ich habe dir doch auch hier im Laden ausgeholfen mit der Tür und den Regalen.«

»Aber … warum kümmerst du dich dann nicht hier bei uns um die Jobsuche?«

»Ich kann doch nicht den ganzen Tag hier sitzen. Es kommen doch auch noch andere Kunden. Außerdem habe ich kein Geld, um mir mehr als einen Kaffee zu kaufen. Wenn meine Frau und ich so weiterleben wollen wie bisher, müssen wir jede Krone zweimal umdrehen.«

»Ich würde dir auf der Stelle einen Job anbieten, aber das kann ich mir leider nicht leisten. Aber du darfst hier immer gerne sitzen und deine Bewerbungen schreiben.«

»Das ist sehr nett von dir, aber …«

»Kein Aber!« Emma stand auf. »Das ist meine gute Tat für heute.«

»Mich hier in der Küche meine Bewerbungen schreiben zu lassen?«

»In Wirklichkeit hast du mir geholfen. Jetzt muss ich nicht mehr darüber nachdenken, wie meine gute Tat für heute aussehen soll.« Emma schenkte Hasse Kaffee nach. »Ich bin tagsüber kaum hinten. Du kannst dich dort einrichten, wenn du magst.«

»Danke«, stieß Hasse hervor, seine Stimme drohte zu versagen.

Emma tat so, als hätte sie es nicht bemerkt. »Da nicht für. Du weißt doch, dass ich dir das Angebot nur mache, damit du mir auch weiterhin im Laden hilfst, Regale anzubringen und Dinge zu reparieren«, sagte sie fröhlich und ignorierte den Kloß in ihrem Hals, der immer größer wurde. Wie ein Ballon, der sich langsam mit Luft füllte. Sie hätte Hasse so gerne noch viel mehr geholfen, aber das ging gerade nicht.

***

Nach Ladenschluss ging Emma mit Lukas durch den Humlegården Park spazieren. Auf ihrem Weg waren sie einem Dackel und einem englischen Springer Spaniel begegnet. Sich mit anderen Hundebesitzern zu unterhalten war gar nicht so schwer, wie sie befürchtet hatte. Die interessierten sich überhaupt nicht für sie als Person, sondern wollten nur über die Hunde reden. Ihr waren ganz einfache Fragen gestellt worden. Wie alt Lukas war, wie lange sie ihn schon hatte und ob er auch so gerne fraß wie die anderen Vierbeiner. Das kam Emma sehr entgegen. Nach einem weiteren Stopp zog sie an der Leine. Es wurde langsam kalt, und sie wollte nach Hause. Da klingelte ihr Handy, und sie fummelte es mit steifen Fingern aus der Manteltasche. Ein anonymer Anrufer. Sie hoffte inständig, dass sie keinen Lieferanten vergessen hatte, der jetzt vor verschlossener Tür stand.

»Hallo. Hier ist Gertrud von Bons Rahmenladen. Störe ich Sie gerade?«

»Überhaupt nicht.« Emma hatte das Bild, den Rahmen und das Medaillon total vergessen, weil in den letzten Tagen so viel anderes passiert war.

»Ich rufe an, weil wir bei den Reparaturarbeiten einen Brief gefunden haben.«

»Einen Brief?« Sie hatte ein kleines Gemälde in einem zerbrochenen Rahmen abgegeben. Wo hätte sich da ein Brief verbergen können?

»Ja. Der Brief steckte zwischen der Rückwand des Rahmens und dem Gemälde. Ziemlich kunstfertig gefaltet, wenn ich das sagen darf. Ich dachte, Sie würden ihn sich vielleicht gern abholen?«

*Soll ich jetzt gleich hingehen? Vielleicht verrät ja der Brief, wem die Sachen gehören?* Emma wollte schon umdrehen und den kleinen Umweg zum Rahmenladen nehmen, als die ersten Regentropfen vom Himmel fielen. Sekunden später goss es in Strömen, und sie gab ihr Vorhaben sofort wieder auf.

»Ist es in Ordnung, wenn ich nächste Woche komme?«

»Natürlich. Wir öffnen immer um elf Uhr und schließen um sechs. Hoffentlich haben wir den Rahmen bis dahin fertig, dann können Sie alles zusammen mitnehmen.«

***

Das Feuer im Kamin knisterte behaglich. Emma und Lukas lagen auf dem Sofa. Sie schaltete den Fernseher ein und legte ihre Füße auf den Couchtisch. Beim Gedanken an Niklas, dem das gar nicht gefallen hätte, musste sie lächeln. Man legte seine Füße nicht auf den Tisch. Man ließ auch seine Klamotten nicht auf dem Boden liegen oder benutzte Teebeutel in der Spüle. Emma wackelte mit den Zehen. Und wurde mit einem Mal ganz schwermütig. Wem versuchte sie da eigentlich, etwas vorzumachen? Sich selbst? Wie gerne würde sie zu hören bekommen, dass sie ihre Füße vom Tisch nehmen oder ihre Sachen wegräumen sollte. Denn dann würde sie an einem Freitagabend nicht allein auf dem Sofa sitzen, während alle anderen Tacofreitag machten und gemütlich einen Film sahen. Oder mit ihren Freunden ausgingen.

Es war nicht fair von Magda gewesen, Niklas ins Spiel zu bringen. Aber sie kannte auch nicht die ganze Wahrheit. Es fühlte sich nicht richtig an, ihr jetzt alles zu erzählen. Sie würde nur weitere Fragen stellen. Aber wie sollte sie ihrer Schwester sonst erklären können, warum es ihr so ging? Würde Magda es akzeptieren, wenn sie sagte, dass ihr Interesse für den Laden an manchen Tagen fast erloschen war? Vielleicht. Aber wahrscheinlich wäre Magda nur wütend auf sie, weil sie nicht weiterkämpfte. Da klopfte es an der Tür, und Emma zuckte zusammen. Lukas hingegen hatte sich keinen Millimeter bewegt.

»Du bist vielleicht ein feiner Wachhund. Vielleicht sollten wir mal deine Ohren durchspülen lassen«, sagte sie und knuffte ihn in die Seite. Lukas hob träge den Kopf, dann machte er es sich wieder auf dem Sofa bequem und seufzte vernehmlich, als würde er ihr sagen wollen, dass er zwar das Geräusch gehört hatte, aber leider keine Lust und Kraft hatte, aufzustehen und nach dem Rechten zu sehen. Also ging Emma zur Tür.

»Was willst du denn hier?« Missmutig starrte Emma ihre Schwester an.

»Wir müssen reden.«

»Soll das heißen, du kommst jetzt auch noch freitagabends vorbei, um mir auf die Nerven zu gehen?«

»Es tut mir leid, dass ich Niklas erwähnt habe. Ich wollte dich nicht traurig machen.«

Emma hätte ihr am liebsten gesagt, dass sie wieder gehen sollte, aber als sie ihr ins Gesicht sah, stutzte sie.

»Hast du geweint?«

Magda senkte den Blick. »Hier geht es nicht um mich. Darf ich bitte kurz reinkommen?«

Emma zögerte. Sie wollte Magda nicht in die Wohnung lassen. Sie sollte die Unordnung und die Berge von Kartons und Müllsäcken nicht sehen.

»Ich muss sowieso noch mit Lukas raus. Wir könnten zusammen eine Runde machen, es hat auch aufgehört zu regnen.«

»Wie du meinst.«

Ehe Magda etwas sagen konnte, hatte ihr Emma die Tür vor der Nase zugeschlagen. Sie lehnte sich gegen das dunkle Holz und schnitt eine Grimmasse. Hoffentlich war ihre Schwester jetzt nicht auch noch beleidigt, weil sie draußen bleiben musste.

»Lukas, komm, wir gehen Gassi«, rief sie und scheuchte den schwerfälligen Labrador vom Sofa.

»Du hättest mich ruhig kurz reinlassen können«, beschwerte sich Magda, als Emma mit Lukas kurz darauf ins Treppenhaus trat.

»Ich weiß, aber bei mir ist es so unaufgeräumt.«

Sie liefen Richtung Humlegården, normalerweise machte Emma abends nicht so eine große Runde, aber heute schon.

»Es tut mir leid wegen heute Morgen, ich wollte dich nicht verletzen«, sagte Magda, als sie den Eingang zum Park erreicht hatten. »Es ist nur so furchtbar frustrierend, dass du unsere Hilfe nicht annimmst.«

»Du meinst, ich sträube mich dagegen, dass ihr mir sagt, was ich tun muss und wie es mir gehen soll?« Emma blieb stehen, damit Lukas an einer Straßenlaterne schnuppern konnte.

»So empfindest du das?«

»Keine Ahnung.« Emma eiste Lukas von der Laterne los und beschleunigte ihren Schritt.

»Es ist jetzt fast zwei Jahre her.«

»Ja, daran hast du mich bereits mehrfach erinnert.«

Magda ignorierte Emmas Kommentar und den bissigen Unterton. »Ich bin vorbeigekommen, weil ich dir erzählen will, warum ich dich in letzter Zeit so nerve. Das Leben ist zu kurz …« Magda ließ den Satz unbeendet, aber sie wussten beide, wie er weiterging. Das Leben ist zu kurz, um es mit Unglücklichsein zu verbringen.

Emma war froh, dass es so dunkel war. Sie hätte Magdas mitleidige Blicke nicht ertragen können.

»Warst du noch mal beim Psychologen?«

»Nein. Du weißt, dass ich da nicht mehr hingehen will.«

»Ja, aber …«

»Ich werde nicht mehr dahin gehen. Ich komme prima ohne seine *Hilfe zur Selbsthilfe*-Ratschläge zurecht.«

Schweigend liefen sie weiter.

»Wir müssen über die Zukunft des Ladens sprechen. Ehrlich gesagt, weiß ich nicht, wie ich mit dir über Geld sprechen soll, wenn du mir nicht zuhörst.«

»Das tue ich doch …«

»Nein, das tust du nicht.« Magda ließ ihren Blick über die riesige Rasenfläche wandern, die im Dunkeln lag. »Ich habe das Gefühl, dass ich immer wieder dasselbe sage, aber du wirst *Konkurs* gehen, wenn du nichts unternimmst. Und du musst *jetzt* handeln. Alles hängt von deinen Dezemberumsätzen ab. Ob es dir gelingt, sie nennenswert zu steigern. Das Geld, von dem der Laden im Moment lebt, ist Henriks und mein Geld.«

»Was meinst du damit?« Emma blieb so abrupt stehen, dass Lukas nach hinten gerissen wurde. Sie rieb sich mit dem Handschuh über die Stirn und versuchte, das Gesagte zu begreifen. »Heißt das, Henrik und du, ihr haltet meinen Laden über Wasser?«

»Ich wollte nicht, dass dein Traum kaputtgeht, weil du schon so viel verloren hast. Und ich weiß, wie viel dir der Laden bedeutet …«

Sie schwiegen. Emma wusste, was Magda ihr damit sagen wollte. Vor dem Unfall war der Laden ihr Ein und Alles gewesen. Sie hatte gekämpft, wenn die großen Ketten ihr die Kunden mit niedrigeren Preisen und einem breiteren Angebot abgeworben hatten. Sie hatte an Events teilgenommen und selbst welche organisiert, Vorträge gehalten und in verschiedenen Zeitschriften Einrichtungstipps gegeben.

Magda war ganz rot geworden. »Henrik weiß nicht, dass ich unser Geld in deinen Laden investiert habe. Ich wollte dir helfen und hatte gehofft, dass du die Kurve kriegst und wieder kämpfen willst.«

»Von welcher Summe reden wir denn?«

»300 000 Kronen. Du hattest so viele Schulden und wärst sonst schon im Sommer Konkurs gegangen. Mit unserem Geld konntest du die Herbstsaison überbrücken.«

»Wie bitte? 300 000 Kronen?« Emma merkte, wie ihr schwindelig wurde. Sie hätte sich am liebsten hingesetzt, wenn es nicht so kalt gewesen wäre.

»Ich wollte dir helfen.« Magda sah Emma hilflos an.

Emma atmete mehrere Male langsam ein und aus. 300 000. Das war unfassbar viel Geld. Die Ladenmiete war zwar hoch, aber diese Summe hatte sie dennoch nicht erwartet. Wie sollte sie das jemals zurückzahlen? Sie spürte Magdas Hand auf ihrem Arm.

»Du kannst es schaffen, ich weiß das. Du kannst uns vielleicht nicht sofort das Geld zurückzahlen, aber den Konkurs verhindern. Du hast es schon einmal geschafft.«

Magda spielte auf die ersten Jahre an. Ehe der Laden sich selbst tragen konnte. Sie hatten damals sehr sparsam leben müssen, und Niklas' gutes Gehalt als Kinderarzt hatte nicht nur ein Mal die Warenlieferungen finanziert. Aber jetzt?

»Heißt dass, ihr habt kein Geld mehr?«, fragte Emma leise.

»Zumindest nicht mehr sehr viel, und meine Arbeitslosigkeit hilft auch nicht wirklich.«

Emma hielt die Hundeleine fest umklammert. »Und wir haben nur den Dezember, um den Konkurs zu verhindern?«

»Genau genommen ja.«

Emma blieb stehen, und die Schwestern sahen sich lange in die Augen.

»Diese Kurse sind eine gute Gelegenheit, mehr Umsatz zu generieren. Den Verkauf anzukurbeln ist aber eine andere Sache. Auf deiner Website herrscht Chaos, und es ist wirklich ein Wunder, dass auf diesem Weg noch Bestellungen eingehen. Ich bin davon überzeugt, dass es sich lohnen würde, deinen Webauftritt zu überarbeiten.«

»Ich kümmere mich darum«, sagte Emma fast automatisch. »Warum hast du das hinter meinem Rücken gemacht – und hinter Henriks? Was wird er denn sagen, wenn er davon erfährt?«

Magda wurde ganz blass. »Er muss es ja nicht sofort erfahren.«

Emma rückte ihre Mütze zurecht. »Ich weiß gar nicht, wo ich anfangen soll. Hilfst du mir bei dem, was ansteht? Ich weiß nicht, ob ich das mit den vielen Leute am Sonntag schaffe …«

»Natürlich helfe ich dir.« Die Erleichterung in Magdas Stimme war kaum zu überhören. »Ich weiß, dass du das schaffst, Emma. Deshalb habe ich das mit dem Geld überhaupt erst gemacht. Weil ich wusste, dass du es am Ende hinbekommst. Vielleicht hilft es dir sogar dabei, dein …«

Magda verstummte, aber Emma wusste, was sie hatte sagen wollen. Dass ihr das Ganze auch helfen könnte, ihr Leben wieder in den Griff zu bekommen.

***

Zwei Jahre. Vor zwei Jahren hatten sie sich so gestritten, dass es zu dem Unfall gekommen war. Emma hielt nachdenklich das Foto in der Hand, das Magda nur wenige Tage vor Niklas' Tod in ihrem Laden aufgenommen hatte. Alle hatten damals mitgeholfen, damit sie für das Weihnachtsgeschäft gerüstet waren. Niklas schraubte an einem Regal herum, und sie packte gerade Geschenke ein. Sie lachten einander an. Emma erinnerte sich nicht mehr daran, worüber sie geredet und gelacht hatten. Wahrscheinlich über einen der Witze, die nur sie beide verstanden. Sie strich mit dem Finger über das Foto, ehe sie es wieder beiseitestellte und ans Fenster trat. Es war eine sternenklare Nacht. Kalt und sternenklar.

Magda hatte recht. Sie musste alles daransetzen, um den Laden zu retten. Sie konnte nicht zulassen, dass Henrik und Magda ihr Geld, das sie nun selbst so dringend benötigten, verloren. Das bedeutete aber, dass sie in den nächsten Wochen alles geben musste. Sie würde nie im Leben 300 000 Kronen einnehmen können, aber vielleicht wenigstens so viel Umsatz machen, dass sie nicht Konkurs anmelden musste und eventuell wenigstens einen Teil zurückzahlen konnte. Und danach … Sie wollte nicht daran denken, was danach sein würde.

# 15

## SAMSTAG, 9. DEZEMBER

Emma schlenderte am Kanal entlang. Der Frost hatte sich wie eine dünne Decke über die Erde gelegt.

Sie hatte die Nacht damit verbracht, alle Möglichkeiten durchzuspielen, wie sie ihrer Schwester das Geld zurückzahlen konnte. Zwischendurch hatte sie immer wieder eine unbeschreibliche Wut erfasst. Magda hätte ihr das Geld nicht ohne ihr Wissen leihen dürfen.

Emma war so in Gedanken vertieft, dass sie Adam und Fiffi erst bemerkte, als sie direkt vor ihr standen und Adam sie grüßte.

»Wie geht es dir?«

»Ganz gut«, antwortete Emma leichthin, während Lukas Fiffi mit überschäumender Freude begrüßte. »Habt ihr die große Runde gedreht?«

»Nein, wir sind eben erst losgelaufen. Und ihr?« Emma nickte. »Wir auch.«

»Wollen wir zusammen gehen?«, fragte Adam.

Emma zögerte. Eigentlich wäre sie am liebsten allein gewesen, doch Adam sah sie so erwartungsfroh an, dass sie sein Angebot nicht ablehnen wollte. Auch die Hunde waren außer sich vor Freude über das Wiedersehen. Sie benahmen sich wie Welpen und sprangen und tobten durch die Gegend.

»Wir könnten zum Gärdet gehen und sie dort auf dem großen freien Feld laufen lassen, was meinst du? Ich habe das Gefühl, sie könnten ein bisschen Auslauf gebrauchen.«

Emma war sich nicht sicher, ob sie Lukas schon frei laufen lassen wollte. Bisher hatte sie ihn immer an der Leine gehabt, andererseits glaubte sie nicht, dass er wirklich wegrennen würde. Schon gar nicht, wenn Fiffi dabei war. Als sie ihn kurz darauf losmachte, stürmte er glücklich bellend davon, mit Fiffi dicht auf den Fersen. Seine langen Ohren flatterten im Wind, als sie im Kreis über das Feld jagten.

»Meine Güte, man könnte meinen, sie wären ihr Leben lang angekettet gewesen«, sagte Emma und grinste. »Dabei hast du Fiffi doch gar nicht an der Leine, wenn ihr in deinen Gärten unterwegs seid, oder?«

»Meistens nicht. Aber ihr scheint es auch zu gefallen, die Freiheit mal mit jemandem zu teilen. In den Gärten ist sie eher auf der Suche nach etwas Essbarem«, meinte Adam, während sie nebeneinanderher gingen. Sie waren nicht allein auf dem Feld unterwegs, viele Hundebesitzer hatten ihre Tiere von der Leine gelassen und machten einen Morgenspaziergang. Dieser Teil des Gärdet war praktisch eine riesige Hundewiese. »Wie geht es denn mit deinem Projekt voran? Heute schon eine gute Tat vollbracht?«

»Um Himmels willen, es ist ja erst acht Uhr morgens«, entgegnete Emma. Doch seit Magda ihr die Sache mit dem Geld gestanden hatte, war der Gedanke an gute Taten zugegebenermaßen etwas in den Hintergrund gerückt. »Aber gestern habe ich einem meiner Kunden wirklich sehr geholfen«, sagte sie dann und musste an den alten Hasse denken.

»Inwiefern?«

»Nun, ich habe ihm angeboten, dass er sich bei mir im Laden hinsetzen und seine Bewerbungen schreiben kann. Er hat seine Arbeit verloren, und seine Frau weiß von nichts.«

»Nicht schlecht.« Adam nickte anerkennend, während er einen Ball aus der Jackentasche holte. Er rief die Hunde zu sich, die sofort angestürmt kamen.

»Ich gebe mein Bestes.« Emma sah Adam zu, wie er den Ball in hohem Bogen wegwarf und Fiffi und Lukas begeistert bellend hinterherjagten.

»Und du? Stehen bei dir heute spannende Dinge an?«

»Du meinst, wie anderen Menschen zu helfen?«

»Ja, zum Beispiel.«

Adam nahm Fiffi den schleimigen Ball ab, den sie apportiert hatte, und warf ihn wieder weg. »Nein, das ist deine Spezialität. Ich mache keine so aufregenden Sachen. Was hast du heute für Pläne?«

»Tja, ich werde wohl die nervtötenden Kinder meiner Schwester babysitten. Wenn das nicht eine ganz besonders gute Tat ist!« Kaum hatte sie es gesagt, schlug sich Emma die Hand vor den Mund. »Oje, entschuldige bitte, du hast vielleicht auch Kinder ...«

Adam senkte den Wurfarm und sah Emma amüsiert an. »Vier.«

»Ich habs nicht so gemeint«, sagte Emma zerknirscht, bis sie begriff, dass er sie auf den Arm genommen hatte.

Während sie sich weiter über dies und das unterhielten, freute sich Emma darüber, dass die Gespräche mit Adam immer so angenehm unkompliziert waren. Es war schön, ihn voller Begeisterung von seiner Arbeit als Landschaftsarchitekt erzählen zu hören. Emma dachte an ihren eigenen Laden und seufzte unwillkürlich.

Adam sah sie fragend an. »Sag mal ... dich bedrückt doch irgendwas«, sagte er dann. »Willst du mir nicht sagen, was es ist?«

Emma zögerte, doch dann erzählte sie ihm von der gestrigen Unterhaltung mit ihrer Schwester und der geheimen Geldspende. »Das hätte Magda nicht tun dürfen«, schloss sie.

»Glaubst du nicht, dass deine Schwester dir nur helfen will? Auch wenn der Schuss jetzt nach hinten losgegangen ist?« Adam war stehen geblieben und hatte sich zum Leidwesen der beiden Hunde den Ball wieder in die Jackentasche gesteckt.

Emma zuckte mit den Schultern. »Doch, das weiß ich auch. Aber ich würde mir trotzdem wünschen, dass sie sich nicht immer in alles einmischt. Und überhaupt – was passiert, wenn ihr Mann das herausbekommt?«

»Das ist Magdas Sache, nicht deine.«

»Ja, da hast du auch wieder recht.«

»Und was willst du jetzt tun?«

»Nun, ich werde wohl wie eine Verrückte arbeiten, um aus den Miesen zu kommen.« Emma rief Lukas zu sich. »Ich muss los.« Adam nickte, sie nahmen die Hunde an die Leinen und verabschiedeten sich.

***

*Warum erzähle ich Adam immer gleich alles? Ich kenne ihn doch eigentlich gar nicht.* Emma lief die Treppe hoch. Es fühlte sich an, als hätte sie eine Tür geöffnet, die sie nicht mehr zumachen konnte. Sie unterhielt sich gerne mit diesem Mann, und es hatte gutgetan, mit jemandem über die Sache mit Magda zu sprechen. Nein, nicht mit jemandem. Mit Adam. Sie lächelte. Lukas hatte sie richtig beleidigt angesehen, als sie aufgebrochen waren. Auch ihm hatte der Spaziergang gut gefallen.

»Na, wieder zurück? Sie sehen hübsch aus, heute Morgen.«

Emma zuckte zusammen, als sie Lilian sah, die plötzlich im Flur aufgetaucht war.

»Guten Morgen«, erwiderte sie. Hatte die alte Dame etwa hinter der Tür auf sie gewartet?

»Wart ihr spazieren?«

»Ja, wir haben eine Runde durch den Djurgården gedreht.«

»Ihr wart ja ziemlich lange weg.«

»Spionieren sie uns etwa nach?« Emma lachte.

»Ganz und gar nicht. Ich habe euch gesehen, als ihr losgegangen seid, und jetzt wollte ich gerade meinen Müll runterbringen.« Verschmitzt sah Lilian sie an.

»Ich kann Ihren Müll schnell wegbringen«, erwiderte Emma.

»Oh, würden Sie das wirklich tun? Meine alten Beine machen mir heute wieder besonders zu schaffen. Der Hund kann ja solange bei mir bleiben.«

»Alles klar, schon erledigt.« Emma schnappte sich den Müllsack. Als sie wieder hochkam, redete Lilian mit Lukas, der ihr aufmerksam und mit wedelndem Schwanz zuhörte.

»Haben Sie ihm etwa ein Leckerli gegeben?«, fragte Emma und hob tadelnd den Zeigefinger.

»Ich? Das würde mir doch nie im Leben einfallen. Ich glaube, er mag mich einfach.«

Emma zog eine Augenbraue hoch, als sie die Krümel an Lukas' Schnauze sah, aber sie sagte nichts

»Haben Sie Lust auf eine Tasse Tee?«, fragte sie stattdessen.

»Oh, das wäre wundervoll.« Lilian machte einen Schritt nach vorne und verzog vor Schmerzen das Gesicht.

»Alles in Ordnung? Kann ich sonst noch etwas für Sie tun?«

»Nein, nein, ich habe alles, was ich brauche, meine Liebe. Ich bin morgens nur immer ein bisschen steif. Ich hole kurz meine Jacke, dann komme ich rüber.«

»Prima. Dann gehe ich noch mal schnell los und besorge uns was zum Frühstücken«, sagte Emma, der eingefallen war, dass sie außer dem Tee gar nichts anzubieten hatte. War überhaupt noch Milch da? »Ich klopfe an Ihre Tür, wenn ich zurück bin.«

»Sagen wir einfach, in einer halben Stunde drüben bei Ihnen, einverstanden?«

»So machen wir es. Und du wartest solange in der Wohnung.« Sie stupste Lukas an und öffnete ihre Wohnungstür. Während sie die Leine losmachte, lauschte sie. Aber außer dem dumpfen und gleichmäßigen Ticken der Küchenuhr war nichts zu hören. Es roch ein wenig abgestanden, fand sie und öffnete schnell ein paar Fenster, um zu lüften.

»Du musst es leider ertragen, dass es hier gleich ein bisschen frisch wird«, sagte sie zu Lukas, der sie jedoch zunächst keines Blickes würdigte, sondern erst an seinem leeren Napf schnupperte und sie dann erwartungsvoll ansah. »Keine Angst, ich habe dich nicht vergessen«. Emma lachte und öffnete den Küchenschrank. Dann gab sie Futter in den Napf und füllte die Schale daneben mit frischem Wasser. Es knackte geräuschvoll, als Lukas sich genüsslich über sein Trockenfutter hermachte. Lächelnd betrachtete Emma den Hund, bevor sie aufbrach, um beim Bäcker ein paar Teilchen zu holen.

***

»Wann werden diese Kartons denn endlich mal ausgepackt? Oder haben Sie vor umzuziehen? Kann es sein, dass noch welche dazugekommen sind, oder irre ich mich?«

Als Emma sich einen wärmeren Pullover holen wollte, war Lilian ihr wie beim letzten Mal einfach ins Schlafzimmer gefolgt. Aber ihre Nachbarin hatte recht, es standen in der Tat mehr Kartons herum als bei ihrem letzten Besuch. Die Menge der Säcke vor dem Kleiderschrank bezeugte, dass sie einiges aussortiert hatte. Jetzt waren nur noch das Badezimmer und die Küche übrig.

»Ich …« Emma wollte sich verteidigen, verstummte aber sofort wieder, weil sie nicht wusste, was sie sagen wollte.

»Sie sortieren aus?«

»Ja, das mache ich … oder … besser gesagt, ich packe unsere gemeinsamen Sachen weg.« Sie umschloss den warmen Teebecher in ihren Fingern. »Ich will mich von unseren gemeinsamen Dingen lösen, mich vom Alten, Vergangenen verabschieden.«

Lilian blieb ausnahmsweise mal stumm und sah sich interessiert in dem vollgestellten Schlafzimmer um. Plötzlich riss sie ihre blauen Augen weit auf und schlurfte auf unsicheren Beinen zu Emmas Nachttisch.

»Wo haben Sie das denn gefunden?«, fragte sie. Ihre Hand zitterte, als sie das Medaillon hochhob.

»Ach, das Medaillon. Das war vielleicht was! Ich habe es in einem Geheimfach in meiner Garderobe gefunden, als ich die ausgeräumt habe. Es muss da ziemlich lange gelegen haben.«

»Über sechzig Jahre lang«, antwortete Lilian leise und hielt das Schmuckstück umklammert.

»Sechzig Jahre?«, wiederholte Emma. »Wie meinen Sie das?«

»Mein Vater hat es mir weggenommen«, Lilians Stimme klang brüchig. Mit geübter Bewegung öffnete sie das Medaillon. »Ich dachte immer, er hätte es weggeworfen … Ich habe es vor langer Zeit von einem ganz besonderen Menschen geschenkt bekommen.«

»Und wer war das?« Emmas Neugier war entfacht.

»Ich muss mich hinsetzen. Das ist jetzt gerade ein bisschen zu viel für mich.«

Emma begleitete Lilian zum Küchentisch, wo sie sich auf einen der Stühle sinken ließ.

»Ich decke mal den Tisch.« Emma holte zwei grüne Teller aus dem Schrank und öffnete die Tüte von der Tössebageriet. Der Geruch von Zimt, Butter und Kardamom stieg ihr in die Nase. *Unglaublich, das Medaillon gehört Lilian, meiner Nachbarin!*

»Ich habe meinen Ehemann nie wirklich geliebt, denn ich war die ganze Zeit in jemand anderen verliebt. Und meine große Liebe hat mir auch dieses Medaillon geschenkt.«

Emma setzte sich zu ihr. Sie war sprachlos. Lilians Geständnis hatte sie überrumpelt, aber sie sah auch, wie erleichtert ihre Nachbarin war, es laut ausgesprochen zu haben. Vielleicht zum ersten Mal seit vielen Jahren. Emma nahm eine Zimtschnecke, legte sie aber gleich wieder auf den Teller, ohne hineingebissen zu haben.

»Und warum konnten Sie nicht mit Ihrer großen Liebe zusammen sein?«

Lilian lächelte sie an, ein trauriges Lächeln. »Es ging einfach nicht. Wir sind uns das erste Mal begegnet, als ich fünfzehn war, durch die Firma meines Vaters. Das war kurz nach dem Krieg, und alle mussten hart arbeiten. Mein Vater hatte viele Angestellte, und bei einer Gelegenheit haben wir uns kurz gesehen. Ein paar Leute von der Firma hatten etwas bei uns zu Hause abgeholt.«

»Und es war Liebe auf den ersten Blick?«

»Damals noch nicht. Aber mein Interesse war geweckt worden. Beim nächsten Mal, war ich schon neunzehn. Da haben wir uns ineinander verliebt. Wir stammten aus zwei ganz unterschiedlichen Welten. Ich habe durch diese Liebe so viel Neues kennengelernt! Es war, als würde sich mein Horizont erweitern. Plötzlich habe ich das Leben mit anderen Augen gesehen.«

Emma versuchte, sich Lilian als höhere Tochter vorzustellen, die sich in einen Arbeiter verliebte. Sie konnte nur erahnen, wie viele Steine ihnen die Gesellschaft damals in den Weg gelegt hatte.

»Was ist passiert?«

»Mehrere Dinge … Ich war … ich war zu diesem Zeitpunkt schon verlobt, hatte mich jemandem versprochen …

Mein Zukünftiger war der Sohn einer befreundeten Familie und eine sehr gute Partie. Ich konnte meine Eltern nicht vor den Kopf stoßen und meine Verlobung lösen.« Lilians Augen glänzten, dann räusperte sie sich entschlossen. »Jetzt ist aber Schluss. Sie wollen sicher nicht den ganzen Tag dem Geschwätz einer alten Frau zuhören.«

Emma wollte lautstark protestieren, aber da stand Lilian schon auf. »Ich gehe jetzt, ich habe noch Papierkram zu erledigen.« Sie griff schwankend nach ihrem Stock. »Liebe Emma, ich freue mich so sehr, dass Sie das Medaillon gefunden haben. Es bedeutet mir sehr viel. Darf ich es mitnehmen?«

»Selbstverständlich. Sind Sie sicher, dass Sie nicht doch noch einen Augenblick hierbleiben wollen?«

»Heute nicht, danke.«

Nachdem Lilian gegangen war, saß Emma in der Küche und aß gedankenverloren ihre Zimtschnecke. Wie war es, jemanden heiraten zu müssen, den man nicht liebte? Nach einer Weile räumte sie Lilians unberührtes Geschirr zurück in den Schrank und wusch ihren Teller rasch ab, bevor sie ihn in die Spülmaschine stellte. Dabei fiel ihr ein, dass sie der alten Dame gar nichts von dem Bild und dem Brief erzählt hatte. *Vielleicht kann ich sie damit überraschen, wenn ich es abgeholt habe?*

***

»Weißt du, was zu du zu tun hast?«, fragte Magda.

»Ich gebe den Zwillingen ihre Flaschen, wenn sie aufwachen, und Leo muss um acht Uhr ins Bett.«

»Um neun, Mama. Es ist Samstag!«, rief Leo, der auf dem Treppengeländer herumturnte.

Magda legte ein Paar funkelnde Diamantohrringe an und kontrollierte vor dem kleinen Spiegel im Flur ihren Lippenstift. »Allerspätestens um neun!«

Henrik kam die Treppe hinunter und knöpfte sich den obersten Hemdknopf zu. Er sah gut aus und war kaum gealtert, seit Magda und er sich kennengelernt hatten. Lediglich ein paar feine Linien um die Augen und auf der Stirn zeugten von den Jahren, die seitdem vergangen waren.

»Die Zwillinge schlafen schon, und wenn sie wach werden, gibst du ihnen einfach ein Fläschchen.«

»Das habe ich ihr schon gesagt.« Magda verdrehte die Augen und nahm ihren Mantel vom Garderobenhaken. »So, habe ich jetzt noch irgendwas vergessen?«, überlegte sie laut. »Ich glaube nicht.«

»Ich glaube auch, du hast alles Wichtige gesagt. Entspannt euch und viel Spaß, es wird schon schiefgehen. Und wenn ich was nicht weiß, kann mir Leo bestimmt helfen. Oder, Leo?«

»Klar, ich weiß alles!«, antwortete Leo mit einem breiten Grinsen. Er hatte sich neben Lukas gelegt und kraulte ihm den Bauch. Der Hund hatte sich auf den warmen Boden im Flur gelegt und genoss Leos Aufmerksamkeit.

»Ich habe dir noch mal die Telefonnummer des Restaurants aufgeschrieben, für alle Fälle«, sagte Magda und gab Leo einen Kuss. »Ruf einfach an, wenn etwas ist. Unsere Handys sind eingeschaltet.«

»Einen Augenblick noch. Ich habe meine Uhr vergessen«, rief Henrik und rannte wieder die Treppe hoch.

»Emma, was ich dir gestern gesagt habe, das bleibt vorerst unter uns, ja?«, flüsterte Magda.

»Wäre es nicht besser, es Henrik zu sagen? Es ist schließlich auch sein Geld.«

»Lass uns lieber sehen, dass der Laden wieder schwarze Zahlen schreibt, wir brauchen das Geld nicht vor Februar, wenn wir …« Magda brach ab, als Henrik die Treppe heruntergepoltert kam. »Also, ruf an, wenn was ist.«

Kaum war die Tür hinter seinen Eltern ins Schloss gefallen, stürmte Leo ins Wohnzimmer, um den Fernseher einzuschalten.

»Was gucken wir uns an?«, fragte Emma.

*»Lego Ninjago Movie.«*

»Und was ist das?« Emma setzte sich neben Leo aufs Sofa und überließ ihm die Hoheit über die Fernbedienung, die er routiniert bediente.

»Der ist supertoll. Llojd muss gegen seinen Vater Garmadon kämpfen, um Ninjago zu retten. Das siehst du gleich.«

»Wow, das klingt aber spannend. Na schön, ich hole die Süßigkeiten und was zu trinken, und du bereitest hier alles Weitere vor, was sagst du dazu?«

Leos Jubeln war Antwort genug. Emma ging in die Küche, um die Süßigkeiten zu holen, die Magda für den Abend gekauft hatte. Sie fand die Schale mit den Schokoriegeln, Weingummis und Kaubonbons und holte den Erdbeersaft aus dem Kühlschrank. Sie stellte die Sachen auf ein Tablett, um sie ins Wohnzimmer zu tragen, als sie plötzlich eine laute Erkennungsmelodie hörte. Leo war es offensichtlich gelungen, den Film zu starten. *Ninjago.* Sie hatte sich auf einen schönen Disneyfilm gefreut. Aber das war wohl das, was Kinder heute sahen. Sie hatte *Die Schöne und das Biest* geliebt und *Arielle, die Meerjungfrau.* Sie blieb einen Augenblick mit dem

Tablett an der Tür zum Wohnzimmer stehen. Leo saß auf dem Sofa und starrte mit hochroten Wangen auf den Bildschirm, wo sich bereits Legofiguren jagten. Das hier war eindeutig eine gute Tat.

Emma gab Leo die Schale mit den Süßigkeiten. Als sie sagte, dass sie kurz nach den Zwillingen schauen würde, zeigte er kaum eine Reaktion. Die Tür zum Kinderzimmer war angelehnt. Es war dunkel, nur die kleine Nachtlampe zwischen den beiden Gitterbettchen brannte. Clara hatte alle viere von sich gestreckt und ihre Decke weggestrampelt, ihr Mund bewegte sich im Schlaf. Sie sah so friedlich aus in ihrem rosa Pyjama mit den kleinen Fröschen darauf. Vorsichtig deckte Emma sie wieder zu und strich ihr über die Wange. Clara murmelte zufrieden im Schlaf und drehte sich um. Emma richtete sich auf und trat an Oskars Bett. Er lag zusammengerollt, die Hände zu kleinen Fäusten geballt, neben seinem Kuscheltier, einem Hasen mit sehr langen Ohren. Emma wurde es plötzlich ganz eng im Hals. *Ich hätte auch ein Baby haben können. Mein Kind würde jetzt auch so in seinem Bettchen liegen.* Sie schluckte. Dann schlüpfte sie leise aus dem Kinderzimmer und kehrte zu Leo und seinen kämpfenden Legomännchen zurück.

# 16

SONNTAG, 10. DEZEMBER

Lachend und plappernd strömten die Kinder in Begleitung ihrer Eltern in den Laden. Emma und Julia begrüßten die kleinen und großen Gäste an der Tür und zeigten ihnen, wo sie langmussten.

»Wie viele Anmeldungen hatten wir noch mal?«, fragte Emma, die bereits ein wenig außer Atem war, als die Tür schon wieder aufgestoßen wurde. Bisher waren zehn Kinder eingetroffen, und ein Abreißen des Besucherstroms schien nicht in Sicht.

»Angela meinte, dass sie ihren Nachbarinnen Bescheid gesagt hat und den Eltern in der Schule«, sagte Julia. »Keine Ahnung, wie viele da noch kommen.«

Emma unterdrückte ein Gähnen und schenkte der nächsten Mutter, die gerade mit ihrem Sohn reingekommen war, ihr strahlendstes Lächeln. Sie hatte nicht gut geschlafen letzte Nacht. Am Ende war sie mit Lukas um drei Uhr morgens durch die leeren Straßen von Östermalm spaziert. Jetzt schlief Lukas selig hinter dem Verkaufstresen, und sie wünschte sich nichts sehnlicher, als sich zu ihm zu legen. Wäre die Sache mit Magdas heimlicher Geldspende nicht gewesen, hätte sie den Kurs abgesagt und wäre zu Hause geblieben.

»Haben wir da unten wirklich genug Platz für alle?«, fragte sie Julia, nachdem eine weitere Mutter mit ihren beiden Kindern im Keller verschwunden war.

»Ich sehe mal nach«, sagte Julia und folgte den dreien.

Emma sah ihr hinterher. Sie hatten seit dem Abend in ihrer Wohnung nicht mehr gesprochen, aber Julia machte eigentlich einen ganz guten Eindruck. Wie wohl ihre Klausur gelaufen war? Emma würde später mit ihr reden, wenn sie beide wieder alleine waren.

»So, ich glaube, wir sind vollzählig«, verkündete Angela, die von unten hochgekommen war, und klatschte begeistert in die Hände. »Oh, das wird so toll!«

Angela war morgens schon mit der besten Laune angekommen und hatte gleich angefangen, alles vorzubereiten. Emma hatte ihr nur die Bastelsachen hinstellen müssen. Inzwischen duftete der ganze Laden nach Punsch, Pfefferkuchen und Tannenzweigen. Alles Sachen, die Angela angeschleppt hatte. Sie hatte sogar eine CD mit Weihnachtsliedern mitgebracht, und Emma ertappte sich dabei, wie sie leise mitsummte.

»Großartig, sag einfach Bescheid, wenn ihr noch was braucht.«

»Wir fangen sofort an und machen eine kleine Pause, wenn wir die Weihnachtskarten fertig gebastelt haben. Danach machen wir dann die Bäume.«

»Bäume?«

»Ja, Weihnachtsbäume. Aus Tannenzapfen. Ich habe eine ganze Schachtel mitgebracht. Die sind super zum Basteln. Vielleicht hast du ja Lust mitzumachen?«

»Ich würde gern mitmachen, aber ich muss mich leider

hier oben um den Verkauf kümmern«, antwortete Emma, erleichtert darüber, eine Ausrede parat zu haben. Sie war zwar neugierig, wie die Stimmung bei den Bastlern war, aber nicht so sehr, dass sie ihre geschützte Zone freiwillig verlassen würde.

»Sag Bescheid, wenn du deine Meinung änderst. Julia kann sich auch um die Kunden kümmern«, sagte Angela und rannte wieder nach unten. Sie trug ihre Haare heute offen und hatte ihre ansonsten sehr elegante Kleidung gegen eine dunkelblaue Jeans und ein himbeerfarbenes Sweatshirt eingetauscht. Auch Emma hatte sich Gedanken über ihre Kleidung gemacht, und um nicht wie immer in Schwarz herumzulaufen, hatte sie sich für einen moosgrünen Kaschmirpullover und ein Paar Jeans entschieden. Sie füllte das Regal mit den Geschirrhandtüchern auf und spähte die Treppe hinab. Aus dem Keller drang fröhliches Kinderlachen, aber außer dem Tischende konnte sie nichts erkennen.

»Du hast die Bude ja ordentlich voll.«

Emma zuckte zusammen und drehte sich um. »Mann, hast du mich erschreckt.«

»Oh, entschuldige.« Adam öffnete seine Jacke. »Habt ihr eine Veranstaltung heute?«

»Ja, im Keller findet heute das Kinderbasteln statt. Angela, eine Freundin von mir, und Julia machen das.«

»Und du stehst hier oben an der Treppe und beobachtest sie dabei?«

»Nein, gar nicht … ich …«, verteidigte sich Emma, verstummte aber, als sie Adams Grinsen sah. »Sehr witzig. Man wird ja wohl noch gucken dürfen, wie es so läuft.«

»Und warum gehst du nicht runter und siehst nach?«

Emma stellte sich hinter den Verkaufstresen und drückte den Rücken durch. »Weil ich oben sein muss, falls Kunden kommen. Außerdem ist es ziemlich laut dort unten.«

»Das stimmt. Aber sicher auch superlustig.«

»Bestimmt. Kann ich dir eigentlich mit etwas behilflich sein, oder wolltest du nur mal Hallo sagen?« Augenblicklich stieg ihr die Röte ins Gesicht. »Ich meine, sicher willst du etwas kaufen. Warum solltest du auch …«

»Ich wollte tatsächlich nur mal vorbeischauen und mit dir über deinen Laden sprechen«, unterbrach Adam sie.

»Ach ja?« *Über den Laden sprechen?*

Adam zog ein gefaltetes Papier aus der Jackentasche. »Hast du einen Moment Zeit?«

»Hier ist gerade niemand, und die da unten scheinen ganz gut ohne mich zurechtzukommen. Magst du einen Kaffee?«

»Gerne.« Adam lächelte sie an und setzte sich an eines der Tischchen. »Wo ist denn Lukas heute?«

»Der schläft hier unten.«

Emma stellte Adam den Kaffee hin und setzte sich zu ihm. Als sich ihre Beine unter dem Tisch zufällig berührten, zuckte sie zusammen und rückte ein Stück zur Seite.

»Worüber wolltest du mit mir sprechen?«

»Ich habe nachgedacht, über das, was du erzählt hast. Und dir ein paar Vorschläge mitgebracht.«

»Vorschläge?«

»Wie man den Verkauf ankurbeln könnte. Wir haben uns damals auch einiges überlegen müssen, um die Gärtnerei attraktiver zu machen.«

Adam faltete das Papier auseinander. Emma folgte seinen Bewegungen mit den Augen und fragte sich, ob er selbst viel in den Gärten erledigte. Es musste wunderbar sein, etwas mit den Händen zu machen. Bestimmt hatte körperliche Arbeit etwas Therapeutisches. Emma ließ sich von ihren Gedanken davontragen, bis Adams Stimme sie in die Wirklichkeit zurückholte.

»… deshalb dachte ich, das könnte auch für dich etwas sein.«

»Ähm … klingt toll«, stotterte Emma. *Was hatte er gerade gesagt? Ging es um die Gärtnerei?*

»Dann stimmst du mir zu?«

»Absolut.«

»Du hättest also kein Problem damit, hier in der Mitte des Raumes eine große Statue zu installieren?«

*Eine Statue? Hier? Mitten im Raum?* »Ähm, also eine Statue …« Da sah sie Adams Blick. »Das war ein Scherz, oder?«

Adams Mundwinkel zuckten nach oben. »Ja. Du hast mir gar nicht zugehört, stimmts?«

»Nicht so richtig, entschuldige. Kannst du es noch mal sagen?«

»Klar. Allerdings finde ich die Idee mit einer großen Gartenskulptur gar nicht schlecht.«

Emma musste lachen. »Das ist ehrlich gesagt nicht *ganz* die Maßnahme, an die ich zum Aufpeppen meines Ladens gedacht hatte.« Sie tippte mit dem Finger auf das Blatt Papier. »Okay, ich bin jetzt ganz Ohr. Was hast du dir überlegt?«

Adam sprach von dem Potenzial, dass die sozialen Medien für Unternehmen wie ihres boten, von Onlinemarketing-Maßnahmen und Followern. Emma war Feuer und Flamme. Sie war beeindruckt, als er ihr den Instagram-Account der Gärtnerei zeigte, und spürte eine kribbelnde Wärme, die sich in ihrem Körper ausbreitete. Es berührte sie, dass er sich so viele Gedanken gemacht hatte.

»Euer Account ist so schön. Was für tolle Fotos!«

»Ja. Wir haben am Anfang ein bisschen gebraucht, um da richtig durchzusteigen, aber mittlerweile nutzen wir das sehr aktiv und posten fast jeden Tag Tipps zu unterschiedlichen Themen. Wir versuchen, sichtbar zu sein. Deshalb haben wir auch bezahlte Werbeanzeigen für bestimmte Zielgruppen geschaltet.«

»Das heißt also, ich sollte mir auch so einen Account zulegen?«

»Auf jeden Fall. Und es ist wichtig, dass dein Webshop so benutzerfreundlich wie möglich wird. So kannst du Kunden in ganz Schweden erreichen.«

»Klingt gut. Ich schaue mir mal an, was wir mit der Website machen können. Die ist in der Tat ein bisschen veraltet.«

»Ich muss mal aufs Klo!« Emma und Adam drehten sich um. Das helle Stimmchen gehörte einem etwa fünfjährigen Mädchen, das am Treppenabsatz stand und auf der Stelle trat.

»Wir haben hier hinten eine Toilette. Komm, ich zeig sie dir.«

»Warum habt ihr keinen Weihnachtsbaum?«, fragte die Kleine, als sie fertig war.

»Ähm … ich weiß nicht. Hier im Laden ist es doch auch so schon ziemlich weihnachtlich, findest du nicht?«

Das Mädchen zog an ihrem geflochtenen Zopf und sah Emma nachdenklich an. »Doch. Aber für ein *richtiges* Weihnachten braucht man einen Weihnachtsbaum.«

»Du hast recht. Da habe ich eindeutig einen Fehler gemacht.«

Das Mädchen nickte ernst, als hätte Emma etwas unerhört Wichtiges gesagt. Dann sprang es die Treppen hinab.

»Tja, nun brauchst du wohl einen Weihnachtsbaum«, sagte Adam.

»Sieht so aus. Allerdings sollte ich, um die Kosten so gering wie möglich zu halten, vielleicht aktuell keine Sachen kaufen, die ich in zwei Wochen sowieso wieder wegwerfen muss, meinst du nicht?«

»Aber es wäre schon weihnachtlicher.«

»Ja, das stimmt.« Emma war das alles hier weihnachtlich genug. Auch ohne Weihnachtsbaum. »Vielen Dank für deine tollen Ideen. Ich habe wirklich einiges gelernt«, wechselte sie das Thema.

»Gerne. Sag Bescheid, wenn ich was für dich tun kann.« Adam stand auf.

»Du hast schon so viel für mich getan. Magda wird begeistert sein, wenn ich ihr erzähle, dass wir einen Instagram-Account einrichten und auch bei Facebook wieder aktiv werden.«

»Du könntest auch verschiedene Geschenksets zusammenstellen und sie über deine Website verkaufen. Das haben wir in der Gärtnerei gemacht. Wir haben zum Beispiel ein Set aus Samentüten, Handschuhen und einem Buch über das Gärtnern zusammengestellt.«

»Was für eine gute Idee!« Emma sah sich schon die unterschiedlichen Pakete packen: für den Teeliebhaber, den Landhausfreund und den Vintage-Fan.

»Du kannst auch Bilder von hübsch gedeckten Tischen bei Instagram posten, und das Geschirr und die Deko gibt es dann im Shop.«

»Emma, entschuldige, Angela fragt, ob du Lust hast, kurz nach unten zu kommen? Sie sagt, du sollst auch ein bisschen Spaß haben.« Julia stand lächelnd am Treppenabsatz. »Da unten ist Halligalli!«

Adam zog sich seine Jacke an. »Und ich muss jetzt los, wir sehen uns.« Er winkte ihnen zu.

»Ist das dein Freund?«, fragte Julia, nachdem die Tür hinter ihm ins Schloss gefallen war.

»Was? Nein! Wie kommst du denn darauf?« Als Emma Julias verschreckten Gesichtsausdruck sah, bereute sie ihren harschen Tonfall sofort wieder. »Entschuldige. Adam ist nur ... ein Freund. Ich habe nicht vor, jemanden Neues kennenzulernen.«

»Wegen deinem Mann?«

Emma zögerte einen Moment.

»Ich habe einfach kein Interesse an einer Beziehung. Niklas war meine große Liebe. Ich will ihn nicht ersetzen.«

»Verstehe. Aber man kann mehrere Menschen lieben«, sagte Julia.

»Ich nicht«, murmelte Emma. »Wenn ich runtergehe, hältst du dann hier oben die Stellung?«

***

»Wie lief eigentlich deine Klausur am Freitag?« Emma kehrte Tannennadeln zusammen. Sie und Julia beseitigten gemeinsam die Überbleibsel vom Kinderbasteln. Der Kurs war ein voller Erfolg gewesen, und viele der Eltern waren danach noch geblieben und hatten Weihnachtsgeschenke gekauft. Die Tageseinnahmen überstiegen alles bis dahin Dagewesene.

»Ganz gut«, antwortete Julia fröhlich. »Vielen Dank noch mal, dass ich bei dir lernen durfte und du mir so geholfen hast.«

»Das können wir gerne wiederholen«, sagte Emma. Sie hatte die Gesellschaft von Julia genossen. Es war schön gewesen, mal nicht allein in ihrer Wohnung zu sein

»O ja, gerne. Zu Hause ist es, wie gesagt, manchmal ganz schön stressig.«

»Und wie ist es gerade? Kommt ihr miteinander aus?« Emma wollte sich nicht zu sehr in Julias Privatleben einmischen und hoffte, dass sie die Frage nicht kränkte.

»Ja, im Moment schon. Wir streiten nur immer so viel. Meine Mutter ist so …« Julia machte eine Pause. »Ich verstehe ja, dass sie traurig ist und so, weil mein Vater uns verlassen hat. Aber warum ist sie ständig so wütend?«

Emma wusste nicht, was sie sagen sollte.

»Das Schlimmste ist, dass ich alles abbekomme. Ich weiß, dass er sich mies verhalten hat, aber er ist doch mein Papa.« Julia hob ein paar Papierschnipsel vom Boden auf. »Ich traue mich nicht mal, mit ihm zu telefonieren, weil meine Mutter sonst ausrastet. Sie ist nicht mehr zu meinen Handballturnieren gekommen, weil das ›Papas Sport‹ ist und er deswegen mit mir dahin gehen soll.«

Emma legte eine Hand auf Julias Schulter. »Du weißt, dass das alles nichts mit dir zu tun hat, oder?«

»Ich versuche, mir das immer zu sagen, aber das ist nicht so einfach. Ich bekomme immer zu hören, dass ich nun mal die *Tochter meines Vaters* bin und ihn viel lieber mag als sie. Letztes Jahr habe ich ihnen Weihnachtsgeschenke gekauft. Sie ist sauer geworden, weil ihr Geschenk weniger gekostet hat als das von meinem Vater. Ich hatte natürlich überhaupt nicht auf die Preise geguckt, sondern wollte einfach beiden eine Freude machen.«

Wie konnte man seinem Kind so etwas antun? Emma spürte, wie die Wut in ihr hochstieg. Wie konnte man seine Verbitterung ausgerechnet an seiner eigenen Tochter auslassen?

»Hast du mal versucht, deiner Mutter zu sagen, wie es dir damit geht?«

»Das ist vollkommen aussichtslos. Sie sagt dann immer, ich höre mich an wie mein Vater.« Traurig schüttelte Julia den Kopf, und Emma nahm sie in den Arm. »Ich weiß nicht, was ich sagen oder tun kann, damit es dir besser geht. Aber du sollst wissen, dass du immer zu mir kommen kannst, wenn du einen Rückzugsort brauchst oder mal reden willst.«

»Danke.«

»Du solltest unbedingt mit deiner Mutter über deine Gefühle reden. Vielleicht solltet ihr euch auch Hilfe von einem Außenstehenden holen? Ich meine, von einem Psychologen oder Mediator?«

Wie kam sie dazu, einen Psychologen zu empfehlen? Nachdem sie selbst diese Form der Hilfe nach wenigen Sitzungen in den Wind geschlagen hatte.

»Ich weiß nicht …« Julia nahm einen kleinen Weihnachtsmann vom Tisch. »Hast du die Weihnachtskarten gesehen, die die Kinder gebastelt haben?«

Emma ließ sich sofort auf den Themenwechsel ein. »Ja, die sahen sensationell aus. Vielen Dank noch mal, dass du heute mitgemacht hast. Du hast ja schließlich auch Wochenende.«

»Kein Problem, es hat mir großen Spaß gemacht. Und ich hatte den Eindruck, dass du es auch ganz lustig fandest, oder?«

»Ja, es war wirklich toll, mit den Kindern zu basteln. Und wie andächtig sie Angela zugehört haben. Das war so wahnsinng süß.«

Tatsächlich hatte Emma im Keller umringt von den Kindern für eine Weile die schweren Gedanken vergessen können. Das Ganze hatte etwas Befreiendes gehabt. Gemeinsam stapelten sie die Stühle ineinander und schoben sie an die Wand. »Und du spielst also Handball?«

»Nicht mehr. Ich habe letztes Jahr aufgehört.«

»Und warum? Hat es dir keinen Spaß mehr gemacht?«

Julia zögerte. »Doch, schon … aber es war einfach so kompliziert, alles unter einen Hut zu bekommen.« Sie hatte sich wieder dem Tisch zugewandt, den sie sorgfältig mit einem Lappen abwischte. »Hast du eigentlich ein Hobby? Ich meine, abgesehen von den ›guten Taten‹?«

»Im Moment nicht. Ich bin früher geritten, aber das mache ich schon lange nicht mehr.«

»Warum nicht?«

»Ach, es war einfach ein bisschen viel alles. Der Laden, das Reiten …« Emma unterbrach sich, als sie merkte, dass sie wie Julia klang. An Zeit hatte ihr es damals sicher nicht gemangelt. Sie war einfach ausgebrannt gewesen.

***

Emma und Magda schlenderten über den Weihnachtsmarkt auf dem Stortorget in der Gamla Stan. Es war Sonntag, und die Leute drängten sich zwischen den Ständen, die Karamell, Bratwürste, Kunsthandwerk und Keramik verkauften. Emma hob eine handbemalte Weihnachtskugel hoch, auf der die Silhouette der Gamla Stan abgebildet war.

»Oh, die ist ja schön. Willst du die kaufen?«, fragte Magda und sah Emma über die Schulter.

»Nein, nein, ich wollte nur gucken«, sagte Emma und legte die Kugel wieder zurück in den Korb. »Aber sie ist echt schön, ich mag die kleinen Eisschollen in dem dunklen Wasser. Sieht super aus mit dem Scherenschnitt.«

»Und dieser kleine Weihnachtsbaum erst! Na ja, ich weiß nicht, wie es dir geht, aber ich habe tierische Lust auf einen Glühwein bei der Kälte. Kaufst du uns einen dahinten, dann bezahle ich in der Zeit meine Sachen?«

»Okay.« Emma schob sich durch die Menge. Normalerweise hätten sie die vielen Menschen gestresst, aber die Stimmung auf dem Markt war so entspannt und nett, dass sie sich wohlfühlte. Und die dicken Schneeflocken, die vom Himmel fielen, machten alles nur noch weihnachtlicher. Es war wieder klirrend kalt geworden, so als hätte auch das Wetter nun endgültig das Weihnachtsfieber gepackt. Sie bestellte zwei Glühwein und Pfefferkuchen. Ihr Blick wanderte über den stimmungsvollen Platz mit den roten Holzständen, in dessen Mitte der große bunt geschmückte Weihnachtsbaum hoch in den verschneiten Himmel ragte. Sie bemerkte einen Stand mit kleinen handgefertigten Engeln. Sie hatte mal ein Bild mit zwei Engeln besessen, auf dem stand: *Hier wachen Schutzengel.* Aber das hatte sie nach dem Unfall weggeschmissen. Emma steckte ihre Kekse in die Manteltasche, nahm die beiden heißen Becher in Empfang und ging zu dem Stand hinüber. Es gab Engel aus den unterschiedlichsten Materialien, sie alle waren mit viel Liebe angefertigt worden. Sie hob einen hoch, der ein Herz in den Händen hielt.

»Ist der nicht schön?«, sagte der Verkäufer. »Er bringt Ihnen Liebe und beschützt Sie überall.«

»Ein Schutzengel.« Emma betrachtete das friedliche Gesicht. »Was kostet der?«

»Fünfzig Kronen. Wenn Sie zwei nehmen, sind es nur achtzig Kronen.«

»Einer reicht mir«, sagte Emma und holte ihr Portemonnaie aus der Tasche.

»Da bist du ja! Ich habe dich überall gesucht. Du hast dir einen Engel gekauft?«

»Das ist ein Geschenk.«

»Für wen?«

»Für jemanden, den ich kenne«, antwortete Emma ausweichend, bezahlte und gab Magda einen der Becher. »Tut mir leid, ich hoffe, der ist noch warm.«

»Ach bestimmt«, sagte Magda und nahm vorsichtig einen Schluck. »Ich freue mich wirklich, dass du mitgekommen bist.«

»Ich hatte ja nicht wirklich eine Wahl, oder?«

Magda lachte. »Das stimmt. Aber es war trotzdem nett von dir. Ich weiß ja, dass du Weihnachten nicht leiden kannst.«

Das stimmte so nicht. Emma hatte Weihnachten immer gemocht. Sehr sogar. Nur war diese Jahreszeit quasi überschrieben worden und jetzt mit etwas sehr Traurigem verknüpft. Merkwürdigerweise aber war der Ausflug auf den Weihnachtsmarkt nicht so schrecklich gewesen, wie sie erwartet hatte. Als wäre dieses Jahr alles ein bisschen leichter als letztes. Vielleicht lag es auch daran, dass sich die Ereignisse im Moment überstürzten und sie einfach keine Zeit hatte, richtig zu leiden. In den vergangenen Tagen war sie von morgens bis abends damit beschäftigt gewesen zu überlegen, wie sie den Umsatz erhöhen konnte, um Magda ihr Geld zurückzuzahlen.

»Hast du mittlerweile mit Henrik gesprochen?«, fragte sie und nahm den Engel in Empfang, den ihr der Verkäufer eingepackt hatte.

»Nein, und das habe ich auch nicht vor.«

»Aber es ist doch auch sein Geld.«

»Ich weiß, aber er wird sich nur ärgern. Und zwar nicht, weil er dich nicht mag oder dir nicht helfen will, sondern weil ich nicht mit ihm darüber gesprochen habe. Und weil wir …« Magda strich sich eine Haarsträhne aus dem Gesicht. »Außerdem weiß ich, dass du das Blatt wenden wirst und wir das Geld zurückbekommen. Ein Tagesumsatz wie der von heute lässt doch hoffen!«

Emma sah ihre Schwester nachdenklich an, aber die wich ihrem Blick aus. Sollte sie insistieren oder Magda in Ruhe lassen? Sie entschied sich für Letzteres und erzählte stattdessen von Adams Besuch im Laden und seinen Vorschlägen, wie man den Webauftritt des Ladens auf Vordermann bringen könnte. Vor einem Stand mit Schmuck blieben sie stehen.

»Das hört sich super an, hast du schon einen Account eingerichtet?«

»Das wollte ich morgen machen.« Emmas Blick war an einem Armband hängen geblieben. Es passte perfekt zu Lilians Medaillon. Sie erkundigte sich nach dem Preis und kaufte es.

»Niklas hatte doch so eine gute Kamera? Oder haben seine Eltern die auch mitgenommen?«

»Ich glaube, die habe ich noch. Die war in der Reparatur, als sie kamen und die Wohnung leer geräumt haben.«

»Geizigere Menschen muss man erst mal finden«, schimpfte Magda.

»Vielleicht war das auch nur ihre Art, mit der Trauer umzugehen. Was weiß ich. Es muss schlimm sein, sein einziges Kind zu verlieren«, sagte Emma und spürte, wie sich ihr Hals zuschnürte. Einerseits hatte sie Verständnis für seine Eltern gehabt, andererseits aber war sie nach wie vor der Ansicht, dass sie sich egoistisch verhalten hatten, als sie alle Wertgegenstände aus der Wohnung mitnahmen, ohne auch nur zu fragen, ob ihr irgendetwas davon eventuell etwas bedeutete. Emma hatte damals unter Schock gestanden, war am Boden zerstört gewesen, verzweifelt, weil sie ihre große Liebe verloren hatte, und nach den ersten Wochen, in denen der Schmerz unerträglich gewesen war, fand sie sich in einer fast leeren Wohnung wieder.

»Hm, vielleicht hast du recht, und ich bin ungerecht. Aber ich finde, sie haben dich nicht gerade gut behandelt. Immerhin wärst du fast aus der Wohnung geflogen. Sag mal, ist das nicht Hasse dahinten? Der ab und zu im Laden hilft?«

»Hasse? Aber … woher kennst du ihn denn?«, fragte Emma verdutzt.

»Er ist gestern vorbeigekommen und hat sein Werkzeug abgeholt. Da hat er mir erzählt, dass er dir gelegentlich bei kleineren Sachen zur Hand geht. Wir haben einen Kaffee getrunken, weil so wenig los war. Hallo! Hasse!« Magda machte sich einen Arm frei und winkte.

Emma fuhr herum. »Du, Magda …« Aber es war zu spät. Magda stürmte schon auf Hasse und seine Begleitung zu.

Emma beeilte sich hinterherzukommen und betete, dass ihre Schwester nicht sofort etwas Falsches sagen würde. Denn Hasse hatte ganz bestimmt kein Wort darüber verloren, warum er Zeit hatte, neben seinem Job in einem Einrichtungsgeschäft auszuhelfen. Das könnte furchtbar peinlich werden. Wenn nicht sogar richtig unangenehm.

»Hallo! So sieht man sich wieder«, sagte Magda und holte Luft, um fortzufahren, aber Emma kam ihr zuvor.

»Hallo, Hasse, das hier ist der schönste Weihnachtsmarkt in Stockholm, oder?« *Was fasele ich hier?*

Hasse blinzelte angestrengt. Die Frau an seiner Seite hob fragend die Augenbrauen.

»Ja, doch, das ist ein sehr schöner Weihnachtsmarkt«, stammelte er. »Äh … Flora, das sind Emma und ihre Schwester Magda. Wir … ähm … ich …«

»Wir arbeiten zusammen«, half ihm Emma und streckte Flora die Hand hin. »Freut mich, ich bin Emma.«

»Oh, wie schön, in welcher Abteilung arbeiten Sie?«, fragte Hasses Frau und schüttelte ihr die Hand.

»Der Laden heißt …«, begann Magda, wurde aber sofort wieder von Emma unterbrochen.

»Einkauf. Ich bin im Einkauf tätig.«

Hasses Frau runzelte die Stirn. »Emma bestellt für uns … ähm …«, Hasse stockte.

»So ziemlich alles, könnte man wohl sagen«, lachte Emma.

»Das finde ich ja großartig. Ich habe Hasse immer gesagt, dass ich das Unternehmen viel zu männerlastig finde und sie mehr Frauen einstellen sollten. Sind Sie auch Bauingenieurin?«

»Ähm, nein. Ich komme aus einer anderen Branche …« Emma spürte, wie ihr die Röte ins Gesicht stieg, und suchte fieberhaft nach einem Ausweg.

»Emma interessiert sich hauptsächlich für die Inneneinrichtung und kümmert sich darum«, ging Magda dazwischen und streckte Flora die Hand hin. »Ich heiße Magda, ich bin Buchhalterin.«

»Flora, freut mich. Ach, Sie arbeiten auch in derselben Firma wie Hasse und …?«

»Emma«, ergänzte Emma. Hasse sah aus, als würde er am liebsten im Erdboden versinken. Der Arme. Es war bestimmt nicht lustig, vor seiner Frau zu verheimlich, wo man sich tagsüber aufhielt. Und jetzt hatte er sicher Angst, durch einen doofen Zufall womöglich ertappt zu werden.

»Nein, leider nicht«, sagte Magda. »Aber Emma hat recht, das ist wirklich ein ganz besonders schöner Weihnachtsmarkt. Wahrscheinlich ist es deshalb auch so voll. Gut, dass die ersten Leute so langsam gehen.«

»Ja. Wir wollten uns auch gerade auf den Weg machen. Hasse hat ein Projekt, an dem er gerade arbeitet, und muss morgen wieder früh raus, nicht war Hasse?« Flora zeigte auf ihren Mann. »Er ist so fleißig. Macht sogar Überstunden, weil wir vorhaben, uns ein Sommerhaus in Spanien zu kaufen. Meine Schwester und ihr Mann haben seit letztem Jahr eine Finca an der Costa del Sol.«

»Das … klingt fabelhaft«, sagte Emma.

»Wir sind zwar noch nie da gewesen, und die Gegend ist wohl nicht ganz billig, aber es wäre trotzdem schön, etwas in der Nähe zu finden.« Flora lächelte und streichelte Hasse über die Wange. »So, wir müssen dann mal.« Arm in Arm verschwanden die beiden im sich auflösenden Gedränge.

»Was war das denn, bitte?«, fragte Magda, als sie außer Hörweite waren.

Sollte sie Magda alles erzählen? Würde sie dadurch Hasses Vertrauen missbrauchen? Andererseits wusste Magda, dass Hasse viel Zeit im Laden verbrachte. Emma holte tief Luft und weihte Magda in Hasses Dilemma ein.

»Es gibt also auch andere Menschen, die einen Haufen Geheimnisse mit sich herumtragen.«

Emma senkte den Blick und sagte nichts. Schließlich trug auch sie schwer an ihrem Geheimnis. Was hätte sie da sagen können?

***

Emma klopft an Lilians Tür und wartete. Nach einer Weile hörte sie eine schwache Stimme.

»Wer ist da?«

»Ich bins, Emma. Ich wollte Ihnen nur etwas Kleines vorbeibringen.«

Die Sicherheitskette rasselte, dann öffnete sich die Tür.

»O weh, sind Sie krank?«

Lilien schniefte und schwankte leicht. »Ich habe mich erkältet, nicht der Rede wert.«

»Nicht der Rede wert? Sie können sich ja kaum auf den Beinen halten«, sagte Emma und griff ihr unter die Arme.

»Na ja, so schlimm ist es auch wieder nicht«, sagte Lilian, ließ sich aber dankbar auf den Hocker sinken, den Emma schnell unter der Garderobe hervorzog. »Diese verdammte

Erkältung hat mich gestern schon erwischt, und ich konnte nicht zu dem Lucia-Konzert gehen.«

»Dazu wird es noch ausreichend Gelegenheiten geben. Soll ich Ihnen aufs Sofa oder ins Bett helfen? Haben Sie was gegessen?«

»Nicht viel«, murmelte Lilian verlegen. »Ich habe vergessen, Freitag einkaufen zu gehen, und gestern war ich so müde, dass ich keine Kraft dazu hatte.«

»Dann gehe ich jetzt was für Sie einkaufen.«

»Nein, machen Sie sich bitte keine Umstände.«

»Das macht mir keine Umstände. Sie ruhen sich solange auf dem Sofa aus. Wenn Sie mögen, nehme ich Ihren Schlüssel mit, dann müssen Sie nicht gleich wieder aufstehen.«

Als Emma mit den Einkäufen zurückkam, war Lilian eingenickt. Vorsichtig legte Emma ihr eine Decke über ihren dünnen Körper und packte die Lebensmittel aus. Sie war zum ersten Mal in Lilians Wohnung, und es sah genauso aus, wie sie es sich vorgestellt hatte. Dunkle Möbel, alte Perserteppiche, Porzellanfiguren und Kristallleuchter im Wohnzimmer und im Flur. Das Sofa, auf dem Lilian schlief, war aus rosa Samt, und die Sessel hatten geschnitzte Armlehnen. Die dicken, pompösen Polster sahen gemütlich aus. Auf einer Kommode standen gerahmte Fotos. Lilians Familie, ihre Hochzeit, ein Sommerhaus in den Schären. Ein Foto zeigte Lilian mit einem Mann und einer Frau. Sie musste damals um die zwanzig gewesen sein und strahlte vor Glück. Die anderen beiden kamen ihr irgendwie bekannt vor, aber sie konnte nicht sagen, wieso. Emma ging zurück in die Küche, kochte Tee und schmierte Brote.

»Ich habe hier einen Happen zu essen und was zu trinken«, sagte Emma leise.

Lilian blinzelte schlaftrunken. »Oh, entschuldigen Sie bitte, ich muss eingeschlafen sein. Gott, wie unhöflich.«

»Ganz und gar nicht. Ich habe Tee gekocht und ein bisschen Abendbrot gemacht.«

Emma goss ihnen Tee ein und machte es sich in einem der Sessel bequem. Aber schon eine Sekunde später sprang sie wieder auf. »Ich hätte fast vergessen, warum ich geklopft habe! Ich habe ein Geschenk für Sie«, rief sie und holte ihre Handtasche. »Ich war auf dem Weihnachtsmarkt und habe das hier entdeckt. Das könnte Ihnen gefallen, habe ich mir gedacht.«

Vorsichtig wickelte Lilian das Seidenpapier auf. »Oh … Das wäre doch wirklich nicht nötig gewesen«, flüsterte sie und hob das Armband hoch.

»Ich habe das bei so einem Schmuckstand gekauft und fand, es passt vom Stil her genau zu Ihrem Medaillon.«

Emma half Lilian, das Armband anzulegen. Sie besah es im warmen Licht des Kronleuchters.

»Das ist wirklich wunderschön, und es passt perfekt. Vielen Dank, meine Liebe«, sagte sie und lächelte Emma an.

Schweigend saßen sie eine Weile zusammen und tranken ihren Tee. »Es war meine Schuld, dass es böse endete«, sagte Lilian schließlich in die Stille.

»Ihre verbotene Liebe? Dann war das gar nicht wegen Ihrer Eltern?« Lilian nickte.

»Zum Teil natürlich schon. Aber ich hätte mich gegen sie stellen und ihnen von meinen Gefühlen erzählen können.« Lilian hustete in die Armbeuge. »Ich wusste genau, dass es allem widersprach, woran sie glaubten. Meine Eltern waren furchtbar konservativ. Es war ja eine ganz andere Zeit damals. Vielleicht hätten sie meine Liebe nicht akzeptiert, aber ich hätte Arne nicht heiraten müssen.«

»Sie haben es nicht gewagt, mit Ihren Eltern zu reden?«

Lilian stellte die Teetasse auf dem Tablett ab.

»Sie wussten, dass ich jemand anderen liebte, haben es aber ignoriert. Ich war gehorsam und habe geheiratet. Wir waren ja schon verlobt, und ich hatte das Gefühl, dass ich weder ihn noch meine Eltern enttäuschen konnte.«

Emma versuchte, sich in Lilians Situation zu versetzen. Ihr war die Vorstellung so fremd, jemanden heiraten zu müssen, den sie nicht liebte. Vielleicht nicht einmal mochte.

»Wie hat denn Ihre große Liebe darauf reagiert?«

Lilian sah aus dem Fenster. »Wir haben nie wieder miteinander gesprochen. Nicht, nachdem unsere Eltern die ganze Wahrheit erfahren hatten.«

»Das ist doch bescheuert, dass Sie nicht zusammen sein durften«, brach es aus Emma heraus.

»Wie gesagt, es waren andere Zeiten. Außerdem mochte ich Arne gerne. Er war ein guter Mann, und wir hatten ein schönes Leben. Obwohl mein Herz jemand anderem gehörte.«

»Aber … haben Sie es nie bereut?«

»Jeden einzelnen Tag. Sie können das heute wahrscheinlich nicht verstehen. Aber es wäre niemals gut gegangen. Ich habe versucht, mit meiner Entscheidung zu leben und Frieden zu finden.«

»Erzählen Sie mir doch, wie Sie sich kennengelernt haben. Die ganze Geschichte.«

Lilian lächelte. »Sie sind ganz schön neugierig, meine Kleine.«

»Oh, ich wollte Ihnen nicht zu nahe treten …«

»Nein, nein, ich erzähle es Ihnen gerne. Wir sind uns das erste Mal bei uns zu Hause begegnet, aber das wissen Sie ja schon. Das zweite Mal in einem Tanzlokal. Meine Freundinnen und ich gingen normalerweise nicht in solche Etablissements. Es .. wie soll ich sagen … *schickte* sich nicht. Aber wir waren neugierig und hatten gehört, dass es dort lustig zugehen sollte.«

»Also sind Sie hingegangen.«

»Ganz genau«, die eben noch so müden Augen der alten Dame funkelten. »Es war schon ziemlich voll, als wir ankamen. Meine Freundinnen wurden gleich zum Tanzen aufgefordert und verschwanden im Gedränge, ich wurde auch aufgefordert, aber ich habe abgelehnt und mich lieber ein bisschen umgesehen.«

»Und da gab es den ersten Blickkontakt?«

»Sie können es wohl nicht erwarten! Nein. Also, nicht sofort. Erst später. Ich habe mich dann doch zum Tanzen hinreißen lassen und hatte gerade einen Schwof mit einem wilden Typen beendet, der Straßenbahnfahrer war. Und da haben wir uns wiedergesehen. Was für ein Zufall.« Lilian schüttelte lächelnd den Kopf. »Es hat in meinem ganzen Körper gekribbelt. Am Anfang dachte ich, ich würde mich einfach freuen, ein bekanntes Gesicht zu sehen. Aber ich war wie verzaubert.«

»Und was ist dann passiert?« Emma hatte sich weit vorgelehnt. Es war unverkennbar, dass dieser Mensch Lilian sehr viel bedeutet hatte. Ihre Wangen glühten förmlich.

»Wir haben die ganze Nacht geredet, und dann wurde ich sogar nach Hause begleitet. Ich hatte nicht gewusst, dass es sich so anfühlen konnte. Es war …« Lilian schwieg einen Moment. »Die wenigen Monate, die wir miteinander hatten, waren die schönsten in meinem Leben. Wir haben alles zusammen unternommen. Wir waren picknicken, tanzen, haben Freunde getroffen. Immer darauf bedacht, uns nicht anmerken zu lassen, was wir füreinander fühlten.«

»Weil Sie schon einem anderen versprochen waren.«

Lilian zupfte an ihrem Kleid. »Unsere Liebe war unmöglich. Aber jetzt hören wir mal auf damit, nur über die alten Zeiten zu reden. Wie läuft es mit Ihrem Laden?«

»Es geht voran.« Emma hätte gerne noch mehr erfahren, aber Lilian wollte offenbar lieber das Thema wechseln. Vielleicht war die Erinnerung zu schmerzhaft. Sie erzählte also von der peinlichen Begegnung mit Hasse und seiner Frau, vom Basteln, von Adams Vorschlägen für das Onlinegeschäft und Julias Problemen mit ihrer Mutter. Als sie ihre Ausführungen beendet hatte, sah sie hoch. Lilian betrachtete sie mit einem unergründlichen Gesichtsausdruck. »Und wie geht es Ihnen inmitten dieses Wirbelsturms?«

»Wie meinen Sie das?«, fragte Emma erstaunt.

»Sie helfen allen möglichen Leuten in Ihrem Umfeld, aber kümmern Sie sich auch um sich selbst?«

»Natürlich tue ich das«, sagte Emma und stand auf. »Aber jetzt muss ich mit Lukas spazieren gehen. Er ist schon viel zu lange allein.« Sie gab Lilian einen Kuss auf die Wange. »Soll ich noch schnell abwaschen?«

Lilian winkte mit der Hand. »Nein, gehen Sie nur. Ich mache das später.«

Emma trug das Tablett mit dem Geschirr in die Küche und versprach, am nächsten Tag nach der Arbeit wieder vorbeizuschauen. Erst später, als sie im Bett lag, dachte sie über Lilians Worte nach. Es stimmte, dass sie sich im Moment viel um andere kümmerte. Aber das war ja schließlich ihr Plan gewesen. Letztendlich tat sie das alles auch für sich. Aber war das wirklich noch so? Sie hatte die Menschen, denen sie half, ins Herz geschlossen. Sie wollte, dass es ihnen gut ging. Angela, Hasse, Julia und Lilian, sie waren ihre Freunde geworden.

# 17

## MONTAG, 11. DEZEMBER

*Was wäre, wenn ich die große Liebe von Lilian ausfindig machen könnte? Vielleicht könnte ich ein Treffen arrangieren. Oder ist der Gedanke zu abwegig?* Emma legte eine tiefblaue Porzellanschale, helle Servietten und eine Schachtel Lakritzbonbons auf den Verkaufstresen. Dann holte sie einen kunstvoll verzierten Teller, eine Schachtel Pralinen und eine Duftkerze dazu.

»Guten Morgen«, sagte Hasse.

Emma sah hoch. »Hallo, Hasse!« Sie verstaute das erste Geschenkset in einer braunen Papiertragetasche und dann das zweite in einer weiteren. »Ich stelle gerade Geschenktüten für Weihnachten zusammen, wie findest du die?«

Hasse kam vor zum Tresen und sah in die Tüten. »Die sehen gut aus, aber mit ein bisschen Weihnachtsschmuck wär das Ganze noch hübscher.«

»Oh, recht hast du«, sagte Emma und holte kleine Kugeln und Dekosachen, die sie an den Tüten befestigte. Zum Schluss band sie mit dickem Geschenkband große rote Schleifen um die Henkel. »Tada! Sieht toll aus, oder?«

»Als hätten die Elfen vom Weihnachtsmann sie persönlich eingepackt!« Hasse zog seine Jacke aus und hängte sie hinter den Tresen. Es hatte sich eine kleine Routine entwickelt. Hasse kam morgens vorbei, trank einen Kaffee und las die Zeitung. Danach half er nach Bedarf im Laden aus und ging im Anschluss auf Jobsuche. »Ich wollte mich für gestern bedanken.«

»Wofür?«, fragte Emma und knotete eine rote Schleife mit Goldborte um die letzte Tüte.

»Dafür, dass ihr meiner Frau gestern auf dem Weihnachtsmarkt nichts verraten habt.«

»Das ist doch selbstverständlich, du kannst dich auf uns verlassen.«

»Trotzdem, das war echt nett. Danke, Emma.«

»Dafür nicht.« Emma hängte Preisschilder an die Taschen und schob sie ans Ende des Tresens. »Willst du nicht bald mal mit ihr reden und ihr die Wahrheit sagen?«

»Du meinst, ihr von meiner Kündigung erzählen?«

»Ja, wäre es nicht besser, wenn sie Bescheid wüsste?«

»Nein, auf keinen Fall. Sie wäre am Boden zerstört, sie freut sich doch so auf das Haus in Spanien.« Er hob ein Regalbrett hoch. »Wo soll das hin?«

Emma zeigte auf die Wand hinter sich. »Aber es ist doch nicht deine Schuld, dass dir gekündigt wurde.«

Das Brett schwankte in seiner Hand. Dann stellte er es wieder auf dem Boden ab. »Ich will ihr die Enttäuschung ersparen«, sagte er mit hängenden Schultern.

Emma schluckte den Protest herunter, den sie auf der Zunge hatte.

»Ich möchte dir gleich noch was zeigen, was ich gemacht habe. Ist diese Höhe hier gut?« Er hatte das Brett wieder aufgehoben und hielt es nun an die Wand.

»Die ist perfekt.«

Da kam Julia in den Laden. »Entschuldigung, dass ich zu spät bin«, rief sie schon am Eingang und streichelte Lukas, der auf sie zugetrottet gekommen war. »Ich … ähm …« Sie zeigte auf Hasse, aber der schien sie gar nicht gehört zu haben.

»Alles gut. Hasse und ich haben gerade über die Geschenktüten gesprochen«, sagte Emma und hielt Julia eine hin.

»Wow, die sehen Hammer aus. Hast du die heute gemacht?«

»Ja. Ich dachte, wir verkaufen die als Weihnachtsgeschenksets.«

»Das ist super! Ich kann auch welche packen, wenn du willst.«

»Lass uns erst mal abwarten, ob die sich verkaufen.«

Die Türglocke klingelte, und Emma sah erneut hoch. Ihr Puls fing an zu rasen, als sie sah, wer dort in der Ladentür stand.

»Julia, geh und sag, dass wir geschlossen haben!«

Julia sah sie erstaunt an, aber befolgte die Anweisung.

»Hasse«, zischte Emma. »Komm sofort hierher. Wir müssen uns verstecken.«

Ein Blick zum Eingang, und Hasse wurde kreidebleich. Fast hätte er den Schraubenzieher fallen lassen. So schnell er konnte, kletterte er von der Leiter herunter. Emma musste ihn stützen, weil er sonst die letzte Stufe verfehlt hätte. Sie kauerten sich hinter den Tresen.

»Aber, das kann doch nicht Ihr Ernst sein, das ist doch lächerlich«, hörten sie eine Stimme sagen. »Auf dem Schild steht, dass Sie geöffnet haben.«

»Oh, verzeihen Sie«, sagte Julia. »Da habe ich mich wohl um eine Stunde vertan.«

Hasse war neben Emma erstarrt, auf seiner Stirn brach der Schweiß aus.

»Kommen Sie«, flüsterte Emma, und dann krochen sie auf allen vieren durch den Vorhang in die Küche. Emma musste ein Kichern unterdrücken, weil sie sich vorstellte, wie das von außen aussehen musste. Als sie in Sicherheit waren, hörten sie, wie Flora fragte, ob Julia denn allein im Laden sei und ob sie nicht ein bisschen zu jung wäre, um in so einem Geschäft zu arbeiten. Julia antwortete höflich, dass sie fünfzehn Jahre alt sei, gerade ein Betriebspraktikum machte und die Besitzerin jeden Augenblick zurückkommen würde. Sie hätte nur ein paar Besorgungen zu machen. Hasse saß mit dem Rücken an den Küchenschrank gelehnt. Er sah so unglücklich aus, dass Emmas Fröhlichkeit sofort verflog. Sie setzte sich neben ihn und klopfte ihm auf die Schulter. Es war bestimmt nicht leicht, mit 62 arbeitslos zu werden. Emma stellte sich vor, dass er sein Leben lang pflichtbewusst gearbeitet hatte, um dann einfach abserviert zu werden. Zurück blieb wahrscheinlich das Gefühl, dass man zu nichts mehr zu gebrauchen war, weil einen niemand mehr einstellen wollte.

»Die Luft ist rein.« Julia hatte ihren Kopf durch den Vorhang gesteckt. »Sie hat ein paar Kissenbezüge bestellt, von denen wir nur noch ein Ansichtsexemplar hatten. Wer war das denn?«

»Meine Frau«, sagte Hasse mit zitternder Stimme und erhob sich schwerfällig.

»Oh … aha …«

»Am besten, ich mache mal das Regal fertig«, murmelte er und ging.

***

»Was für ein Glück, dass Flora uns vorhin nicht bemerkt hat«, sagte Emma und stellte noch mehr Duftkerzen auf den Tresen. Es war später Nachmittag. Sie hatten nur wenig Kundschaft gehabt, was sie neuerdings merkwürdigerweise stresste. Aber das lag an Magdas Geständnis und dem vielen Geld, das sie ihr schuldete.

»Ich dachte, Sie wollen, dass ich es ihr endlich beichte?«

»Das tue ich auch nach wie vor, aber ich will Sie zu nichts drängen. Ich glaube, ich habe erst jetzt wirklich begriffen, wie es Ihnen damit geht … Ich meine …«

Hasse kletterte von der Leiter und klappte sie zusammen. »Sie meinen, wie es ist, so alt und so unerwünscht zu sein wie ich?«

»Ja, so in etwa«, gab Emma zu.

Hasse verstaute die Leiter hinter dem Vorhang. »Ehrlich gesagt ist es ziemlich beschissen. Ich habe dieser Firma mehr als dreißig Jahre meines Lebens geschenkt. Ich war immer pünktlich, praktisch nie krank, habe gearbeitet wie ein Tier, und als Dank bekomme ich einen feuchten Händedruck und darf gehen.«

»Hätten Sie nicht eine Art Frührente beantragen können?«

»Das hätte ich vielleicht, aber ich *will* ja noch arbeiten. Nur will offensichtlich niemand so einen alten Knacker wie mich. Es gibt einfach zu viele, die sich besser mit dem Internet auskennen, und die sind jünger und viel schneller als ich.«

»Ihre Arbeit hatte was mit dem Internet zu tun? Ich dachte, Sie waren im Baugewerbe?«

»Das war ich auch, aber in den letzten Jahren habe ich in der Abteilung für die Unternehmenskommunikation gearbeitet. Und da war ich für die Entwicklung unseres Webauftritts zuständig.«

»Dann sind Sie gar kein Bauingenieur?« Emma versuchte, die neuen Informationen zu sortieren.

»Doch, das habe ich gelernt. Aber ich habe mich vor zehn Jahren umschulen lassen, weil mein Rücken nicht mehr mitmachte. Flora war damals richtig verzweifelt, als die Ärzte mir gesagt haben, dass ich so nicht mehr arbeiten kann. Noch ein Grund, weshalb ich ihr nichts von meiner Kündigung erzählen will.« Hasse rieb sich nervös die Hände. Dann schnipste er mit den Fingern. »Da fällt es mir wieder ein! Ich wollte Ihnen doch etwas zeigen.«

Hasse holte seinen Laptop aus der Aktentasche. »Ich habe Ihnen einen Entwurf gemacht.«

»Sie haben was?«

»Es ist wie gesagt nur ein Entwurf, aber wenn er Ihnen gefällt, dann kann ich Ihnen eine richtige Website gestalten.«

Emma bekam große Augen, als er ihr die Skizze zeigte. Sie ähnelte zwar ihrer Homepage, war aber eine modernere und wesentlich elegantere Version davon. »Das haben Sie gemacht?«

Hasse zuckte mit den Schultern. »Das ist kein Hexenwerk. Sie hatten gesagt, dass Sie einen neuen Webauftritt brauchen, und ich wollte mich damit für Ihre Hilfe bedanken. Außerdem hat es mir Spaß gemacht.«

Emma stiegen vor Rührung die Tränen in die Augen. Hasse hatte sich so viel Mühe gemacht. »Ich liebe den Entwurf! Kann meine Seite wirklich so aussehen?«

»Klar. Ich brauche nur ein paar Tage.«

Emma fiel Hasse um den Hals. Der wurde erst ganz steif, dann gab er nach und erwiderte die Umarmung.

»Ich finde, dass die ganzen Personalabteilungen einen großen Fehler machen«, sagte Emma und hoffte, dass Hasse das Zittern in ihrer Stimme nicht hörte. »Du bist der Beste, Hasse. Darf ich Du sagen?« Hasse nickte. »Du hast so viel Erfahrung und bist wahrscheinlich wesentlich zuverlässiger als die jungen Leute, die nur auf Karriere aus sind. Du bist der Weltbeste, Hasse. Hör nicht auf die anderen.«

Hasse strich Emma über den Arm. »Ich könnte deine Seite auch jetzt gleich neu programmieren. Was meinst du?«, sagte er, ohne auf ihre Worte einzugehen.

»Ich kann dich nicht bezahlen …«

»Ich will kein Geld dafür haben.«

»Aber …«

»Kein *Aber* … Du hast schon so viel für mich getan«, sagte Hasse.

Emma schniefte. »Manno, siehst du, jetzt fange ich an zu weinen. Bevor wir loslegen, müssen wir aber erst mal einen Kaffee trinken und einen Happen essen, oder?«

Hasse lächelte. »Und danach sehen wir uns mal im Internet um und schauen, dass wie wir deinen Onlineshop auf Vordermann bringen.«

»Habe ich da gerade was von Kaffee gehört?« Julia kam aus dem Lager. »Darf ich auch eine kleine Pause machen?«

»Natürlich. Sieh dir mal die Hammerskizzen von Hasse an, Julia! Er hilft mir dabei, meiner Internetseite ein Update zu verpassen.«

»Das wird superschick«, rief Julia begeistert, als sie die Skizzen auf Hasses Bildschirm gesehen hatte. »Ich hätte auch noch ein paar Ideen, außerdem könnte ich dir mit deiner Facebookseite und deinem Instagram-Account helfen, wenn du magst. Der Vater von einem Freund von mir ist Social-Media-Experte. Ich war gestern Abend bei ihm und habe mir schon mal ein paar Tipps geholt. Er hat außerdem gesagt, dass du ihn anrufen kannst, wenn du Hilfe brauchst.«

»Das … hört sich super an.« Emmas Stimme versagte. Sie drehte sich weg, um beim Anblick der beiden nicht erneut loszuheulen.

***

Emma kramte in der Kommode im Flur. Nächste Woche würde sie diese Schubladen alle ausräumen. Da war fast ausschließlich Zeug drin, für das sie seit Jahren keine Verwendung mehr hatte. Am Ende aber fand sie, wonach sie suchte. Niklas' Kamera. Seit zwei Jahren hatte sie dort unberührt gelegen. Er hatte sie sich erst ein halbes Jahr vor dem Unfall gekauft, die letzten Aufnahmen hatte er im Laden gemacht. Sie hatten einen wunderschönen Nachmittag verbracht. Emma musste noch letzte Hand an die Weihnachtsvorbereitungen legen, und Niklas hatte ausnahmsweise freigehabt und ihr dabei geholfen. Vorsichtig legte Emma die Kamera beiseite und machte sich auf die Suche nach dem Ladekabel. Wenn sie morgen aufgeladen war, konnte sie die Kamera mit in den Laden nehmen. Julia und Hasse hatten einen Haufen Ideen für Posts und den Webshop, und ihre Begeisterung war ansteckend. Emma steckte das Kabel in die Steckdose und lächelte. Ihr machte es wieder richtig viel Spaß, sich um den Laden kümmern. Das war neu. Und schön.

# 18

MITTWOCH, 13. DEZEMBER

Das Klopfen an der Tür war so laut, dass Emma senkrecht im Bett saß. Lukas schlief ruhig an seinem Stammplatz am Fußende und hob nur träge den Kopf, als sie die Bettdecke zurückschlug. *Ob das schon wieder Lilian ist, die sich ausgeschlossen hat?* Emma kletterte aus dem Bett, schnappte sich ihren Morgenmantel und ging zur Tür. Lukas tapste verschlafen hinter ihr her. Ein Blick auf die Küchenuhr sagte: sechs Uhr morgens. War das nicht selbst für Lilian viel zu früh? Das energische Klopfen wiederholte sich.

»Ich komme ja, ich komme«, sagte Emma, schloss auf und öffnete die Tür.

*»Schwer liegt die Finsternis auf unseren Gassen …«* Die Hände vor ihrem weißen Nachthemd demonstrativ gefaltet, stand Lilian im Flur und sang das Lucia-Lied. Um ihre Taille hatte sie einen roten Gürtel gebunden. Emma schlug sich vor Erstaunen die Hand vor den Mund und machte einen Schritt zur Seite, als Lilian weitersingend und mit erhobenem Haupt langsam an ihr vorbei und durch den Flur ins Wohnzimmer schritt.

»Setz dich aufs Sofa, meine Liebe«, sagte sie, bevor sie auch die nächste Strophe sang.

Emma ließ sich aufs Sofa sinken und unterdrückte grinsend ein Gähnen. Lilian sah fabelhaft aus. Sie trug wie eine echte Lucia eine Krone auf ihrem weißen Haar und fuhr fort mit ihrer ganz persönlichen Interpretation des berühmten Santa-Lucia-Lieds »Natten går tunga fjät«. Als es zu Ende war, klatschte Emma begeistert in die Hände, und Lilian legte noch drei Nummern nach, alles skandinavische Weihnachtsklassiker.

Lukas hatte es sich neben Emma gemütlich gemacht und die Augen schon wieder geschlossen, aber Emma starrte gebannt ihre Nachbarin an, unter deren blütenweißer Lucia-Montur hellrote Filzpantoffeln hervorblitzten.

»So schön hat noch nie jemand für mich gesungen«, rief sie außer sich vor Freude, als sich Lilian schließlich neben ihr ins Sofa fallen ließ.

»Ich hatte das Gefühl, dass du heute eine Extraportion Liebe brauchst.« Erschöpft nahm die alte Dame die Krone vom Kopf. »Du warst Sonntag so zauberhaft und hast mich versorgt, da wollte ich dir etwas zurückgeben. Es ist doch okay, wenn ich *Du* sage?«

»Natürlich.« Emma war noch ganz hin und weg. »Das war … wirklich … unerwartet.«

Lilian lächelte, ihre Augen funkelten. »Ich wollte immer schon mal die Lucia sein, und wer weiß, vielleicht ist es nächstes Jahr schon zu spät, und dann hätte ich nie erlebt, wie es ist, im Rampenlicht zu stehen.«

Emma umarmte Lilian. »Du bist der wunderbarste Mensch, den ich kenne. Geht es dir wieder besser?«

»Mir geht es wieder viel besser, danke der Nachfrage. Ich habe bei mir drüben den Frühstückstisch gedeckt. Bei dir kann man sich ja kaum noch aufhalten, das wird immer trostloser hier. Bist du sicher, dass du nicht ausziehst?« Lilian zeigte auf die Kartons und Tüten in den Ecken.

»Ich räume nur auf«, widersprach Emma. »Aber die Einladung nehme ich gerne an. Ich ziehe mir schnell was an und komme dann rüber.« Ihr Blick fiel auf Lukas. »Ach ja, vorher muss ich noch mit ihm raus.«

»Tu das, und dann kommt ihr beide zu mir. Er hat bestimmt auch Sehnsucht nach ein bisschen Ordnung. Es ist nicht gerade gemütlich, zwischen Müllsäcken zu leben.« Lilian zwinkerte Lukas zu, der vom Sofa gesprungen war, als er seinen Namen und das Wörtchen *raus* hörte.

Emma ging sich anziehen, und als sie dabei zufällig in den Spiegel sah, hielt sie für einen Moment inne. Sie hatte sich verändert, konnte aber nicht sagen, was es war. Nachdenklich strich sie sich über die Wange. Dann lächelte sie, Lilians Ein-Mann-Lucia-Zug beizuwohnen war ein fantastischer Start in den Tag gewesen. Was für eine große Überraschung! Da fielen ihr wieder der Brief und das Aquarell ein. Sie hatte noch immer keine Zeit gehabt, beim Rahmenladen vorbeizugehen. Sie musste das Bild unbedingt abholen und Lilian geben. Vielleicht stand in dem Brief ja etwas Wichtiges.

***

Sie hatten einen wilden Vormittag hinter sich, Emma hatte kaum Zeit gehabt, Pause zu machen und sich hinzusetzen. Auf dem Weg zur Arbeit hatte sie schon ihre gute Tat für den Tag erledigt, als sie einer gestressten dreifachen Mutter hinterhergelaufen war, um ihr ein kleines Paar Handschuhe nachzutragen. Es war aus dem Kinderwagen gefallen, den sie vor sich herschob. Manchmal waren es die kleinen Dinge, die Großes bewirken konnten. Emma beugte sich noch einmal über den Tisch und machte die letzten Aufnahmen für ihren neuen Post auf Instagram. Hasse, Julia und sie hatten gemeinsam überlegt, welche Waren in welcher Komposition sich für ihren Account eignen würden, was darin resultierte, dass sie den Laden praktisch einmal umgeräumt hatten. Jetzt war alles irgendwie stimmiger, und in der Mitte des Ladens standen auf einem Tisch die Produkte, die in dieser Woche besonders hervorgehoben werden sollten. Emma wischte durch die Aufnahmen. Mit ein bisschen Bildbearbeitung würden die großartig aussehen. Sie hatte sich gerade hingesetzt, um damit anzufangen, da stürmte Angela in den Laden. Zum ersten Mal seit sehr langer Zeit hatte sie keine Einkaufstüten in der Hand, und als Lukas ihr schwanzwedelnd entgegenkam, reagierte sie kaum.

»Ich bin so was von wütend! Ich weiß gar nicht, wo ich damit hinsoll. Oh Gott, ich glaube, ich bekomme keine Luft«, schimpfte sie drauflos. Alle hoben ihre Köpfe. »Erik hat … Jetzt ist er echt zu weit gegangen.«

Emma sah, wie sich Hasse und Julia ins Lager zurückzogen. *Feiglinge*, dachte sie, obwohl sie ihnen nur zu gerne gefolgt wäre.

»Was ist denn passiert?«

»Er hat am Wochenende eine *Kon-fe-renz*.« Angela betonte jede Silbe des Wortes und machte Anführungszeichen in der Luft. »*Schon wieder!* Wer bitte hat eine Konferenz am Wochenende vor Weihnachten?«

Das klang in der Tat nicht besonders glaubwürdig. Aber

Emma wollte Angelas Wut vorerst nicht unnötig befeuern und murmelte eine halbherzige Antwort.

»Aber das ist ja nicht einmal das Schlimmste. Meinetwegen soll er doch auf seine *lebenswichtige* Konferenz fahren. Aber dann soll er mir nicht sagen, dass *ich* weniger shoppen soll. *Weniger shoppen*. Dabei ist Einkaufen ungefähr das Einzige, was mich im Moment glücklich macht.« Angela vergrub ihr Gesicht in den Händen, und Emma befürchtete, dass sie jeden Augenblick in Tränen ausbrechen würde. Die Arme war echt fertig.

»Geht es?«, fragte Emma vorsichtig.

Angela hob den Kopf und seufzte laut. »Nein, es ist schrecklich. Wir hatten gerade einen riesigen Streit, und ich bin aus dem Haus gestürmt und habe tatsächlich mein Portemonnaie vergessen.«

»Das ist vielleicht gar nicht so schlimm.«

Angela schniefte. »Du findest also auch, dass ich kaufsüchtig bin?«

»Nee … aber du kaufst schon ganz schön viel – und ziemlich regelmäßig. Das ist mir auch aufgefallen.«

»Wirklich? Oh, wie dämlich von mir! Natürlich ist dir das aufgefallen, ich bin ja fast jeden Tag hier und kaufe was.«

»Worüber ich mich selbstverständlich freue! Aber viel wichtiger ist doch, dass es dir damit gut geht. Und ich frage mich schon manchmal, ob es das tut.«

Angela starrte zu Boden »Ich weiß, dass ich zu viel einkaufe. Die Kinder schaffen es ja kaum, ihre ganzen neuen Klamotten anzuziehen, und unser Sommerhaus ist bis obenhin vollgestopft mit Zeug, das wir nicht wirklich brauchen. Das hat sich irgendwie verselbstständigt, als wäre shoppen mein Leben geworden, Emma.« Sie sank auf einen Stuhl an einem der Tischchen. »Als wäre ich nur noch die Sachen, die ich kaufe, seit ich aufgehört habe zu arbeiten …«

»Aber kann es nicht sein, dass du genau das eigentlich willst? Wieder anfangen zu arbeiten?«

»Ich weiß nicht.«

»Ich glaube, das wäre genau das Richtige für dich. Du musst wieder an dich glauben. Ich stelle mir das auch nicht schön vor, den ganzen Tag allein zu Hause zu sein. Da ist es kein Wunder, dass man lieber durch die Läden zieht. Außerdem weiß ich, wie talentiert du bist. Du hast mir schon so viel geholfen.«

»Weißt du was, du hast recht«, sagte Angela und sprang auf. »Ich werde Erik verdammt noch mal zeigen, dass ich nicht die ganze Zeit einfach nur zu Hause hocke und auf ihn warte.«

»So hatte ich das nicht gemeint«, versuchte Emma, sie zu beschwichtigen, aber Angela hörte sie gar nicht mehr, so schnell war sie aus dem Laden gefegt. Emma sah ihr nach und wünschte ihr von Herzen, dass Erik tatsächlich an einer Konferenz teilnahm und nicht etwas anderes der Grund seiner Reise war.

***

»Wir haben schon befürchtet, dass Sie gar nicht mehr wiederkommen«, sagte Gertrud, als Emma den Rahmenladen betrat. Es war kurz vor Feierabend.

»Entschuldigung, ich hatte so viel um die Ohren, ich habe es einfach nicht eher geschafft. Ist der Rahmen fertig?«

»Der ist theoretisch fertig, aber …«

»Aber wir haben das Aquarell gerade nicht hier«, ergänzte der junge Mann.

»Sei still, Sam«, schimpfte Gertrud und sah Emma verlegen an. »Die Sache ist die, dass … ähm … wir das Bild einem Freund von uns gegeben haben, einem Sachverständigen und Kunstkenner.«

»Aber … warum?« Hatten die beiden nicht gesagt, das Bild sei schön, aber wertlos? Oder hatte sie da etwas falsch verstanden?

»Weil wir inzwischen doch der Ansicht sind, dass es ein echter Carl Larsson sein könnte.«

»Wir haben nämlich eine Signatur gefunden«, sagte Sam schnell und warf seiner Mutter einen wütenden Blick zu, weil die ihn zuvor abgewürgt hatte.

»Wirklich?« Emma traute ihren Ohren nicht. Sollte sie tatsächlich in ihrer Wand einen Kunstschatz gefunden haben?

Gertrud nickte eifrig, ihre prallen Wangen waren ganz rot vor Aufregung. »Die Signatur war auf den ersten Blick kaum zu erkennen. Nun ermittelt unser Freund, ob es ein Carl Larsson ist oder nicht.« Sie machte eine Kunstpause. »Wenn es so ist, wie wir annehmen, junge Dame, dann sind Sie bald eine reiche Frau.«

Emma starrte in Gertruds leuchtende Augen. »Sie meinen, das kleine Aquarell könnte richtig viel wert sein?«

»Wenn es ein echter Carl Larsson ist, dann können Sie dafür mehrere Millionen Kronen bekommen. Das Bild ist zwar ziemlich klein, und wenn ich ehrlich bin, weiß ich nicht, was ein unentdecktes Kunstwerk von ihm heute einbringen kann, aber es wird nicht wenig sein, das versichere ich Ihnen.«

Emma wurde schwindelig, sie musste sich abstützen. Mehrere Millionen Kronen. Damit könnte sie den Laden retten und Henrik und Magda das Geld zurückzahlen. *Aber das Bild gehört nicht mir. Es gehört Lilian.*

»Und wann hat dieser Freund von Ihnen das Bild fertig untersucht?«

»Hoffentlich bald. Ein unentdeckter Larsson. Das Ganze ist auch für uns sehr aufregend.«

Emma versuchte, ihre Gedanken zu sortieren. Aufregend war gut, sie war noch immer ganz wackelig auf den Beinen. Die Frage war, was sie nun tun würde.

***

Mehrere Millionen. Das Bild könnte *mehrere Millionen* wert sein. Emma steckte die Speicherkarte der Kamera in den Rechner und wartete, bis die Aufnahmen hochgeladen waren. *Aber es wäre Lilians Geld, das Bild gehört ihr.* Da fiel ihr ein, dass sie vergessen hatte, nach dem Brief zu fragen. Das alles hatte sie vollkommen überrumpelt. Emma nahm ihr Handy und starrte eine Weile auf das schwarze Display. *Ich muss mit Magda darüber reden. Sie fragen, was ich tun soll.* Mit zitternden Fingern rief sie Magda an.

»Kann ich dich gleich zurückrufen?«, sagte Magda mit gedämpfter Stimme.

»Ich wollte dich nur ganz kurz was fragen …«

»Das ist jetzt gerade ganz schlecht.«

Emma hörte eine Männerstimme im Hintergrund. »Bist du zu Hause?«

»Ich rufe zurück.« Magda hatte aufgelegt.

Da stimmte etwas nicht. Und es konnte eigentlich nur

mit dem Geld zu tun haben. Emma legte das Handy beiseite und widmete sich dem Computerbildschirm, auf dem eine Unmenge von Fotos auftauchte. Hoffentlich hatten die beiden ihretwegen keinen Streit.

# 19

FREITAG, 15. DEZEMBER

Emma und Lukas drehten ihre Lieblingsrunde – den breiten Vallhallavägen hinunter zum großen Feld Gärdet und weiter an den Djurgårdskanal. Die Strecke war zu ihrer Morgenroutine geworden, und oft trafen sie zufällig Adam und Fiffi. Emma schob ihre Hände tief in die Taschen ihrer dicken Jacke. Ein kalter Wind ging über das Feld und wehte ihr um die Nase. Lukas hatte die Schnauze dicht über dem Boden und wirkte so, als hätte er eine aufregende Fährte gewittert. Die vergangenen zwei Wochen hatten viele positive Überraschungen mit sich gebracht. Der Laden brummte und das Projekt der »24 guten Taten« ging stetig voran. Erstaunlich war auch, dass es sie kaum noch störte, permanent von Menschen umgeben zu sein. Still und leise hatten sich ihre neuen Bekanntschaften einen Platz in ihrem Herzen erobert. Und auch mit Magda kam sie besser klar, seit die Sache mit dem Geld raus war.

Es machte sie richtig traurig, dass Julia heute ihren letzten Tag hatte. Sie hielt an, um Lukas in Ruhe an einem Baumstamm schnuppern zu lassen, der sein Interesse geweckt hatte. Wie gerne hätte sie mehr für Julia getan, als ihr nur einen Ort zum Lernen und ein offenes Ohr anzubieten. Emma schüttelte den Kopf. *Und ich war am Anfang dagegen, sie bei mir das Praktikum machen zu lassen …* Als sie an der Wittstocksgatan vorbeikamen, folgte Emma einem inneren Impuls und bog ab. Sie hatte Waldemar seit ihrem Kaffeetrinken nicht mehr gesehen, hatte aber oft an ihn gedacht. Er wirkte so einsam, als wäre mit dem Tod seiner Frau auch sein Anschluss ans Leben irgendwie gekappt worden. Emma fragte sich, ob der Schmerz ein anderer war, wenn man seinen Lebensgefährten im hohen Alter verlor. Kam der Tod weniger unerwartet? Machte das irgendwas besser? Oder war man genauso wütend und traurig und verfluchte Gott, die Welt und alles? Spielte es überhaupt eine Rolle, wie alt man war? Wahrscheinlich war der Schmerz genauso stark, quälend und unerträglich.

Emma stand auf dem Bürgersteig gegenüber von Waldemars Haus und sah hoch zu seinem Fenster. Da saß er, eine einsame Gestalt am Küchentisch. Die Silhouette eines alten Mannes, der allein seinen Kaffee trank, bevor das Leben draußen erwachte. Vielleicht überlegte er gerade, wie er diesen Tag gestalten, bewältigen konnte. *Ach, so ein Quatsch*, versuchte Emma, ihre trüben Gedanken zu verscheuchen. *Vielleicht hat Waldemar wahnsinnig viel zu tun und einen Haufen alter Freunde, mit denen er sich später auf dem Weihnachtsmarkt trifft.* Sie sah noch, wie er den Kaffeebecher an seine Lippen hob, dann drehte sie sich um und lief durch den Gustav-Adolfs-Park hinunter zum Djurgården.

***

Ihr taten die Beine weh. Sogar Lukas wirkte schlapp, als sie über das Feld zurückliefen. Sie waren unten am Kanal quasi allein unterwegs gewesen, und sie hatte sich dabei ertappt, dass sie Adam und Fiffi vermisste. Ihr Handy brummte und sie hoffte, dass Magda sich endlich zurückmeldete. Aber es war nur eine Werbe-SMS ihres Telefonanbieters. Magda hatte seit Emmas Anruf am Mittwoch nichts mehr von sich hören lassen, und langsam machte sie sich Sorgen. Auch der Rahmenladen hatte sich nicht gemeldet. Sie liefen weiter. *Ich muss mit jemandem über dieses Bild sprechen. Was, wenn ich erfahre, dass ich wirklich im Besitz eines Larssons bin?* Sie hatten schon die Hälfte des Feldes überquert, als Lukas plötzlich an der Leine zog. Emmas Herz machte einen Satz. Weiter vorne lief ein Mann mit schwarzer Mütze in dunkelblauer Daunenjacke und an seiner Seite ein goldener Labrador.

»Wollen wir ihnen Hallo sagen?«, fragte Emma. Lukas kläffte ausgelassen.

»Adam!«, rief Emma, so laut sie konnte. Aber die beiden setzten ihren Weg unbeirrt fort.

»Adam!«, rief sie noch einmal, aber er hörte sie nicht. Emma und Lukas liefen los. Als der Mann sich bückte, um einen Haufen aufzuheben, den sein Hund gemacht hatte, sah sie ihn von der Seite. *Das ist nicht Adam.* Emma blieb abrupt stehen.

»Das war gar nicht Fiffi«, erklärte sie Lukas, der an der Leine zog und sie verwirrt ansah. Emma hockte sich neben ihn und tätschelte ihm den Kopf. »Bist du enttäuscht? Ich auch. Aber das darfst du niemandem verraten.«

***

1 *Dem Sportwagentypen helfen.*

2 *Jedem Kunden einen Kaffee anbieten.*

3 *Lilian einen Gefallen tun. Bin mit Lilian zum Adventsgottesdienst gegangen.*

4 *~~Dem Paketboten für seine Arbeit danken.~~ Habe Lukas adoptiert.*

5 *~~Einem Fremden die Taschen tragen.~~ Habe einem Jungen geholfen, der von Jugendlichen bedroht wurde.*

6 *Drei Unbekannten Komplimente machen.*

7 *~~Mama beim Schmücken des Weihnachtsbaums helfen.~~ Kaffeetrinken mit Waldemar + Julia hat bei mir Hausaufgaben gemacht.*

8 *~~Vor der Haustür und im Innenhof Schnee schippen (wenn es weiterschneit).~~ Lasse Hasse im Laden Bewerbungen schreiben, damit er nicht in seinem kalten Keller sitzen muss.*

9 *~~Mit Papa ein Eishockeyspiel ansehen (das ist eine ganz besonders gute Tat).~~ Habe auf Leo und die Zwillinge aufgepasst, damit Magda und Henrik ausgehen konnten. (Auch eine besonders gute Tat, war viel besser, als ich erwartet habe.)*

10 *~~Jemanden überraschen.~~ Habe Lilian spontan geholfen, als sie krank wurde.*

11 *Drei Menschen auf der Straße anlächeln.*

12 *Einem Wohltätigkeitsverein Geld spenden.*

13 *~~Das Medaillon und das Bild dem rechtmäßigen Besitzer zurückgeben.~~ Habe die Handschuhe eines Kindes aufgehoben und sie der Mutter zurückgegeben, die sie verloren hatte.*

14 *Warum habe ich an diesem Tag nichts getan? Ich habe Waldemar und Julia an ein und demselben Tag geholfen, das zählt also praktisch für zwei Tage.*

Emma legte den Stift beiseite und las sich ihre guten Taten durch. Das war eine ganz ordentliche Liste geworden. Eine Mischung aus großen und kleinen guten Taten. Jetzt waren es noch zehn Taten, die sie erfüllen musste. Aber sie hatte auch schon ein paar Ideen. *Heute werde ich eine richtig gute Tat machen.* Sie griff nach ihrem Handy.

»Hallo, mein Schatz«, sagte ihre Mutter, hielt den Hörer zu und brummelte etwas. »Entschuldige, Papa geht zum Supermarkt und kann den Einkaufszettel nicht finden.«

»Na, seid ihr schon voll im Weihnachtsstress?«, fragte Emma. Es war eine rhetorische Frage – so kurz vor Weihnachten befand sich ihre Mutter wahrscheinlich im totalen Ausnahmezustand. Emma nahm an, dass ihre Mutter gar nicht mehr wusste, wo ihr der Kopf stand vor lauter Vorbereitungen. Aber genau deshalb rief sie ja an.

»Die Planung für Heiligabend ist in vollem Gange, aber bisher habe ich alles unter Kontrolle«, antwortete ihre Mutter, dann senkte sie ihre Stimme. »Wir wissen, wie schwierig Weihnachten für dich ist, mein Herz … aber es wäre so schön, wenn du auch kommen würdest. Papa und ich würden uns so darüber freuen … und … meinst du nicht, dass es einfacher ist, mit deiner Familie zusammenzusitzen als so ganz allein zu sein mit deinen Gedanken?«

Emma drehte ihren Finger um die Schnur ihres Headsets. Ihre Mutter würde keine Gelegenheit auslassen, sie zu überreden, Weihnachten im Kreis der Familie zu verbringen. Sie machten sich nun mal Sorgen um sie. »Mal sehen … Ich habe ja jetzt auch Lukas, um den ich mich kümmern muss …«

»Lukas? Ist das dieser Hund, von dem Magda erzählt hat?«

Von allen Hunden mochte Emmas Mutter große, dunkle am wenigsten. Es war rührend, wie sie sich bemühte, interessiert und neugierig zu klingen.

»Ja, man kann sagen, ich habe ihn gerettet.«

»Das hast du gut gemacht, Emma. Und dein Hund ist … ist er … ähm … ach, was solls, du kannst ihn gerne Heiligabend mitbringen.«

Emma hielt das Handy von sich und sah auf das Display. Hatte ihre Mutter das wirklich gerade gesagt? Die Frau, die Bekannte mit ihren haarigen und sabbernden Hunden nach Möglichkeit nicht einmal auf ihr Grundstück ließ?

»Wow, Mama, also das ist jetzt aber wirklich mal ein Zugeständnis. Ich überlege es mir, okay?« Emma holte tief Luft. »Ich rufe aber wegen etwas ganz anderem an. Ich wollte nämlich fragen, ob ihr beiden Hilfe braucht.«

»Hilfe?«

»Ja, beim Weihnachtsbaumschmücken oder so etwas. Ich habe heute Abend noch nichts vor …« *Wann habe ich abends schon was vor?* »… na ja, und da dachte ich, vielleicht könnt ihr ein bisschen Unterstützung gebrauchen, so kurz vor Weihnachten.«

Es wurde still am anderen Ende der Leitung, und Emma befürchtete, dass ihre Mutter vor Verwirrung aufgelegt hatte.

»Hat das was mit deinen guten Taten zu tun?«

*Woher wusste sie davon? Natürlich … Magda hatte das mal wieder nicht für sich behalten können.*

»Gewissermaßen. Aber ich weiß ja auch, wie viel du dir immer vornimmst, und dachte deshalb, ich biete meine Hilfe an.«

»Ich weiß. Du hast nur … also … in den letzten beiden

Jahren … Wir hatten bisher nicht den Eindruck, dass du schon wieder Lust auf Weihnachten und Familie hast.«

Emma sagte nichts.

»Aber du könntest mir in der Tat bei einer Sache sehr helfen. Ich habe noch kein Geschenk für deine Tante. Könntest du im Namen der ganzen Familie so einen schönen Kaschmirpullover im Nordiska Kompaniet besorgen?«

»Im NK?« Emma wollte protestieren und entgegenhalten, dass sowohl ihre Mutter als auch ihr Vater und Magda wesentlich mehr Zeit zur Verfügung hatten, um Geschenke zu besorgen, als sie. Aber sie biss sich auf die Zunge. *Ich habe schließlich gefragt, ob sie Hilfe braucht.*

»Ja, Tante Monika wird doch siebzig, und sie macht mir ständig Komplimente für meine Kaschmirpullover. Du weißt schon, die Pullover, die mir Papa immer schenkt. Ich dachte, es wird Zeit, dass sie auch so einen bekommt. Wir fahren am Sonntag zu ihr. Vielleicht hast du ja sogar Lust mitzukommen?«

»Hm, ich weiß noch nicht …«

»Komm schon, Emmalein. Nur auf ein Stündchen. Du weißt, wie sehr sie dich mag. Es wäre eine sehr gute Tat.«

Emma dachte nach. Monika war ihre Lieblingstante, und sie hatten sich wirklich schon viel zu lange nicht mehr gesehen. Vielleicht war es an der Zeit, immerhin hatte sie Geburtstag, und jünger wurde sie nicht.

»Okay, ich komme kurz vorbei, aber erst nach Ladenschluss.«

»Großartig! Ach, Emma, sie wird sich wahnsinnig freuen, dass du kommst. Und noch was, hast du in letzter Zeit mit Magda gesprochen? Sie geht nicht an ihr Telefon.«

»Was, du hast auch nicht mit ihr gesprochen?«

»Sie hat mir Anfang der Woche eine SMS geschickt, dass sie viel zu tun hätte und sie sich melden würde, wenn wieder Ruhe eingekehrt ist. Aber bis jetzt habe ich nichts von ihr gehört. Ich weiß nicht, was das mit euch beiden ist, niemand geht ran oder ruft zurück, wenn ich mich melde.« Wieder gab es Gemurmel im Hintergrund. »Liebes, ich muss Papa helfen, er hat die Liste noch immer nicht gefunden.«

»Okay. Tschüss dann.«

Emma wollte gerade auflegen.

»Und vielen Dank, dass du dich um Monikas Geschenk kümmerst … und am Sonntag mitkommst. Kuss.«

Nachdem sie aufgelegt hatte, stand Emma eine Weile nachdenklich mit dem Telefon in der Hand hinterm Schaufenster und sah nach draußen. Dass Magda sie nicht zurückrief, war keine große Sache, dass sie die Anrufe ihrer Mutter unbeantwortet ließ, hingegen schon. Sie war im Begriff, noch mal ihr Glück bei ihr zu versuchen, als eine Kundin in den Laden kam und sie das Handy beiseitelegen musste.

***

Emma lief die Hamngatan hinunter. Die Stadt war total überfüllt. Viele nutzten wie sie die Gelegenheit, nach der Arbeit Weihnachtseinkäufe zu machen. Sie schob ihre Hände in die Taschen des roten Mantels, den sie in letzter Zeit wieder öfter trug, und ließ sich mit dem Strom der Menschen die Einkaufsstraße hinuntertreiben. Vom Himmel fielen zarte Schneeflocken, die schmolzen, sobald sie den Boden berührten. Plötzlich tauchte eine bekannte Gestalt vor ihr auf, und es kribbelte sofort in ihrem Bauch. Was machte Adam hier? *War es denn dieses Mal auch wirklich? Nicht noch einmal fast den Falschen anfallen!* Sie sah genauer hin. *Doch. Er war es!*

»Hallo, Adam!«

»Hallo.« Adam sah sie überrascht an. »Hast du auch den Fehler gemacht, dich unter die Kaufwütigen zu mischen?«

»Ich soll ein Geschenk für meine Tante kaufen. Alle anderen Familienmitglieder haben offensichtlich zu viel zu tun. Und das obwohl meine Eltern pensioniert sind und meine Schwester gerade arbeitslos ist, aber was solls.« Emma hob die Hände. Sie lachten beide.

»Wenn ich mich hier umsehe, verstehe ich sehr gut, dass sie dich gefragt haben. In diesen Wahnsinn begibt sich doch freiwillig niemand, der halbwegs bei Verstand ist.«

»Tja, genau genommen habe ich es mir selbst eingebrockt. Ich wollte meinen Eltern eine gute Tat schenken. Nur hatte ich dabei eher an etwas vergleichsweise Entspanntes wie Weihnachtsbaumschmücken oder Heringeeinlegen gedacht.«

»Und jetzt bist du auf dem Weg zum NK?«

»Jepp! Und du?«

»Ich auch, da gibt es wenigstens alles, und man muss sich nicht von Geschäft zu Geschäft kämpfen.«

Sie folgten dem Strom der Masse. Je näher sie dem Kaufhaus kamen, desto voller wurde es. Vor allem vor den Schaufenstern gab es großes Gedränge.

»Hast du die Weihnachtsfenster dieses Jahr schon gesehen?«, fragte Adam.

»Nein.«

»Wollen wir sie uns anschauen?«

Sie war nicht gekommen, um sich stimmungsvolle Weihnachtsfenster anzusehen, andererseits war sie neugierig, was das NK sich in diesem Jahr ausgedacht hatte. »Wir können es ja versuchen. Vorausgesetzt, wir kommen überhaupt in die Nähe.«

»Das schaffen wir schon.« Adam griff Emmas Hand und zog sie hinter sich her. Seine Hand war warm und rau, und ihr Herz begann heftig zu klopfen. Als er sich umdrehte, lächelte er sie an. *Es muss an dem Gedränge liegen, dass mir auf einmal so warm wird.* Fast wäre sie in Adam reingelaufen, der vor dem ersten Schaufenster stehen geblieben war.

»Das Thema dieses Fensters sind offenbar Weihnachtswichtel«, sagte er leise und grinste, ohne ihre Hand loszulassen.

Emma versuchte, sich auf das Schaufenster zu konzentrieren, aber es war fast unmöglich. Das Einzige, woran sie denken konnte, war seine Hand, die ihre hielt. Sie wollte sie nicht loslassen. Sie tat so, als würde sie den vielen Weihnachtswichteln zusehen, die in einer großen Bauernküche deponiert waren und dort herumwerkelten. Aber es dauerte nicht lange, da musste sie nichts mehr vortäuschen, sondern tauchte ein in die Betrachtung unzähliger kleiner Details. Es gab so viel zu sehen, sie hätte ewig dort stehen bleiben können, aber die Menge drückte von hinten nach, und sie wurden vor das nächste Fenster geschoben, in dem die Weihnachtswichtel eifrig Weihnachtsbäume schmückten. Sie trieben weiter mit dem Strom, vom einen Fenster zum nächsten, bis sie schließlich vor dem großen Eingang landeten.

»Da haben sie sich dieses Jahr ja wirklich selbst übertroffen«, sagte Emma.

»Ich war letztes Jahr mit den Kindern meiner Schwester hier, und da hatten sie das ganze Fenster in so komische Pastellfarben getaucht. Sollte wahrscheinlich modern sein.«

Emma erwiderte nichts. Letztes Jahr hatte sie nichts mit Weihnachtseinkäufen zu tun gehabt. Abgesehen von ihrem Laden. Plötzlich tauchte Niklas vor ihrem inneren Auge auf, und sie ließ Adams Hand los, als hätte sie sich verbrannt. *Was mache ich hier eigentlich?* Tausend Gedanken schossen ihr durch den Kopf. Sie musste sich unbedingt sortieren.

»Ich muss in den ersten Stock. Also dann …«

»Da muss ich auch hin, ich soll meiner Schwester einen Pullover kaufen«, sagte Adam fröhlich. Er hatte offensichtlich ihren Stimmungswechsel nicht mitbekommen. »Wenn du Lust hast, könnten wir das zusammen machen. Es könnte sein, dass ich deinen Rat brauche.«

Am einfachsten wäre es gewesen, wenn sie sich gleich am Eingang verabschiedet hätte. Aber jetzt konnte sie nicht einfach gehen, vor allem, da sie dasselbe Ziel hatten. *Was ist falsch daran, einem Freund zu helfen? Es ist ja nicht so, dass ich mich mit ihm verabredet habe …*

***

Schweigend standen sie auf der Rolltreppe in den ersten Stock.

»Welche Farben mag deine Schwester denn?«

»Sie liebt Rosa, Grau und Weiß.« Adam hielt einen Pullover in Altrosa hoch. »Ich glaube, der ist zu dunkel«, murmelte er.

Emma holte eine weiche grau-weiße Strickjacke aus einem Regal. »Vielleicht etwas in diese Richtung?«

»Emma, die ist perfekt! Die Frage ist nur, welche Größe ich nehmen muss.« Adam nahm Emma die Strickjacke aus der Hand und inspizierte sie.

»Weißt du nicht, welche Konfektionsgröße sie hat?«

»Nee, und ich habe vergessen, unauffällig danach zu fragen oder in einen ihrer Pullover zu gucken. Jetzt kann ich wohl schlecht anrufen, sonst weiß sie doch gleich, dass sie was zum Anziehen bekommt.« Adam kratzte sich am Kopf, was seine Haare, die von der Mütze ganz zerzaust waren, noch strubbeliger machte.

»Welche Größe trägst du denn?«, fragte er.

»Ich?«

»Ja, ich glaube, ihr habt ungefähr die gleiche.«

Emma suchte eine Strickjacke in ihrer Größe aus und gab sie Adam. Als er zur Kasse ging, sah Emma ihm nach. Ihr Verhältnis hatte sich irgendwie verändert. Sie konnte nicht sagen, wann oder wie, aber die gemeinsamen Spaziergänge und die Begegnungen im Laden hatten dazu geführt, dass sie sich nähergekommen waren.

»Ich gehe mal rüber zu By Malene Birger«, rief sie ihm hinterher.

Adam drehte sich um, ihre Blicke trafen sich, und Emma ging, so schnell ihre wackeligen Beine es erlaubten, in die Boutique auf der anderen Seite.

Kurz darauf hatte auch Emma gefunden, wonach sie gesucht hatte, und sich den Pullover als Geschenk einpacken lassen. Sie standen jetzt in der Buchhandlung im dritten Stock, und Emma versuchte, sich auf das Buch in ihrer Hand zu konzentrieren. Offenbar sollte man darin seine Ziele und Träume für das kommende Jahr eintragen. Das würde sie gerne Magda schenken. Sie hatte vor, dieses Jahr allen ein richtig persönliches Weihnachtsgeschenk zu machen, als Dank für alles, was sie für sie getan hatten.

»Und, hast du was gefunden?«

Emma zuckte zusammen, sie hatte Adam nicht kommen hören.

»Ich glaube, ich schenke Magda das hier zu Weihnachten … oder sie bekommt es jetzt schon … Sie wirkt so bedrückt in letzter Zeit.« Sie hielt ihm das Buch hin.

»Das finde ich gut«, sagte Adam, nachdem er den Klappentext überflogen hatte. Er zeigte auf das Café am Ende des Ganges. »Wollen wir noch etwas trinken, ehe wir gehen? Ich glaube, dass haben wir uns verdient.«

Emma zögerte. Sie war sich nicht sicher, ob sie mit ihm *was trinken* gehen wollte. Andererseits wartete zu Hause auch niemand auf sie. Hedwig hatte Lukas heute im Laden abgeholt, um mit ihm Gassi zu gehen, und weil Emma nicht gewusst hatte, wie lange sie in der Stadt unterwegs sein würde, hatte sie Angelas Ältester kurzerhand ihren Zweitschlüssel für die Wohnung mitgegeben, damit sie den Hund nach ihrer Runde reinlassen konnte. Und selbst wenn Lukas schon zurück war, würde sie am Ende ja doch nur auf dem Sofa sitzen und über Magda, das Geld und das Aquarell grübeln. Sie kaufte das Buch, und sie gingen ins Café.

»Ich frage mich immer, wie die es schaffen, den Baum hier mitten im Kaufhaus aufzustellen«, sagte Emma. Der prächtig geschmückte Weihnachtsbaum war gigantisch und reichte bis in den obersten Stock.

»Vielleicht mit einem Kran?«, sagte Adam und lächelte. »Wie läuft es denn bei dir im Laden so? Seid ihr schon gut vorangekommen?«

»Deine Ideen vom letzten Sonntag waren großartig. Wir haben direkt einen Instagram-Account eingerichtet, und auch die neue Website ist schon online. Und Hasse, der mir ab und zu im Laden hilft, hat Anzeigen für unseren Webshop in den sozialen Medien geschaltet. Wir haben jetzt schon deutlich mehr Bestellungen!« Emma war stolz auf die Dinge, die sie ins Rollen gebracht hatte, seit ihr Magda von der geheimen Geldspende erzählt hatte.

»Das klingt fantastisch.«

»Finde ich auch. Aber es ist noch ein langer Weg, bis ich die 300 000 an Magda und Henrik zurückzahlen kann.« Emma überlegte, ob sie Adam von dem Aquarell erzählen sollte.

»Sie erwartet doch bestimmt nicht, dass du alles auf einmal zurückzahlst, oder?«

»Vermutlich nicht. Aber es fühlt sich nicht richtig an, seiner Schwester, oder irgendwem, so viel Geld zu schulden. Sie hat es meinem Schwager auch noch nicht erzählt.«

»Nicht?«

»Nein, aber wie lange kann man so etwas geheim halten? Früher oder später wird es rauskommen. Und ich weiß wirklich nicht, wie er reagiert, wenn er es am Ende selbst herausfindet.«

»Die Verantwortung liegt bei deiner Schwester. Du wusstest ja nichts davon.« Adam streckte ihr die Hälfte von seinem Teilchen hin, und Emma nahm sie entgegen, ohne nachzudenken.

»Ich will nur nicht, dass etwas Schlimmes passiert. Sie hat so viel für mich gemacht, und ich habe Angst, dass ich nicht dankbar genug bin. Manchmal werde ich so wütend, weil sie sich immer einmischt, aber wenn sie das alles nicht getan hätte … Die Weihnachtszeit ist eine anstrengende Zeit für mich, und sie …« Emma kam ins Stocken und biss von dem Teilchen ab. Nachdenklich betrachtete sie den Schmuck am Weihnachtsbaum, während sich auf ihrer Zunge der Geschmack von Zimt, Äpfeln, Butter und süßem Teig mischten.

»Dein Lebensgefährte ist in der Weihnachtszeit gestorben?«

»An Heiligabend.«

»Was ist passiert?«

Normalerweise wechselte sie an dieser Stelle das Thema oder murmelte etwas Uneindeutiges. Aber Adams aufrichtig interessierter Blick brachte sie dazu, ehrlich zu antworten. »Es war ein Autounfall. Wir waren auf dem Weg zu seinen Eltern und … haben uns gestritten. Es war ein dummer und unnötiger Streit.« Emma hielt inne und schüttelte den Kopf. »Ein Streit um nichts … Er war sofort tot. Ich hatte Glück, hatte nur Verletzungen am Arm und im Bauch. Sie haben mich mehrere Stunden operiert, wegen innerer Blutungen.« Wenn sie jetzt die Augen schloss, würde sie alles genau vor sich sehen. Die Kreuzung, Niklas. Sie erinnerte sich exakt an die schrecklichen Worte, die sie gesagt hatte, bevor sie, ohne zu gucken, auf die Straße gerannt war. Sie zitterte. »Er war so jung.«

Emma spürte Adams Hand auf ihrer, aber sie zog sie nicht weg.

»Mein aufrichtiges Beileid, Emma. Ich weiß, wie schmerzhaft es ist, wenn man jemanden verliert, der einem viel bedeutet hat.«

»Wie deinen Bruder?«

»Er war sehr krank. Es ging alles so schnell. Wir hatten noch gar nicht richtig begriffen, wie ernst es um ihn stand, da war es schon vorbei. Wenn so etwas passiert, will man sich am liebsten mitbegraben lassen … Ich kenne das Gefühl. Aber es kann auch dazu führen, dass man nachzudenken beginnt. Darüber zum Beispiel, wie wichtig es ist, das Leben zu schätzen. Das ist ein Klischee, ich weiß, aber es ist wahr.«

Emma lächelte. Natürlich hatte er recht. Aber was war, wenn man keine Kraft mehr hatte, das Leben, das so kostbar war, weiterzuleben? Was konnte man da tun? War es dann nicht besser, dem Ganzen ein Ende zu setzen? Sie hatte keine Antwort auf diese Frage. Nicht mehr.

»Weißt du, was das Schlimmste ist? Außer, dass Niklas nicht mehr da ist? Ich habe mich selbst verloren, als er starb. Als hätte ich meine Identität verloren. Ich weiß seitdem nicht mehr, wer ich bin.«

»Das kann passieren. Vor allem, wenn man sein Leben lange mit jemandem geteilt hat.«

»Als er starb, war es, als wäre die Hälfte von mir auch gestorben.«

»Und wie ist es jetzt?«

»Ich weiß nicht«, sagte Emma und starrte auf ihre Hände. »Ich dachte, ich hätte mich für immer verloren und würde nie wieder zurückfinden.«

»Vielleicht geht es gar nicht darum, den Weg zurückzufinden. Vielleicht ist das Ziel, sich selbst neu kennenzulernen.

Wer man jetzt ist, mit all den Erfahrungen, die man gemacht hat.«

Vielleicht hatte Adam recht, vielleicht musste sie nicht ihr altes Selbst werden, sondern ein neues Leben anfangen.

»Mag sein, Adam«, murmelte sie und stand auf. »Ich muss jetzt los, kommst du noch mit Richtung Östermalm?«

»Ja, aber wir müssen noch beim Weihnachtsmann vorbei, bevor wir gehen.«

»Beim Weihnachtsmann?«

»Ja, wenn man schon mal hier ist, sollte man sich auch etwas vom ihm wünschen.«

Emma hob eine Augenbraue.

»Sag bloß, du weißt nicht, dass der echte Weihnachtsmann jedes Jahr hierherkommt?«

»Ins NK?«

»Wohin denn sonst? Es wäre doch dämlich von ihm, am Nordpol zu frieren, wenn er hier gemütlich in einem Kaufhaus sitzen kann.«

Emma kicherte. »Die Idee gefällt mir.« Sie gingen zu den Rolltreppen.

»Emma!«

Die Stimme kannte sie, sehr gut sogar. Was hatte sie neulich noch mal über Stockholm gedacht? Dass es so anonym war, dass man im selben Stadtteil wie seine Freunde wohnen konnte, ohne ihnen jemals zu begegnen? Vielleicht musste sie ihr Urteil noch mal überdenken. Molly, ihre beste Freundin aus Schulzeiten, hatte sie allerdings wirklich seit einer Ewigkeit nicht mehr gesehen. Was aber daran lag, dass sie in Neuseeland sein sollte. Und daran, dass sie sich seit Niklas' Tod nicht mehr bei ihr gemeldet hatte.

»Molly, ich …« Weiter kam Emma nicht, denn Molly warf sich in ihre Arme. »Ich hatte keine Ahnung, dass ihr in Schweden seid.«

»Nun ja, vielleicht weil du nie an dein Handy gehst? Ich habe dir zehnmal auf die Mailbox gesprochen. Hörst du die auch nicht mehr ab?«

»Ich hatte Probleme mit meinem Anbieter …«, murmelte Emma, vollkommen überrumpelt von diesem unverhofften Wiedersehen. Molly war die letzte Person, die sie hier zu treffen erwartet hätte.

»Es tut mir so leid, dass ich nicht früher gekommen bin … Ich konnte das Land nicht mit einem Neugeborenen und einem Zweijährigen verlassen. Aber jetzt …«

»Ist schon in Ordnung. Mir geht es gut«, unterbrach Emma sie. »Das ist Adam.«

Molly und Adam gaben sich die Hand und tauschten ein paar Höflichkeitsfloskeln aus, dann klingelte Adams Handy, und er entschuldigte sich.

»Seid ihr …? Ich meine, hast du …?«

»Wir sind nur Freunde, Molly. Wir gehen ab und zu zusammen mit unseren Hunden spazieren und haben uns zufällig in der Stadt getroffen.«

»Hunden?« Molly sah sie verwundert an, und Emma grinste.

»Ich habe jetzt einen Labrador.«

»Oh, meine Süße! Ich freue mich so, dass es dir wieder besser geht. Eine Zeit lang habe ich mir wirklich Sorgen gemacht, du könntest …« Molly verstummte, aber ihr Gesichtsausdruck sprach Bände.

»Du hattest Angst, dass ich etwas Dummes mache?«

Wenn jemand sie kannte, dann war es Molly. Bis sie weggezogen war, waren die beiden unzertrennlich gewesen.

»Ich hatte ziemliche Angst, dass du es nicht schaffen würdest. Entschuldige, ich weiß ja, dass du keine Dummheiten machst. Aber du hast dich nie gemeldet oder auf meine Nachrichten geantwortet. Und ich wusste ja, wie viel dir Niklas bedeutet hat. Wie viel ihr beide euch bedeutet habt.«

Emma senkte den Kopf, dann riss sie sich zusammen und setzte ein Lächeln auf.

»Wie lange bleibt ihr?«, fragte sie ihre Freundin.

»Noch zwei Wochen. Nach Weihnachten fliegen wir wieder. Aber wir müssen uns unbedingt noch mal sehen.«

»Vor Weihnachten ist immer viel los im Laden, ich bin die meiste Zeit dort. Komm doch einfach mal vorbei. Es gibt inzwischen auch ganz guten Kaffee.«

»Auf jeden Fall.« Molly umarmte sie und flüsterte ihr ins Ohr: »Ich habe dich so sehr vermisst. Lass uns bitte nicht wieder den Kontakt verlieren.«

Emma sah ihr nach und spürte eine fast vergessene Wärme in ihrem Bauch. Wie ein Kaminfeuer, in das, kurz bevor es ganz erlischt, jemand sachte hineingepustet hat. So lange hatte sie dieses leise Flackern zu ersticken versucht. »Ich habe dich auch vermisst«, flüsterte sie.

***

»Vielen Dank für den schönen Abend, das hat richtig Spaß gemacht«, sagte Emma, als sie und Adam vor ihrer Haustür standen. »Und vielen Dank, dass du mich nach Hause begleitet hast.«

Sie waren am Stureplan vorbeigelaufen, wo die Nachtklubs Tür an Tür lagen. Noch hatte der Partyabend nicht begonnen, aber schon in wenigen Stunden würden sich lange Schlangen vor den Klubs und Bars bilden.

»Gern geschehen. Ich wohne doch gleich um die Ecke.«

Schweigend standen sie im Licht der Straßenlaterne. Hinter ihnen lag im Halbschlaf der Sturepark.

»Also, ich …«, sagte Emma.

»Ich dachte …«, sagte Adam im selben Moment. Sie lachten.

»Also, ich wollte mich dafür bedanken, dass du mir vorhin zugehört und so kluge und schöne Sachen gesagt hast«, sagte Emma.

Sie sahen sich tief in die Augen.

»Ähm … ich muss rein … Lukas wartet sicher schon … Angelas Tochter war mit ihm spazieren und hat ihn bestimmt längst zurückgebracht.«

Emma tat so, als würde sie in ihrer Tasche nach dem Schlüssel kramen.

»Die Angela aus dem Laden?«

»Ja, von ihrer Familie habe ich Lukas geerbt. Dafür helfen sie mir mit ihm, wenn es bei mir mal eng wird.«

»Das hört sich gut an.«

Emma tippte den Türcode ein. »Das ist es auch, aber ich muss mich nach einer dauerhaften Lösung für ihn umsehen. Er ist ja eher zufällig bei mir gelandet. Und eigentlich passt ein Hund gerade nicht so gut in mein Leben …«

»Ich kann mich mal umhören, ob ihn jemand haben will, wenn du magst?« Die Wärme in seinen Augen erzeugte ein unglaublich gutes Gefühl in ihrem Bauch.

»Würdest du das tun?«

»Klar. Mach ich. Es ist schließlich wichtig, dass er ein gutes Zuhause findet.« Adam lächelte. Er sah aus, als wollte er noch etwas hinzufügen, aber Emma kam ihm zuvor.

»Das wäre wirklich nett. Also, noch mal vielen Dank für alles.« Und mit diesen Worten trat sie ins Haus. Sie winkte ihm, dann schloss sie die Tür. Ihr Herz klopfte wie verrückt, als sie den dunklen Innenhof durchquerte.

***

Emma sondierte ihre Gefühlslage. Obwohl Adam fast keinerlei körperliche Annäherungsversuche unternommen hatte, fühlte sie sich seltsam. Als wären sie sich an diesem Abend nähergekommen, als wäre da etwas … Kopfschüttelnd schob sie den Gedanken wieder beiseite. Sie wollte befreundet sein mit Adam. Aber war er wirklich an einer Freundschaft interessiert? Es kam Emma merkwürdig vor, dass er die Frau, die bei seinem ersten Besuch im Laden kurz nach ihm hereingeschneit war und die ihm so zärtlich ihre Hand auf den Arm gelegt hatte, mit keinem Wort mehr erwähnt hatte. Emma zog sich die Schuhe aus und ging ins Wohnzimmer. Lukas, der sie schwanzwedelnd begrüßt hatte, folgte ihr durch die Kartons und Säcke. Sie hatte vorhin noch bei einem Recyclinghof angerufen und einen Termin vereinbart. Morgen schon würden Leute kommen und das ganze Zeug mitnehmen. Sogar ein paar Möbelstücke hatte sie aussortiert. Emma warf sich aufs Sofa und beinahe auf Lukas, der im selben Moment die gleiche Idee gehabt hatte. Der Hund drehte sich neben ihr ein paarmal im Kreis, bis er die richtige Position gefunden hatte, und legte dann den Kopf auf ihre Hüfte.

Emma sah in seine dunkelbraunen Augen und strich ihm über den Kopf. Sein Fell war weich wie Samt.

»Was mache ich hier eigentlich?«

Lukas schob sich noch näher an sie heran, und sie legte einen Arm um seinen großen Körper. »Du weißt, dass es hier viel zu eng für uns beide ist«, sagte sie und versuchte, streng zu klingen.

Lukas drückte noch ein bisschen mehr, sodass sie beinahe vom Sofa rutschte. »Du Furzknoten!«, schimpfte Emma und setzte sich auf, woraufhin sich Lukas der Länge nach über das ganze Sofa streckte und die Augen schloss. »Was fange ich bloß mit dir an?«

Sie stand auf und machte ein Feuer. Dann setzte sie sich im Schneidersitz vor den Kamin und betrachtete gedankenverloren die Flammen.

»Weißt du, was? Ich will gar nicht, dass du woandershin kommst. Ich will, dass du hierbleibst.«

Emma hörte ein lautes Schnarchen vom Sofa und drehte sich um. Lukas hatte sich auf den Rücken gedreht und alle viere von sich gestreckt. Ihr wurde ganz warm ums Herz. Was Niklas wohl zu Lukas gesagt hätte? Vermutlich, dass sie keine Zeit hätten, sich um einen Hund zu kümmern. Sie hätte den Laden und er seine Stelle im Krankenhaus. Gleichzeitig aber wollte er immer Kinder. Wenn das nicht zeitintensiv war, was dann? Sie versuchte, sich sein Gesicht ins Gedächtnis zu rufen, aber es wurde mit jedem Tag blasser. Sie sah ihn noch vor sich, aber nicht mehr so klar und deutlich wie früher.

»Du verschwindest«, flüsterte sie. Sie erinnerte sich an ihren letzten gemeinsamen Tag. Sie hatten beide schlechte

Laune gehabt, sich über Kleinigkeiten gestritten und waren dann viel zu spät aufgebrochen. Er hatte sie schlampig und eine chronische Zuspätkommerin genannt und sie ihn beschimpft, dass er sich keinen Geburtstag merken konnte und nie an ein Mitbringsel dachte, wenn sie irgendwo eingeladen waren. Schließlich hatte sie auch in diesem Jahr schon wieder alle Geschenke gekauft, oder etwa nicht? Obwohl er versprochen hatte, ihr dabei zu helfen? Auch auf der Straße hatten sie weitergezankt. So unnötig. So albern. Die Beschuldigungen waren immer hässlicher geworden. Sie hatte ihm vorgeworfen, dass er mit seinem Handy verheiratet sei. Er hatte ihr vorgeworfen, einen unrealistischen Blick auf die Welt zu haben. Da hatte sie diese schrecklichen Worte gesagt. Und er hatte sie fassungslos angestarrt. Zuerst erstaunt, dann verletzt, und dann … dann hatte das Auto ihn erwischt.

# 20

## SAMSTAG, 16. DEZEMBER

Emma betätigte den schweren Türöffner aus Messing. Sie musste nicht lange warten, bis Magda die Tür öffnete.

»Emma!«

»Hallo, Magda. Ich dachte mir, du könntest heute vielleicht ein paar Blumen und ein kleines Geschenk gebrauchen«, sagte Emma und streckte ihr den Strauß und das Buch hin, das sie ihr eigentlich zu Weihnachten schenken wollte.

»Bist du deswegen extra hierhergekommen?«, fragte Magda erstaunt. Sie schnupperte an den roten Tulpen. »Danke …«

»Keine Sorge, das ist meine gute Tat für heute!«, sagte Emma und folgte Magda in den Flur. »Wo sind denn alle?«

»Oh, die sind … die sind unterwegs, machen einen Spaziergang.«

»Leo auch?«

»Leo ist bei einem Freund, die wollten irgendein neues Spiel ausprobieren.«

»Das klingt nach dem perfekten Samstag.« Emma zog ihre Schuhe aus.

»Wenn man sieben Jahre alt ist, ja. Entschuldige, wenn ich frage, aber was machst du hier um diese Uhrzeit? Wer ist im Laden?«

»Angela und Julia«, sagte Emma und kicherte, als sie Magdas entsetzten Gesichtsausdruck sah. »Die beiden sind spitze. Und sie fanden es wie ich sehr sonderbar, dass du die ganze Woche nicht im Laden warst. Da dachte ich, ich sehe mal nach dir. Wir haben dich und dein Terrorregime richtig vermisst.«

Magda zog eine Schnute. »Daran ist nichts Sonderbares. Und ich führe kein *Terrorregime*!«

»Doch, das ist es. Und doch, das tust du«, erwiderte Emma mit vielsagendem Blick. »Du bist praktisch immer da und gibst uns Anweisungen. Die Blumen sind von uns allen. Wir vermissen dich wirklich. Oder … nun ja … vielleicht ist vermissen ein zu starkes Wort. Du kannst einem ja schon ganz schön auf die Nerven gehen.«

»Wenn du das sagst …« Magda ging mit den Blumen in die Küche.

Emma sah ihr verwundert nach, normalerweise hätte ihre Schwester mit einer bissigen Antwort gekontert. Irgendetwas stimmte hier ganz und gar nicht.

»Ist etwas passiert?«

»Nein, nichts.« Magda holte eine Vase aus dem Schrank.

»Es muss etwas vorgefallen sein, sonst würdest du doch längst im Laden stehen und herumnörgeln. Ich habe gestern mit Mama telefoniert, und die war auch ganz besorgt. Kommst du morgen zu Monikas Geburtstag?«

»Ich habe heute früh mit ihr telefoniert und gesagt, dass ich vielleicht kurz vorbeischaue.«

»Okay. Apropos Laden. Diese Woche lief es super. Die neue Website und die gesponserten Posts haben unseren Verkauf richtig angekurbelt. Außerdem hat uns eine große Influencerin in ihrer *Story* erwähnt. Die mit diesem Interieur Account mit über 150 000 Followern.«

»Sehr gut.« Magda knipste mit einer Gartenschere die Enden der Blütenstängel ab.

»Gut? Das ist der Oberhammer!«, rief Emma, so fröhlich sie konnte, und hörte, wie exaltiert ihre Stimme klang. Sie wollte ihrer Schwester unbedingt eine Reaktion entlocken. »Also, entweder musst du jetzt durchdrehen vor Freude oder mir erzählen, was los ist.«

Magda füllte die Vase mit Wasser. »Henrik und ich haben uns gestritten.«

»Was Ernstes?« Emma lehnte sich gegen die Anrichte und beobachtete Magda, wie sie die Blumen, eine nach der anderen, zu einem schönen Strauß in der Vase arrangierte. Sie wirkte angespannt, hochgezogene Schultern, zusammengekniffene Lippen, als würde sie explodieren, wenn jemand nur mit den Fingern schnipste. Oder zusammenbrechen.

»Meine Liebe. Zwei Jahre lang hast du mich unterstützt und mir geholfen. Kannst du mir bitte sagen, was los ist? Ich war zum Teil unausstehlich, ich weiß, und habe dein Engagement nicht immer zu schätzen gewusst …«

»Nicht immer? Du hast gar nichts zu schätzen gewusst. Nie!« Magda stellte die Vase auf den Küchentisch. »Ich habe so für dich gekämpft, ohne je auch nur ein Dankeschön zu bekommen. Nicht dass ich eins erwartet hätte, ich wusste ja, wie schlecht es dir ging. Aber vielleicht war genau das unser Fehler, dass wir dich zu lange mit Samthandschuhen angefasst haben.«

»Was meinst du damit?« Emma ging sofort in die Defensive.

»Ach, ich weiß auch nicht, was ich damit sagen will.« Magda raufte sich die Haare. »Henrik hat das mit dem Geld herausgefunden und ist wahnsinnig wütend geworden.«

»Wütend, weil du es mir geliehen hast?«

»Er ist wütend, weil ich ihm nichts davon erzählt habe. Ich habe das Geld genommen, ohne ihn zu fragen, ob er einverstanden ist. Das war unser Startkapital. Ich hätte es ihm sagen müssen.«

»Und warum hast du es nicht getan?«

»Ich weiß es nicht! Ich wollte einfach nicht, dass du den Laden verlierst.«

»Ich kann mit Henrik reden, wenn du willst.«

»Es geht schon. Er wird sich wieder beruhigen. Wenn das mit dem Laden jetzt läuft, werden wir unser Geld ja vielleicht irgendwann wiederbekommen.« Magda lächelte Emma verlegen an. »Du wirst es uns im Laufe des nächsten Jahres bestimmt zurückzahlen können. Besonders wenn du so weitermachst wie bisher.«

Emma biss sich auf die Lippe. In Momenten wie diesen, wenn sie und ihre Schwester offen miteinander reden konnten, würde sie sich Magda so gerne anvertrauen. Wie es ihr ging und an was sie so schwer trug.

»Ich werde dafür sorgen, dass ihr das Geld zurückbekommt.«

Magda nickte und strich über die Tischdecke. »Ich weiß. Ich habe ja die Zahlen von letzter Woche gesehen, es läuft richtig gut.«

»Julia und Hasse sind bombe. Sie haben mir so viel geholfen. Viel mehr, als ich erwartet habe.«

»Hat Hasse seiner Frau mittlerweile die Wahrheit gesagt?«

»Ich glaube nicht. Sie stand übrigens am Montag plötzlich im Laden.«

»Wirklich?«

»M-hm. Hasse und ich haben uns in der Küche versteckt«, sagte Emma und erzählte ihr, wie sie sich erst hinter den Tresen geduckt und dann auf allen vieren durch den Vorhang in die Küche gekrochen waren.

Magda schüttelte den Kopf und lächelte zaghaft. »Solche Geschichten passieren auch immer nur dir.«

»Wie meinst du das?«

»Du hast immer so verrückte Ideen. Und machst die wildesten Sachen für die Menschen, die dir etwas bedeuten.«

»Findest du?«

»Du würdest auch über glühende Pfannen laufen, wenn es nötig wäre.«

»Ich glaube, das heißt glühende Kohlen.«

Magda wedelte mit der Hand. »Hasse sollte seiner Frau bald reinen Wein einschenken, findest du nicht?«

»Doch, aber er will nicht.«

»Manchmal muss man ein bisschen nachhelfen, auch wenn die Leute das gar nicht wollen. Es gibt Menschen, die muss man zu ihrem Glück zwingen.«

»Sprichst du von Hasse oder von mir?«

Magda grinste verschmitzt. »Vielleicht von euch beiden?«

Emma verabschiedete sich von ihrer Schwester. Es beschäftigte sie, dass Henrik und sie sich ihretwegen gestritten hatten, und sie wünschte sich sehr, ihnen das Geld bald zurückzahlen zu können. Allerdings ärgerte sie sich auch darüber, dass Magda sie und sich selbst überhaupt erst in diese Situation gebracht hatte. Ja, der Laden wäre sonst Konkurs gegangen, trotzdem, es fühlte sich alles nicht richtig an. Immerhin hatte sie endlich angefangen, sich die wichtigen Fragen zu stellen. Dazu, wie es mit dem Laden und mit ihr weitergehen sollte. Das Geld zurückzuzahlen war genauso wichtig, wie sich um die Probleme ihrer neuen Freunde zu kümmern. Vor allem wollte sie, dass Lilian glücklich wurde. Sie konnte die alte Dame nicht hängen lassen, sie war so allein mit ihren traurigen Gedanken und ihrer Einsamkeit. Gab es nicht jemand, mit dem sie Lilian zusammenbringen könnte? Jemand, der in einer ähnlichen Situation war wie sie?

»Emma!«, hörte sie es hinter sich schreien, drehte sich um und sah, wie Leo auf sie zugestürmt kam. Freudig warf er sich ihr in die Arme. »Warst du gerade bei uns zu Hause?«

»Ja, ich habe deiner Mama mal kurz Hallo gesagt. Und du warst bei einem Freund?«

»Ja, aber dann hat er Fieber bekommen.«

»Oh, das ist aber nicht schön, wie schade.« Henrik kam mit dem Kinderwagen den Bürgersteig herunter. Er sah müde aus. Über einem außer Kontrolle geratenen Dreitagebart deuteten dunkle Augenringe auf mehrere schlaflose Nächte hin.

»Hallo, Henrik.«

»Na, warst du zu Besuch bei Magda?«

»Ja, ich habe sie die ganze Woche nicht gesehen und dachte, ich schaue mal nach ihr.« Als Henrik nichts erwiderte, fuhr sie fort. »Ich habe gehört, dass ihr … ähm … über das Geld gesprochen habt. Magda wollte mir nur helfen und …«

»Ich weiß«, schnitt Henrik ihr das Wort ab. »Leo, gehst du schon mal rein und bittest Mama, Saft und Kekse für uns hinzustellen?«

»Es geht nicht um das Geld, Emma«, sagte er, als Leo im Haus verschwunden war. »Oder, doch schon. Aber viel schlimmer finde ich, dass sie mir nicht erzählt hat, wofür sie es verwendet hat.«

»Es tut mir furchtbar leid. Wenn ich davon gewusst hätte …«

»Es ist nicht deine Schuld, dass Magda dir das Geld geliehen hat. Du wusstest ja gar nichts davon.«

»Nein, wirklich nicht. Wenn ich davon gewusst hätte, hätte ich mich dagegen gewehrt. Auch wenn ich jetzt weiß, dass das Geld den Laden gerettet hat … Ich bin wild entschlossen, das Ruder herumzureißen, Henrik. Und ihr werdet das Geld wiederbekommen. Die letzten Wochen lief es so gut, und wir arbeiten alle wie verrückt, damit es genau so weitergeht.« *Das Bild. Wenn ich das Bild verkaufe, kann ich ihnen das Geld* sofort *zurückgeben.*

»Ich bin ganz sicher, dass du es uns zurückzahlst. Es ist nur so, dass … Hat Magda dir eigentlich von meinem Jobangebot erzählt?«

»Nein, aber herzlichen Glückwunsch.« Emma entspannte sich ein bisschen.

»In den USA.«

»In den USA?«, wiederholte Emma mit aufgerissenen Augen. Magda hatte kein Wort davon gesagt, dass Henrik ins Ausland ziehen könnte. Oder war sie so mit ihrem Selbstmitleid beschäftigt gewesen, dass sie ihrer Schwester nicht richtig zugehört hatte?

»Es ist eine große Chance für uns. Es ist ein traumhaftes Angebot, und Magdas Aufhebungsvertrag kam genau zur rechten Zeit.«

In Emmas Kopf wirbelten die Gedanken durcheinander. Magda würde wegziehen. Sie würde aus ihrem Leben verschwinden. Beziehungsweise weit, weit weg sein. Auf der anderen Seite des Atlantiks. Magda hatte seit ihrem Studium davon geträumt, eines Tages im Ausland zu leben und zu arbeiten.

»Warum hat Magda mir das nicht erzählt?«

»Weil sie sich noch nicht entschieden hat, ob sie mitkommt.« Henrik beugte sich über den Kinderwagen und gab Clara ihren Schnuller. »Sie will dich hier nicht allein lassen.«

»Mich? Warum das denn nicht?« Emma wusste genau, warum. Weil ihre Schwester eher ihren Lebenstraum aufgab, als sie im Stich zu lassen.

»Meinst du, ich soll mal mit ihr reden?«, fragte Emma kleinlaut.

»Nein, ich glaube, besser nicht.«

»Okay.« Schweigend standen sie vor dem Haus, bis die Zwillinge anfingen, sich zu beschweren.

»Ich muss mal rein.«

»Und ich muss nach Hause. Du weißt, dass ich alles unternehmen werde, um euch das Geld zurückzugeben?«

»Ja. Um das Geld mache ich mir auch keine Sorgen. Sondern um Magda. Ich habe das Gefühl, dass sie sich bei dem Versuch, dich zu retten, selbst komplett aus den Augen verloren hat.«

# 21

SONNTAG, 17. DEZEMBER

*Stimmte das, was Henrik gesagt hatte? Hatte sich Magda bei dem Versuch, sie wieder auf die eigenen Füße zu stellen, selbst verloren?* Gedankenversunken packte Emma neue Geschenktüten. Die Sets fanden reißenden Absatz, und sie hatte vor, sie nun auch in unterschiedlichen Größen und Preiskategorien anzubieten. Klar, ihr war auch aufgefallen, dass Magda eine Menge ihrer Zeit im Laden verbracht hatte statt bei ihrer Familie. Aber in erster Linie waren ihr die ständigen Einmischungen ihrer Schwester aufgestoßen. *Ich werde in Ruhe mit ihr reden, wenn der Wahnsinn hier vorbei ist.* Emma sah auf die Uhr. Es war zehn Uhr, in einer Stunde öffnete der Laden. Die Materialien für den Kurs für weihnachtliche Tischdeko lagen schon bereit, er würde hoffentlich ein so großer Erfolg werden wie das Kinderbasteln. Eine Woche noch bis Heiligabend. Emma sah sich um. *Meine gute Tat für heute soll etwas Bedeutsames sein. Vielleicht gehe ich nachher, nach Monikas Geburtstag, noch bei Lilian vorbei und frage sie, ob ich etwas für sie tun kann.*

Die Türglocke ging.

»Guten Tag. Du bist wie immer sehr früh dran«, rief Angela und lächelte übers ganze Gesicht. Die düstere Stimmung vom Mittwoch war wie weggeblasen.

»Hallo, Angela. Ich wollte nur noch ein paar Kleinigkeiten vorbereiten, bevor gleich der Kurs anfängt.«

»Das ist sehr gut. Ich könnte mir vorstellen, dass einige der Teilnehmerinnen hinterher noch was kaufen wollen. Wenn du wüsstest, was ich mir für hübsche Sachen ausgedacht habe!«, schwärmte Angela. Sie stellte ihre Tasche auf den Verkaufstresen. »Ich habe noch ein paar Extras zum Aufpeppen mitgebracht«, verkündete sie strahlend und holte Tannenzweige, Zimtstangen, Bänder, rote Beeren, Sternanis und andere Dekoartikel aus ihrer Wundertüte. »Das wird so herrlich, da wirst du verrückt, ich sage es dir.«

»Na, du hast ja wirklich an *alles* gedacht!«

»Seit meinem letzten Besuch hier, habe ich viel nachgedacht und beschlossen, wieder meine eigene Herrin zu werden.« Sie zwinkerte Emma zu. »Ich habe noch so viele Kontakte von früher. Aber ich will nicht mehr in Mode machen. Nur noch Interieur!«

»Das klingt super.«

»Ich habe so große Lust darauf, ich kann es dir gar nicht sagen. Ich habe schon einen Businessplan erstellt.«

»Und was sagt Erik dazu?«

»Erik? Der kann sagen, was er will. Solange er nie zu Hause ist, um sich um seine Familie zu kümmern, interessiert mich seine Meinung nicht besonders.«

»Seid ihr immer noch zerstritten?«

»Zerstritten, schön wärs«, schnaubte Angela. »Wir reden ja überhaupt nicht mehr miteinander. Ehrlich gesagt bin ich die Beziehung ein bisschen leid. Ich begreife noch immer nicht, wie es so weit kommen konnte. Wir hatten früher richtig viel Spaß miteinander, haben viel gemeinsam und als Familie unternommen. Aber jetzt …« Angela stockte. »Ach, Schluss damit. Ab jetzt geht es um mich. Das wurde auch mal Zeit.«

»Ich freue mich, dass du dich um deine Karriere kümmerst. Ganz gleich, wie das mit euch beiden weitergeht, es ist wichtig, dass in einer Beziehung jeder etwas Eigenes hat, auf das er zurückgreifen kann.«

»Allerdings.«

»Ist er schon von seiner Konferenz zurück?«

»Er kommt erst heute Abend wieder. Die Kinder sind bei meinen Eltern, sie wollen später alle zusammen auf den Weihnachtsmarkt gehen.« Sie zeigte auf den Tisch, auf dem eine Auswahl an Geschirr stand. »Sehr gut, dass du schon alles aufgebaut hast. Das wird die Kursteilnehmer bestimmt dazu animieren, etwas zu kaufen. Ich habe auch schon überlegt, mir ein paar von den neuen Tellern mitzunehmen.«

»Ähm, wolltest du nicht versuchen, deine Kauflust ein bisschen in den Griff zu bekommen?«

»Ach ja, da hast du recht. Aber man muss sich doch auch mal was gönnen? Ich habe ja nicht vor, gleich den ganzen Laden leer zu räumen«, sagte sie fröhlich und lachte, als sie Emmas Gesichtsausdruck sah. »Keine Angst, das war ein Scherz. Obwohl die Aussicht sehr verlockend ist.«

Sie trugen die Sachen für den Kurs nach unten und unterhielten sich. Etwas später gesellte sich auch Julia dazu. Und kurz darauf trafen schon die ersten Kursteilnehmer ein, alle ganz wild darauf, Anregungen für ihre weihnachtliche Tischdekoration zu bekommen.

***

Der Mensch hinter dem Weihnachtsbaum war kaum zu sehen. Wer kam denn auf die Idee, seinen Weihnachtsbaum mit in ein Einrichtungsgeschäft zu schleppen? Emma wollte den Kunden gerade auffordern, den Baum bitte wieder nach draußen zu bringen, als sie Adams Mütze zwischen den Zweigen entdeckte. Ihr Herz machte einen Satz, und sie kam hinter der Kasse hervor.

»Kann der Baum nicht draußen warten?«

Adam stellte den Baum auf dem Boden ab und machte Anstalten, sie zu umarmen, aber die Zweige waren im Weg.

»Der ist aus der Gärtnerei. Ich habe ihn gesehen und sofort an dich gedacht. Du willst doch nicht die Kinder enttäuschen!«

»Das … ist wirklich sehr aufmerksam von dir, Adam. Aber wo soll der denn stehen?«

»In einem der Schaufenster, damit ihn alle sehen können? Das bringt die Leute so richtig in Weihnachtsstimmung.«

Es stimmte, dass die Schaufenster ein bisschen mehr Weihnachten vertragen konnten. Aber ein *echter Baum*? War das nicht ein bisschen zu viel des Guten? Andererseits, wenn sie ihn tatsächlich irgendwie unterbringen könnte … das sähe schon ziemlich toll aus neben all den Dekoartikeln.

»Okay, wir versuchen es! Hilfst du mir?«

»Natürlich!« Adam lehnte den Baum gegen ein Regal. »Ich dachte, wir könnten ihn mit deinen Sachen schmücken und dann ins Fenster stellen. Eine Lichterkette habe ich auch dabei. Und natürlich einen Christbaumständer.«

Emma wollte etwas sagen, aber die Worte blieben ihr im Hals stecken. Wie wunderbar von ihm, ihr den Baum vorbeizubringen! Und er hatte wirklich an alles gedacht. Aufgeregt kletterte sie ins Schaufenster und begann, eine Ecke für den Baum freizuräumen. Dann schmückten sie ihn gemeinsam mit funkelnden Kugeln in Rot und Gold, kleinen Engeln und dicken Schleifen aus Geschenkband. Zum Schluss fehlte nur noch der Stern.

»Steckst du ihn an?«, fragte Emma.

»Ich finde, du solltest das tun. Sieh es als einen Neustart. Man muss das Vergangene nicht vergessen, um weiter seinen Weg zu gehen.«

Einen kurzen Moment lang sahen sie sich tief in die Augen, dann senkte Emma verlegen den Blick, packte den goldenen Stern aus und steckte ihn auf die Spitze des Baumes. »Der sieht fantastisch aus.«

Da kam Lukas zu ihnen und stupste Emma in die Kniekehle. »Oh, du willst raus, vermute ich.«

»Ich kann mit ihm eine Runde gehen, wenn du willst?«

»Würdest du das tun?«

»Klar, wir tragen den Baum ins Fenster, dann schnappe ich ihn mir. Ich muss sowieso mit Fiffi raus, und die beiden scheinen sich ja zu mögen.«

Vorsichtig bugsierten sie den Baum in die Auslage. Dann holte Emma Lukas' Leine. Als sie zurückkahm, stand Adam regungslos da und bewunderte den Baum. Adam sah gut aus, das musste sie schon zugeben. Die dunklen Haare, die blauen Augen und sein breites Lächeln gefielen ihr. Er war ein ganz anderer Typ als Niklas. Die beiden waren wie Tag und Nacht. Was war da zwischen ihnen? War es nur Freundschaft, oder war es mehr als das? Sie konnte es nicht sagen, und das machte sie nervös. Sie hatte nicht vor, jemandem näherzukommen. Und doch war es so, als würde Adam, ohne dass sie es hatte verhindern können, längst einen Platz in ihrem Leben einnehmen. Still und leise, mit einem Tannenbaum im Arm, hatte er ihn sich erobert.

# 22

## MONTAG, 18. DEZEMBER

Lukas zog an der Leine, bellte wie verrückt und wedelte mit dem Schwanz. Auf dem Bürgersteig kam ihnen Lilian entgegen, die einen Einkaufstrolley hinter sich herzog.

»Was für eine wunderbare Begrüßung«, sagte sie, zwinkerte Emma zu und streichelte Lukas, der sich vor sie auf den Bürgersteig geschmissen hatte und herumrollte.

»Nun, er mag dich.« Emma lachte über seine wilden Drehungen. »Danke noch mal für den herrlichen Lucia-Morgen neulich.«

»Ich habe zu danken, Emma. Es war schön, ein bisschen Gesellschaft zu haben. Bist du auf dem Weg in den Laden?«

»Ja, wir öffnen in ein paar Minuten, Lukas und ich haben uns etwas verspätet.«

»Dann verliert mal keine Zeit! Ich wünsche euch einen wunderschönen Tag«, sagte Lilian und machte sich daran, mit ihren Einkäufen weiterzuziehen. »Ach so … Könntest du heute Abend wohl kurz vorbeikommen und mir bei etwas helfen? Ich will meinen Esszimmertisch woandershin stellen, aber der ist zu schwer. Nur wenn du Zeit hast, natürlich.«

»Ich weiß nicht, ob ich das heute Abend schaffe, da findet der nächste Kurs statt. Geschenkeverpacken. Aber danach könnte ich vorbeischauen. Oder sollen wir das jetzt schnell machen?« Emma sah auf die Uhr und hoffte inständig, dass Lilian ihr Angebot ablehnen würde. Sie hätte ihr sehr gerne geholfen, hatte aber überhaupt keine Zeit.

»Nein, das hat keine Eile. Lauft ihr beiden mal weiter und macht den Laden auf, wir erledigen das später.«

Emma ging los, drehte sich aber noch mal um. »Ich wünsche dir einen wunderschönen Tag, Lilian.«

Ihre Nachbarin lächelte und winkte ihr zu. »Den wünsche ich dir auch, meine Liebe. Und verkauf schön viele Weihnachtsgeschenke!«

***

»Die werden eine Bushaltestelle genau vor unseren Laden bauen«, rief Julia, als sie nachmittags nach der Schule vorbeikam. Ihre Wangen glühten, und die Augen leuchteten. »Mein Vater arbeitet beim Verkehrsamt, und als ich ihm von deinem Laden und den ganzen Sachen erzählt habe, die wir machen, um ihn zu retten, hat er mir gesagt, dass hier direkt vor die Tür eine neue Bushaltestelle hinkommt.«

»Stimmt das wirklich?«

»Ist das nicht toll? Dann können die Leute ein bisschen bei dir shoppen gehen, während sie auf den Bus warten oder wenn sie hier aussteigen.«

»Das sind ja echt gute Neuigkeiten«, sagte Hasse von hinten, wo er das Regal mit den Kindersachen neu sortiert hatte. »Das bringt dir garantiert mehr Kunden.«

»Ja, genau. Und ich wollte dir sagen, dass ich auch, wenn

das Praktikum vorbei ist, nach der Schule gerne weiter vorbeikomme und dir helfe, wenn du willst. Ohne Bezahlung, natürlich!«

»Danke, das ist lieb, aber ich kann euch nicht alle umsonst für mich arbeiten lassen. Das ist wahrscheinlich sogar verboten.« Emma kaute auf ihrer Lippe. Sie hatte sich darüber schon länger Gedanken gemacht und fand es an der Zeit, es endlich anzusprechen. »Ich bin unsagbar dankbar für eure Hilfe, aber so geht das nicht weiter.«

Hasse kam zu ihr an den Tresen, wo sie Küchenhandtücher zusammenfaltete. »Ich kann dich ja verstehen, Emma. Aber wir sind alle nur hier, weil wir dir helfen wollen.«

»Das ist es doch gerade. Ich würde euch so gerne dafür bezahlen! Vor allem, weil es schon so viel besser läuft. Wer weiß, vielleicht können wir nach Weihnachten …« Emma verstummte. Nach Weihnachten. Sie hatte bisher keinen einzigen Gedanken an die Zeit nach Weihnachten verschwendet. Aber sie wollte Hasse, Julia und auch Angela eine Perspektive bieten. Sie räusperte sich. »Ich könnte dir, Hasse, vielleicht einen Minijob anbieten. Wenn alles so gut weitergeht und du das willst.«

»Weißt du, was?«, sagte Hasse nachdenklich. »Ich will gar kein Geld von dir haben. Können wir meine Anwesenheit hier nicht bis auf Weiteres als eine Art Praktikum betrachten? Als eine Art Wiedereingliederung?«

»Doch, das ginge schon …«

»Ehrlich gesagt, ich bin nicht scharf auf meinen Keller.« Obwohl Hasse es als Scherz formuliert hatte, konnte Emma sehr wohl den Ernst in seiner Stimme hören. *Ich will auf keinen Fall, dass er wieder den ganzen Tag im Keller sitzen muss, bis er nach Hause gehen kann, um Flora zu erzählen, wie es bei der Arbeit war.*

»Aber wir müssen so schnell wie möglich eine Lösung für dich finden, Hasse. Und dir, Julia, kann ich zwar keinen Minijob anbieten, aber du kannst jederzeit nach der Schule bei uns vorbeikommen. Du bekommst was zu essen, kannst deine Hausaufgaben hier machen und mit uns quatschen. Es wäre ja auch wirklich ganz schön langweilig im Laden ohne dich.« Und das meinte sie genau so, wie sie es gesagt hatte. Julia hatte so viel positive Energie verbreitet, obwohl sie zu Hause in schwierigen Verhältnissen lebte, und sie hatte immer gute Laune und tolle Ideen. Emmas Handy gab einen Pieplaut von sich, und sie sah aufs Display.

Ich glaube, ich habe ein neues Zuhause für Lukas gefunden.
Adam

Das war aber schnell gegangen. Emma sah Lukas an. Nichts ahnend lag der Hund zufrieden zu ihren Füßen. Es folgte ein zweites Piepen.

Bei einer Bekannte von einem Freund meiner Schwester.
Sie wohnt mit ihrer Familie auf dem Land.

Und ein drittes.

Zwei Kinder und ein Haufen Kühe.

Emmas Finger zitterten, als sie ihre Antwort tippte:

Großartig. Lass uns später telefonieren, dann kannst du mir alles erzählen.

Ein neues Zuhause. Lukas würde aufs Land ziehen. Zu einer Familie mit Kindern, die ihn mit ihrer Liebe überschütten würden. Emma ließ sich vom Hocker auf den Boden neben Lukas gleiten, der den Kopf hob, um zu sehen, was sie vorhatte.

»Ich glaube, du bekommst eine neue Familie. Eine tolle Familie, die dich richtig verwöhnen wird«, flüsterte sie in sein dickes schwarzes Fell.

»Du willst Lukas weggeben?«, fragte Julia, hockte sich neben sie und streichelte ihn.

»Ach, Julia, ein Hund passt gerade einfach nicht in mein Leben. Ich habe so viel hier im Laden zu tun. Er braucht jemanden, der Zeit für ihn hat.«

»Wie schön, dass du was gefunden hast. Wer nimmt ihn denn?«, fragte Hasse.

»Eine Familie auf dem Land. Mit Kindern und Kühen.«

»Das klingt doch sehr gut, Emma. Ich mache jetzt mal unten weiter.«

»Meinst du nicht, wir sollten Hasse helfen?«, flüsterte Julia, als er die Treppe runtergegangen war.

»Wie helfen?«

»Du könntest seine Frau anrufen und ihr sagen, dass die Kissenbezüge eingetroffen sind. Ich habe ihre Nummer notiert, als sie die bestellt hat.«

»Damit sie Hasse sieht, wenn sie herkommt?«

»Ganz genau.«

Sollte sie Hasse das wirklich antun? Auf der anderen Seite

konnte es so auch nicht weitergehen. Vor allem, weil sie nicht wusste, wie die Dinge sich in Zukunft entwickeln würden.

Julia holte den Zettel mit Floras Nummer.

»Sieh es als deine gute Tat für heute an.«

»Oder meine schlechte Tat, das hängt davon ab, wie sie reagiert«, flüsterte Emma.

***

Magda kam kurz vor Ladenschluss. Julia und Hasse waren schon nach Hause gegangen, und Emma war mit den letzten Vorbereitungen für den Geschenkverpackungskurs beschäftigt. Sie hatte fünf verschiedene Pakete fertig, die sie den Teilnehmern zeigen wollte.

»Na, bist du bereit für heute Abend?«, fragte Magda.

»So gut wie.«

Magda war nicht mehr so blass wie bei ihrer letzten Begegnung, sondern hatte sich wieder ganz gut erholt. Sie hatte die Haare hübsch frisiert, war perfekt geschminkt, und weder auf ihrer Seidenbluse noch auf der Hose war eine Falte oder ein Fussel zu sehen. Emma sparte sich einen Kommentar zu Magdas Abwesenheit auf dem Geburtstag ihrer Tante. Sie ahnte, dass ihre Schwester und ihr Schwager viel zu besprechen gehabt hatten.

»Ich wollte dir beim Kurs helfen … wenn ich darf?«

Emma unterdrückte ihre Überraschung, dass ausgerechnet Magda für irgendetwas um Erlaubnis bat. Das passte gar nicht zu ihr. Andererseits waren in den letzten Tagen Dinge ans Licht gekommen, die ihr auch nicht besonders ähnlich sahen.

»Natürlich darfst du das«, sagte Emma und gab ihr zwei

der Pakete. »Ich will den Leuten Schritt für Schritt zeigen, wie man das macht. Diese Verpackungen sind einfach, aber geben dem Geschenk eine persönliche Note.«

»Die Geschenkverpackung muss zu dem Empfänger passen«, sagte Magda und lächelte.

»Ganz genau. Das Äußere ist mindestens genauso wichtig wie das Innere. Beim Verpacken sollte man nie die Persönlichkeit des Beschenkten außer Acht lassen.«

Sie lachten. »Ich will den Kursteilnehmern erzählen, wie man das in Japan macht. Dort spiegelt die Hülle eines Geschenks den Anlass, die Person und den Inhalt wider. Und danach führe ich ihnen verschiedene Verpackungstechniken vor.«

»Klingt nach einem guten Plan!«

Gemeinsam trugen sie die Pakete nach unten. Dort hatte Emma schon die Materialien bereitgelegt. Papierbogen, Seidenschnüre und allerlei Kleinigkeiten, um die Pakete zu verzieren, Gold- und Silberstifte, doppelseitiges Klebeband und ein Dutzend Scheren. Magda stellte ihre beiden Pakete auf dem Tisch ab.

»Es ist so gemütlich geworden hier unten«, sagte sie und betrachtete die Sitzecke mit Kissen und Decken.

»Es war Angelas Idee, alle größeren Veranstaltungen hier unten abzuhalten. Die Atmosphäre wäre besser, hat sie gesagt, oder etwas in der Art«, grinste Emma und legte die Geschenkpapierbogen an die Plätze der Teilnehmer.

»Sehr clever. Macht sie beruflich eigentlich auch was mit Interieur?«

»Auf jeden Fall will sie das. Sie ist lange wegen der Kinder zu Hause geblieben und auch, weil ihr Mann immer unterwegs ist, aber jetzt hat sie wieder Feuer gefangen und große Lust zu arbeiten.«

»Kann ich verstehen. Es ist immer gut, sein eigenes Geld zu verdienen.«

Magda half Emma beim Verteilen der Arbeitsmaterialien. »Henrik hat mir gesagt, dass er dir das mit dem Umzug erzählt hat?«

»Mhm.«

»Es tut mir leid, dass ich es dir nicht selbst gesagt habe.«

»Ich verstehe vielleicht sogar, warum du es nicht getan hast.«

»Ich weiß ja gar nicht, ob es wirklich dazu kommen wird.«

Emma sah ihrer Schwester ernst in die Augen. »Ich will nicht, dass du meinetwegen hierbleibst.«

Magda presste die Lippen zusammen. Dann sah sie zur Decke und holte tief Luft.

Emma schüttelte den Kopf. »Kein Aber, Magda. Ich bin deine Schwester, aber Henrik und die Kinder sind doch das Wichtigste für dich.«

»Du bist auch wichtig für mich.«

»Ja, ich weiß. Aber das ist eine fantastische Gelegenheit für euch. Und wie Henrik sagte, passt es perfekt, dass du gerade keinen Job hast. Du könntest auch eine Zeit lang von zu Hause aus arbeiten oder sogar ein Sabbatjahr einlegen. Du redest schon dein ganzes Leben davon, mal woanders zu leben.«

»Was wird aus dir, wenn ich wegziehe?«

Emmas Lächeln erlosch. Sie nahm ihre Schwester in den Arm. »Was aus mir wird? Meine liebe Magda. Ich werde mit dem weitermachen, womit ich angefangen habe.«

Als Magda nicht antwortete, schob Emma sie von sich. »Du hast Angst, oder? Dass ich einsam bin?«

Magda standen die Tränen in den Augen. »Ich liebe dich und weiß, dass du eine schwere Zeit hinter dir hast. Ich will dich nicht im Stich lassen.«

»Du lässt mich nicht im Stich. Ehrenwort. Außerdem habe ich noch Mama und Papa.«

»Die am liebsten nach Frankreich ziehen wollen.«

»Aber dort könnte ich sie doch besuchen. Wolltest du deshalb unbedingt, dass ich mir ein Hobby suche? Weil du wolltest, dass ich *irgendwas* habe, falls ihr euch entschließt wegzuziehen?«

»Zum Teil, ja. Aber ich wollte auch, dass du deinen Horizont erweiterst.«

»Indem ich Fallschirm springe oder töpfern lerne?«

Magda lachte und wischte sich eine Träne von der Wange. »Ja. Aber die 24 guten Taten sind ja auch ein tolles Hobby. Wenn nicht noch mehr als das.«

»Ich habe in den letzten zwei Wochen so viel gelernt. Nicht alle Anläufe zu guten Taten waren auch von Erfolg gekrönt. Habe ich dir von der Kassiererin erzählt, der ich ein Kompliment gemacht habe und die ausgerastet ist, weil sie dachte, ich würde mich über sie lustig machen? Das war so peinlich, die Leute um mich rum haben alle die Köpfe geschüttelt oder weggesehen.«

»Oh Gott, nein, das hast du nicht erzählt. Da wäre ich zu gerne dabei gewesen.«

»Das war so peinlich. Hinter mir war eine Riesenschlange, und ich habe ihr ein Kompliment gemacht, wie toll sie das mit den Artikeln auf dem Kassenband macht.«

»Wie bitte?«

»Ich meine, sie hat praktisch keine Fehler gemacht! Jedenfalls hat sie mich angesehen, als hätte ich nicht mehr alle Tassen im Schrank.«

»Und dann ist sie ausgerastet?«

»Total!«

Schweigend standen sie sich gegenüber. Magda fuhr sich mit dem Ärmel ihrer Bluse übers Gesicht, aber ihre Tränen waren schon getrocknet. Sie musterte Emma, die sie mit ernstem Blick ansah. Und deren Mundwinkel jetzt nach oben zuckten.

»Das alles ist gar nicht wirklich passiert, oder? Du hast dir das gerade ausgedacht.«

»Ja.«

Sie mussten beide lachen. Dann umarmten sie sich. »Ich werde dich furchtbar vermissen, das weißt du, aber ich schaffe das, okay? Das hier ist eure große Chance. Ich weiß, dass ihr schon lange darüber nachdenkt, für eine Zeit ins Ausland zu gehen. Jetzt habt ihr die Gelegenheit dazu. Wann soll es denn losgehen?«

»Nicht vor dem fünfzehnten Februar.«

»Und wie lange wollt ihr bleiben?«

»Zwei Jahre. Henrik und ich haben viel deswegen gestritten. Er wollte, dass ich mich entscheide, und je näher der Termin rückte, desto öfter sind wir aneinandergeraten. Deswegen war ich so viel hier. Um dem Streit mit ihm aus dem Weg zu gehen. Und mich vor einer Entscheidung zu drücken.«

»Aber du kannst doch nicht vor deinem Leben davonrennen. Weißt du, was ich denke? Ich denke, du solltest Henrik jetzt auf der Stelle anrufen und ihm sagen, dass ihr das macht.«

»Ja, vielleicht wäre das ganz gut.«

»Auf jeden Fall. Ich will nicht, dass ihr euch meinetwegen streitet.«

Kaum hatte sich Magda weggedreht, um ihren Mann anzurufen, erlosch das Lächeln auf Emmas Lippen. Sie hatte nicht gewusst, dass Magda eine derartige Verantwortung für sie verspürte. Dass sie für sie so weit gehen würde, eine Chance wie diese in den Wind zu schlagen. Dass sie ihretwegen sogar ihre Ehe gefährdete. Sie hätte auf ihren Traum verzichtet, um auf ihre erwachsene Schwester aufzupassen. Nein, das durfte auf keinen Fall passieren.

# 23

DIENSTAG, 19. DEZEMBER

Es schneite schon den ganzen Vormittag, im Laden lief leise Weihnachtsmusik, und Emma versuchte, ihre Müdigkeit vor Hasse zu verstecken. Sie hatte fast die ganze Nacht wach gelegen und Schwierigkeiten gehabt, sich am Morgen aus dem Bett zu schälen. Aber sie konnte den Laden nicht zulassen, vor allem nicht, weil sie Hasses Frau schon gestern benachrichtigt hatte, dass ihre Bestellung eingetroffen sei. Alles lag fertig und eingepackt auf dem Tresen. Emma hoffte, dass sie das Richtige getan hatte. Würde Hasse sauer auf sie sein? Würde er recht behalten, dass Flora kein Verständnis für ihn hatte? Emma zog wahllos Schubladen auf, sie musste sich beschäftigen. Das Warten war unerträglich. Hasse saß am Rechner und schrieb Bewerbungen. Als sie ihn fragte, wie es lief, brummte er, dass es aussichtslos sei. Emma bewunderte sein Durchhaltevermögen und litt jedes Mal mit, wenn er wieder eine Absage bekam. Sie ließ einen Stift fallen, Hasse hob eine Augenbraue.

»Ist was? Du wirkst so nervös.«

»Echt? Nein, nein, es ist nichts.« Sie versuchte ein Lächeln. »Ich habe nur so viel zu tun. Es sind Bestellungen gekommen, um die ich mich bis zum Nachmittag kümmern muss.«

»Das ist doch super. Hast du heute schon deine gute Tat erledigt?«

»Nein, noch nicht. Manchmal ist das mit den guten Taten gar nicht so einfach. Viele Menschen reagieren misstrauisch, wenn man etwas für sie tun will, und wissen eine helfende Hand gar nicht zu schätzen.«

»Das liegt daran, dass wir fremde Hilfe nicht gewohnt sind. Die meisten sind nur mit sich selbst beschäftigt. Bist du sicher, dass sonst alles in Ordnung ist bei dir?«

»Ja. Wie kommst du denn darauf?«, sagte Emma und ließ die Schere wie einen Kreisel drehen.

»Wie ich schon sagte, du wirkst so nervös. Irgendwie wuschig.«

»Wuschig? Was soll das heißen?«

Hasse lachte und hob abwehrend die Hände. »Ich habe nur den Eindruck, dass deine Gedanken mit etwas anderem beschäftigt sind, als mit den Bestellungen.«

Emma murmelte etwas Unverständliches und sagte dann, dass sie kurz ins Lager musste. Im selben Augenblick klingelte die Türglocke, und Emmas Herz machte einen Satz. In der Tür stand Flora. Hasse saß vertieft über seiner Bewerbung und hatte sich nicht einmal umgedreht.

»Guten Morgen! Das ist doch das perfekte Weihnachtswetter da draußen«, sagte Flora gut gelaunt. Dann fiel ihr Blick auf Hasse.

»Hasse?«

»Flora!«

»Was machst du denn hier? Ich dachte, du hast heute einen Termin in Sigtuna und bist den ganzen Tag unterwegs?« Flora sah so perplex aus, dass Emma das Bedürfnis hatte, den beiden zu Hilfe zu eilen. Aber kein Wort kam über ihre Lippen. Wie gelähmt stand sie hinterm Verkaufstresen.

Verwirrt sah Hasse zu ihr rüber. Woraufhin auch seine Frau den Kopf drehte. »Sie?«, rief sie aus, jetzt vollends irritiert. »Aber … ich dachte, Sie, also ihr … arbeitet zusammen …«

Emma räusperte sich und strich sich mit den Händen über die Hose, im verzweifelten Bemühen, den Schweiß von ihren Handflächen zu reiben. »Ähm … guten Tag, also, es ist so, dass … also, das hier ist mein Laden, und Hasse …«

Floras Fassade bröckelte, ihre Augen füllten sich mit Tränen. »Das hätte ich nicht von dir gedacht, Hasse. Ich habe gespürt, dass etwas nicht stimmt, aber dass du eine Affäre hast, das …«

»Nein, nein, nein!« Hasse war aufgesprungen, der Stuhl schabte kreischend über den Boden. »Meine liebe Flora, ich habe keine Affäre! Das musst du mir glauben.« Er versuchte, seine Frau in den Arm zu nehmen, aber die wich zurück.

»Aber was tust du dann hier? Und was macht *sie* hier?« Flora zeigte mit aufgerissenen Augen auf Emma, die hinterm Tresen hervorgekommen war und nun beschwichtigend die Hände hob.

»Hasse, vielleicht solltest du deiner Frau das alles hier erklären«, sagte sie, und als sie sah, dass Floras Augen fast aus ihren Höhlen sprangen, fügte sie schnell hinzu: »Wir haben kein Verhältnis. Hasse geht mir hier im Laden ab und zu zur Hand.«

Hasse stand wie erstarrt neben ihr.

»Hasse, du musst ihr jetzt die Wahrheit sagen«, sagte Emma und bereute zutiefst, dass sie Flora angerufen hatte. Aber dieses Versteckspiel musste doch endlich ein Ende haben!

»Hast *du* Flora angerufen?«, fragte Hasse.

»Ich … ich wollte, dass ihr das in Ordnung bringt.«

»Wovon redet ihr da? Hasse, was sollst du in Ordnung bringen? Warum bist du hier?«

»Ich bin gekündigt worden«, sagte Hasse nach langem Schweigen.

»Du bist *arbeitslos*?« Flora rang nach Luft. »Seit wann?«

»Sie haben mir vor ein paar Wochen gekündigt«, gestand Hasse mit hängendem Kopf.

»Aber … du gehst doch jeden Tag zur Arbeit. Und was ist mit dem Termin heute in Sigtuna?«

»Das war alles gelogen.«

»Hasse hilft mir im Laden aus und sucht nebenbei eine neue Stelle«, sprang Emma ihm bei.

»Sie haben ihm also bei dieser Lügerei geholfen?« Floras Augen wurden zu schmalen Strichen.

»Emma hat mich unterstützt … Ich … ähm … habe am Anfang bei uns im Keller gesessen und Bewerbungen geschrieben … Emma hat mir angeboten, das hier bei ihr zu machen.« Hasses Stimme klang auf einmal sehr müde und erschöpft.

Floras Finger machten sich an den Knöpfen ihres Mantels zu schaffen. Ihre Unterlippe zitterte. »Aber warum hast du mir nichts gesagt? Ich hätte dir doch geholfen! Du hast *im Keller* gesessen?«

»Ich wollte nicht, dass du von meiner Kündigung erfährst.«

»Aber warum denn nicht?«

Endlich hatte Hasse den Mut, seiner Frau ins Gesicht zu sehen. »Ich wollte dich nicht enttäuschen. Ich weiß, wie sehr du dir das Haus in Spanien wünschst und …«

Flora griff nach einem Stuhl und ließ sich darauf sinken.

Hasse wandte sich an Emma. »Was hast du dir nur gedacht? Siehst du nicht, was du angerichtet hast?«, sagte er verzweifelt und sah Emma vorwurfsvoll an.

# 24

## MITTWOCH, 20. DEZEMBER

Emma und Lukas liefen den Vallhallavägen hinunter. Der Schnee knarzte unter ihren Sohlen, die Wolken hingen tief und dunkel über der Stadt. Trotzdem war es ganz angenehm draußen. Nicht so beißend kalt, wie es um diese Jahreszeit manchmal war. Lukas hatte wie immer seine Nase dicht am Boden, und Emma plagte das schlechte Gewissen, weil sie schon seit ein paar Tagen nicht mehr die große Runde gegangen waren. Aber die jüngsten Ereignisse mit Hasse, Flora und Magda hatten sie aus dem Gleichgewicht gebracht. Sie hatte nicht schlafen können und sich mit zu vielen Gedanken über ihr Leben und die Zukunft herumgeschlagen. Ohne auch nur eine einzige Antwort auf die vielen Fragen zu finden. Hasse hatte den Laden überstürzt verlassen, und Emma machte sich Sorgen, wie es ihm ging, fragte sich, ob Flora nach wie vor wütend war. Sie hatte nicht damit gerechnet, dass das Ganze so nach hinten losgehen würde. Was hatte sie sich nur gedacht? Vielleicht hatte sie auf Floras Verständnis gehofft. Schließlich war es nicht Hasses Schuld, dass ihm gekündigt wurde und es in seinem Alter so schwer war, einen Job zu finden. Emma konnte aber auch Floras Reaktion verstehen. Hasse hatte sie ziemlich lange angelogen. *Oh, ich hätte sie einfach nicht anrufen sollen.* Lukas pflügte neben ihr weiter unbeirrt über den verschneiten Bürgersteig. Emma musste schmunzeln, als er bei seinem eifrigen Schnüffeln Schnee in die Nase bekam, niesen musste und nicht begriff, was geschehen war.

»Du bist ein Guter«, sagte sie und klopfte ihm den Rücken. Da entdeckte sie Angela und die Kinder und ertappte sich kurz bei dem Gedanken zu tun, als habe sie die vier nicht bemerkt. Aber die Kinder würden sich bestimmt freuen, Lukas wiederzusehen, und ehe sie es sich anders überlegen konnte, hatte sie schon gerufen und gewunken. Die Kinder kamen auf sie zugestürmt, Angela im Schlepptau. Angela trug einen schwarzen Fuchspelz mit passender Mütze. Sie sah aus wie einer Reklame entsprungen, es fehlten nur noch der Schlitten und die Hunde, um das Bild vollkommen zu machen.

»Wie schön«, rief sie und umarmte Emma. »Es tut mir so leid, dass ich mich seit Sonntag nicht mehr habe blicken lassen, aber ich hatte einfach zu viel um die Ohren.«

»Alles gut«, beschwichtigte sie Emma und zeigte auf die Kinder, die mit Lukas im Schnee herumtollten. »Schau mal, wie Lukas sich freut, euch zu sehen.«

»Ja, das stimmt. Ehrlich gesagt glaube ich aber immer noch, dass es richtig war, dass du Lukas genommen hast. Ganz unabhängig von irgendwelchen Allergien«, sagte Angela hinter vorgehaltener Hand, bevor sie die Kinder ermahnte, nicht so wild zu toben. »Er ist auch nicht mehr der Jüngste und kann ein bisschen Ruhe ab und zu gut vertragen.«

»Wir verstehen uns großartig«, sagte Emma, unterschlug aber die Neuigkeit, dass Adam eine neue Familie für Lukas gefunden hatte und er schon am Samstag abgeholt werden würde. In Wirklichkeit wollte sie selbst nicht daran denken.

»Ich werde Erik verlassen«, sagte Angela unvermittelt.

»Entschuldige, kannst du das noch mal wiederholen, bitte? Ich glaube, ich habe dich nicht richtig verstanden.«

»Ich werde mich scheiden lassen«, sagte Angela, jetzt mit Nachdruck und stöhnte auf. »Oh, tut das gut, es laut auszusprechen.«

»Ähm … das ist …« Ja, was sagte man da? Herzlichen Glückwunsch? Oder: Bist du dir da auch ganz sicher? Emma hatte keine Ahnung. Sie kannte Angela nicht gut genug, um die Sache richtig einschätzen zu können. Außerdem wollte sie nicht denselben Fehler wie bei Hasse wiederholen und sich zu sehr in die Beziehung anderer Leute einmischen. Sie schielte zu den Kindern herüber, die ausgelassen mit Lukas spielten.

»Ich habe ihm gesagt, dass ich mit den Kindern ausziehen werde und er vorläufig bitte in unserer Ferienwohnung unterkommen soll, bis ich etwas Neues gefunden habe.«

»Und … hat er sich darauf eingelassen?«

»Er hatte keine Wahl«, sagte Angela. »Ehrlich gesagt weiß ich nicht, ob ich das Richtige tue.« Sie lachte. »Eigentlich will ich gar keine Scheidung. Aber wie sollen wir eine Beziehung führen, wenn er immer weg ist?«

»Aber du glaubst nicht, dass er jemanden kennengelernt hat und deshalb so oft weg ist?«

Angela starrte Emma so fassungslos an, dass ihr ganz heiß wurde. »Ich meine nicht, dass …«

»Er ist mit seinem Job verheiratet. Er hat keine Zeit für einen Seitensprung. Manchmal denke ich, es wäre leichter, wenn er eine Affäre hätte. Dann wäre da eine Frau, mit der ich konkurrieren könnte. Aber wie soll man bitte gegen einen Job ankommen? Das ist praktisch unmöglich.«

Emma antwortete nichts, und Angela schien auch nicht weiter darüber reden zu wollen. »Vor Weihnachten werde ich es nicht mehr schaffen vorbeizukommen. Ich muss noch ziemlich viel organisieren. Aber danach sehen wir uns ganz bald wieder, ja?«

***

Emma klopfte bei Lilian und wartete geduldig, dass die alte Dame an die Tür kam. Aber es blieb still. Sie klopfte ein zweites Mal, wieder ohne Erfolg.

»Ob Lilian unterwegs ist?«, fragte sie Lukas, der geduldig neben ihr saß. Er winselte leise und starrte die Tür an. Emma schluckte den Anflug von Enttäuschung herunter. »Komm, Lukas, wir gehen.«

Aber Lukas blieb unbeirrt vor Lilians Tür sitzen.

»Jetzt komm schon. Lilian ist nicht zu Hause«, sagte Emma ein bisschen ungeduldiger als vorher.

Lukas drehte sich zu Emma um, kläffte und wandte sich erneut der verschlossenen Tür zu. Emma ging neben ihm in die Hocke. »Ich weiß, dass du dir gerne ein Leckerli abholen möchtest, aber das muss leider warten.«

Emma hatte sich auch auf Tee und Plausch mit Lilian gefreut. Außerdem hatte sie ein schlechtes Gewissen, weil sie ihr Versprechen vergessen hatte, den Esszimmertisch mit ihr umzustellen. Es war einfach zu viel passiert seit ihrem letzten Gespräch.

Emma hatte schon den Schlüssel in ihr Schloss gesteckt,

als sie ein dumpfes Poltern hörte. Renovierte einer der anderen Mieter? Um diese Uhrzeit? Aber es klang nicht wie ein Hammer. Sondern dumpfer. Als hätte jemand mit einem Stock oder etwas anderem gegen die Wand geschlagen. Sie schüttelte den Kopf. *So ein Quatsch, da ist nichts. Du bist nur müde.* Als sie das Geräusch ein zweites Mal hörte, kehrte sie zu Lukas zurück, der sich keinen Millimeter von Lilians Tür wegbewegt hatte.

»Meinst du, ihr ist etwas passiert?«, fragte sie Lukas, der sich aufgestellt hatte und jetzt laut bellte. Mit zitternden Händen griff Emma nach seiner Leine. Schreckliche Bilder von einer hilflosen Lilian tauchten vor ihrem inneren Auge auf, sie musste sich sehr darauf konzentrieren, nicht von Panik überrollt zu werden.

Emma klopfte erneut an die Tür, diesmal lauter, und rief durch das dicke Holz. »Lilian? Bist du da?« Sie legte ein Ohr an die Tür und hörte das Poltern erneut. »Lilian!«, ihre Stimme überschlug sich. Lukas kratzte an der Tür und winselte. *Polizei, ich muss die Polizei rufen!* Emma kramte in ihrer Tasche nach ihrem Handy, aber das kalte Metall glitt ihr aus der Hand und schlidderte über den Steinfußboden.

»Nein, nein!«, rief sie und hob es auf. Ein langer Riss zog sich quer übers Display. *Bitte mach, dass es nicht kaputtgegangen ist. Bitte lass es funktionieren.* Emma drückte mit dem Finger aufs Display, und zu ihrer Erleichterung sprang es an. Mit zitternden Fingern tippte sie die Notrufnummer.

»Hallo? Ich brauche Hilfe, schnell!«

***

Emma saß im Taxi, die Hände im Schoß gefaltet. Die Rettungssanitäter hatten ihr gesagt, dass sie buchstäblich in letzter Minute angerufen hätte. Sie spürte, wie sie immer wieder von Übelkeit übermannt wurde, und zwang sich, geradeaus durch die Windschutzscheibe zu sehen. Sie bezahlte das Taxi und rannte zum Eingang des Krankenhauses. Dort blieb sie abrupt stehen. Vor zwei Jahren war sie das letzte Mal hier gewesen. Damals aber hatte sie nicht mitbekommen, wohin sie gefahren worden war. Sie erinnerte sich nicht an die Krankenschwestern, die angerannt gekommen waren, um sie aus dem Notarztwagen zu holen. Das Einzige, woran sie sich erinnerte, waren die weißen Wände, die auf dem Weg in den OP an ihr vorbeiflogen. Emma schloss die Augen. Ihr waren Fragen gestellt worden, die sie nicht hatte beantworten können. Sie erinnerte sich an die Schmerzen. Die Schmerzen und die Angst, dann war alles schwarz geworden. Als sie wieder aufgewacht war, hatte sie alles verloren, was sie geliebt hatte. Emma zitterte am ganzen Körper, dann holte sie tief Luft. *Ich kann das, ich schaffe das, für Lilian.* Sie hob die Hand und drückte entschlossen die Tür zur Notaufnahme auf.

# 25

## DONNERSTAG, 21. DEZEMBER

In dem riesigen Krankenhausbett wirkte Lilian zart und zerbrechlich. Es war früher Vormittag. Emma hatte das Zimmer nicht verlassen, seit Lilian am Abend zuvor eingeliefert worden war. Sie hielt ihre schmale Hand. Die Adern auf dem Handrücken schimmerten durch die Haut, die Finger waren leicht gekrümmt. Es klopfte an der Tür.

»Wie geht es ihr?«

Emma lächelte Adam an. »Sie wurde heute früh operiert. Die Ärzte sagen, dass sie sich wieder erholen wird. Wenn Lukas nicht gewesen wäre …« Sie wollte sich gar nicht ausmalen, was dann passiert wäre. »Danke, dass du gestern gleich gekommen bist«, sagte sie stattdessen.

»Gern geschehen.« Adam legte ihr tröstend eine Hand auf die Schulter. »Ich war mit Lukas und Fiffi draußen, ihm geht es gut. Wenn es für dich in Ordnung ist, würde ich ihn nachher mit in die Gärtnerei nehmen.«

»Vielen Dank für deine Hilfe. Ich bin so froh, dass du gestern angerufen hast, ich weiß nicht, ob ich das alles sonst geschafft hätte. Und Lukas hätte ich wahrscheinlich auch vergessen, was bin ich nur für ein Mensch …«

»Du standest unter Schock.«

»Aber wie kann man dann ausgerechnet die vergessen, die einen am meisten brauchen? Ich hatte Lilian am Montag versprochen vorbeizukommen, weil sie ihren Esszimmertisch umstellen wollte. Und dann hatte ich so viel um die Ohren, dass ich nicht mehr daran gedacht habe. Wenn ich früher bei ihr geklopft hätte, dann wäre das alles nicht passiert.«

»Du konntest doch nicht wissen, dass sie stürzt und sich die Hüfte bricht.«

Emma schloss die Augen.

»Soll ich dich nach Hause fahren?«

»Nein, ich will bei ihr sein, wenn sie aufwacht.«

»Wie lange muss sie denn im Krankenhaus bleiben?«

»Ein paar Tage bestimmt, und danach geht sie zur Reha, bis sie sich wieder selbst versorgen kann.«

Adam nahm einen Stuhl und setzte sich neben Emma. »Ich habe Lilian noch nicht richtig kennengelernt, aber sie scheint dir sehr viel zu bedeuten.«

»Sehr viel. Ist es nicht merkwürdig, dass man jahrelang nebeneinanderher lebt und sich dann eines Tages anfreundet? Ich meine, ich wohne schon seit fünf Jahren in dem Haus, und wir kennen uns erst seit etwa einem Monat. Überleg mal, an wie vielen Menschen du jeden Tag vorbeiläufst. Vielleicht sagst du ihnen mal Guten Tag, wenn es hochkommt, aber sonst machst du dir weiter keine Gedanken um sie.«

»Umso schöner, wenn dann aus einer zufälligen Begegnung mehr wird«, sagte Adam und sah ihr in die Augen. Emma spürte, dass er nicht nur von Lilian sprach, und senkte den Blick.

»Na, Kaffeeklatsch am Krankenbett?«, hörten sie Lilians krächzende Stimme. Emma strahlte übers ganze Gesicht.

»Wie schön, dass du wach bist! Wie geht es dir?«

»Kopf und Füße am richtigen Platz«, antwortete Lilian. »Hast du hier die ganze Nacht gesessen?«

Emma nickte stumm, sie befürchtete, in Tränen auszubrechen, wenn sie etwas sagen würde.

»Und wer ist dieser gut aussehende Kerl an deiner Seite?«

Emma musste lachen. Adam streckte Lilian die Hand entgegen und stellte sich vor.

»Sind Sie Emmas Freund?«

»Er ist *ein* Freund«, korrigierte Emma etwas zu schnell. »Er kümmert sich um Lukas.«

»Dann wissen Sie ja bestimmt auch, wie es in der Wohnung dieser Frau aussieht. Unfassbar, nicht wahr? Als würde sie jeden Moment umziehen wollen.«

»Keine Ahnung, ich bin bisher nicht weiter als in den Flur gekommen«, antwortete Adam diplomatisch, aber seine dunkelblauen Augen funkelten.

»Ja, wenn sie einen Mann im Haus hätte, wäre das besser, oder was meinen Sie?«, fragte Lilian mit unschuldigem Blick, was Emma die Sprache verschlug.

»Adam muss jetzt leider los«, sagte sie und sah in sein erstauntes Gesicht. »Du musst doch zur Arbeit, oder?«

»Doch, ja, das stimmt.«

Lilian kicherte. »Sie dürfen jederzeit wieder vorbeischauen, hübsche Männer sind hier immer willkommen.«

»Lilian!«, rief Emma entrüstet, musste dann aber lachen. Wenn Lilian schon wieder ihre Witze reißen konnte, dann war sie eindeutig auf dem Weg der Besserung.

Aber als Adam das Zimmer verlassen hatte, sank Lilian in ihre Kissen, und erst da sah Emma, wie blass sie eigentlich war. »Du bist bestimmt erschöpft, ich sollte jetzt auch gehen«, sagte sie und stand auf.

»Nein, bitte bleib noch ein bisschen bei mir«, sagte Lilian und klopfte neben sich aufs Bettlaken. Ihre gerade noch fröhlich funkelnden hellblauen Augen sahen sie auf einmal ernst an. »Ich will mich bei dir bedanken. Wenn du mich nicht gefunden hättest, wäre jede Hilfe wahrscheinlich zu spät gekommen.«

»Lukas hat dich gerettet. Er hat vor deiner Tür Alarm geschlagen. Es tut mir so leid, dass ich am Montag nicht mehr vorbeigekommen bin, obwohl ich es dir versprochen hatte.«

Lilian wedelte abwehrend mit der Hand. »Du hast so viel zu tun, mit deinem Laden und allem. Außerdem ist es doch noch mal gut gegangen. Lukas bekommt ein extragroßes Leckerli, wenn ich wieder nach Hause komme.«

»Ich bin froh, dass es dir wieder besser geht. Meine Güte, was alles hätte passieren können! Du warst ganz dehydriert.«

Lilian drückte Emmas Hand. »Du bist ein wunderbarer Mensch.«

Emma zog ihre Hand zu sich. »Da irrst du dich.«

»Red kein Unsinn. Was du schon alles getan hast. Du hast Lukas gerettet. Und mich auch.«

Emma sah, wie die Schneeflocken draußen in dichtem Gestöber langsam zu Boden fielen. Vielleicht war es an der Zeit, sich jemandem anzuvertrauen, die ganze Wahrheit zu erzählen.

»Ich bin schuld an Niklas' Tod«, sagte sie leise und starrte auf den Vorhang aus Schneeflocken.

»Ich glaube dir kein Wort.«

Emma sammelte sich. Sie brauchte einen Moment, bis

sie Lilian wieder in die Augen sehen konnte. »Wir waren auf dem Weg zu seinen Eltern. Es war Heiligabend und superglatt draußen. Es lag nicht so viel Schnee wie jetzt gerade, aber es war eisig kalt.« Die Erinnerungen überkamen sie. Emma dachte daran, wie sie aus der U-Bahn gestiegen und an der Brücke abbogen waren, um das kurze Stück zu seinem Elternhaus zu laufen. »Es war so unnötig. Wir haben uns über eine Bagatelle gestritten. Aber das Ganze schaukelte sich immer mehr hoch.«

»Das kann schnell passieren.«

»Ich weiß, aber aus irgendeinem Grund wollte ich ihn in diesem Moment unbedingt kränken, ich war so wütend und fühlte mich die ganze Zeit schon eingeengt. Das war das eigentliche Problem … Ich war in einer Situation, über die ich keine Kontrolle hatte.« Emma atmete schwer. »Ich war … schwanger.«

Sie erwartete eine Reaktion von Lilian, aber die sah sie nur aufmerksam an, darum fuhr sie fort. »Niklas wollte schon viel früher Kinder. Eigentlich hätte ich lieber noch gewartet, aber dann habe ich mich doch darauf eingelassen. Ich hätte nicht gedacht, dass es so schnell klappen würde …« Emma spürte den dicken Kloß im Hals. »Ich habe mich schon auf das Kind gefreut, aber ich fühlte mich auf einmal so gefangen. Es war, als würde mich die Situation überrollen. Ich konnte nichts tun. Und Niklas hörte nicht auf, davon zu reden, wie toll das alles werden würde. Ich hatte Angst und das Gefühl, dass er meine Sorgen nicht ernst nahm.«

»Und was ist dann passiert?«

»Wir haben uns immer schlimmer gestritten. Ich schrie ihn an, dass ich gar nicht Mutter werden wollte, dass er mich dazu gezwungen hätte und ich mir wünschte, wir würden überhaupt kein Kind bekommen.« Sie sah seinen entsetzten Gesichtsausdruck noch vor sich. Wie sein Zorn sich in Schmerz wandelte. »Ich bin einfach blind vor Wut auf die Straße gerannt. Deshalb habe ich auch das Auto nicht gesehen, aber Niklas. Er … hat sich vor mich geworfen.« Sie schloss die Augen, hörte wieder das Geräusch des Aufpralls, wie sein Körper vom Auto getroffen wurde, das Quietschen der Bremsen, als der Fahrer zum Halten kam. »Ich war so mit unserem Streit beschäftigt, dass ich nicht aufgepasst habe.« Die letzten Worte flüsterte sie. Das Auto hatte sie damals seitlich erfasst und zu Boden gerissen. Sie erinnerte sich an den unsäglichen Schmerz, der durch ihren Körper schoss, an die Sekunden der absoluten Stille, bis eine Autotür aufgerissen und wieder zugeworfen wurde. »Ich habe ihn dort liegen sehen, ganz in meiner Nähe. Sein Körper war so unnatürlich verdreht, und er hat sich überhaupt nicht mehr bewegt …« Emma schluchzte und begrub ihr Gesicht in den Händen. Das Bild der vielen Weihnachtsgeschenke, die auf der Straße verstreut lagen, hatte sich ihr eingebrannt. Genau wie der Klang der Schritte, die auf sie zukamen, ihr Schreien, bevor alles schwarz wurde.

»Ich habe das Bewusstsein verloren, und als ich wieder aufgewacht bin, lag ich im Notarztwagen auf dem Weg ins Krankenhaus.«

»Und dein Mann ist bei dem Unfall ums Leben gekommen?«

»Ja. Und ich habe unser Kind verloren. Alles nur, weil ich diese schrecklichen Dinge gesagt habe, die ich gar nicht so meinte.« Emmas Schultern zuckten, so sehr musste sie schluchzen. Lilian streichelte ihre Hand, zog sie an sich und umarmte sie. Emma legte ihren Kopf auf ihre Brust und spürte, wie Lilian ihr über den Kopf strich. Sie hörte das Herz der alten Frau schlagen, langsam und rhythmisch.

»Es war ein kleiner Junge. Er hatte schon angefangen, sich zu bewegen, wie kleine Wellen fühlte sich das an.«

»Das war nicht deine Schuld, Emma. Unfälle passieren jeden Tag. Man sollte nicht darüber nachdenken, was gewesen wäre, wenn. Vielleicht hättet ihr das Auto auch ohne den Streit nicht gesehen.«

»Aber Niklas wäre noch am Leben, wenn wir nicht gestritten hätten. Er hat mich gerettet. Und das Letzte, was ich ihm gesagt habe, war, dass ich unser Kind nicht haben will.«

Lilian drückte Emma an sich. »Es gibt Dinge, die wir gerne ungeschehen machen wollen. Aber so ist das Leben. Wir haben es nicht in der Hand. Denk an alle die Unfälle, die täglich passieren, weil jemand Auto fährt und gleichzeitig am Handy ist oder seinen Fahrradhelm zu Hause vergessen hat oder es furchtbar eilig hat und nicht auf die Straße schaut.«

Emma wusste, dass Lilian sie damit trösten wollte, aber es fiel ihr schwer, ihre Worte anzunehmen.

»Ich hole mir mal einen Tee unten in der Cafeteria. Soll ich dir was mitbringen?«, fragte sie, um das Thema zu wechseln.

***

Obwohl Emma nur einen Tag nicht zu Hause gewesen war, fühlte es sich wie eine Ewigkeit an. Sie ging durch die Wohnung und sah sich um. Seit die Leute vom Recyclinghof die Müllsäcke, Kartons und ein paar Möbel abgeholt hatten, war die Wohnung ziemlich leer. Emma zog den Mantel aus und war schon auf dem Weg in die Küche, als es an der Tür klopfte. *Das wird Adam sein.*

»Hallo, mein Guter«, rief sie, als Lukas sie stürmisch begrüßte und ihr vor Wiedersehensfreude über Hände und Gesicht leckte.

»Er hat dich vermisst.« Adam lächelte sie an.

»Vielen Dank, dass du dich um ihn gekümmert hast.«

»Wir haben es uns gemütlich gemacht. Fiffi hat sogar ihren Schlafplatz mit ihm geteilt.«

»Ich hoffe, dass deine Freundin nicht sauer war, dass du einfach so einen fremden Hund mit nach Hause gebracht hast?«

»Welche Freundin?«, fragte Adam und hängte Lukas' Leine an den Garderobenhaken.

»Na deine.«

»Ich habe keine Freundin.«

»Aber du hast doch erzählt, dass deine Freundin Fiffi den Namen gegeben hat«, sagte Emma und spürte, wie ihr die Röte ins Gesicht stieg.

»Du meinst Livia? Ah … Das ist lange her. Sie ist mittlerweile verheiratet und hat zwei Kinder.«

»Ach so.« Sie sahen sich an. Hatte sich die Stimmung im Raum verändert, oder empfand nur sie das so?

»Ich bin immer davon ausgegangen, dass du weißt, dass ich Single bin.«

»Nein, also ich meine …«

Adam kam langsam auf sie zu. »Emma, ich …«, aber Emma unterbrach ihn sofort.

»Ich habe Lilian versprochen, ihr ein paar Sachen aus ihrer Wohnung zu holen. Ich sollte das am besten gleich machen, bevor es zu spät wird.«

»Ich muss mit dir reden«, sagte Adam, als hätte er nicht gehört, was sie gesagt hatte.

»Jetzt?«

»Ich weiß, dass es bestimmt nicht der ideale Zeitpunkt ist, aber ich habe so viel darüber nachgedacht. Seit wir zusammen im NK einkaufen waren, wenn ich ehrlich bin … Was ich dir sagen will: Ich habe dich sehr gern.«

Emma schluckte. »Du hast mich gern?«

»Ja …« Adams Blick war plötzlich ganz scheu. »Ich frage mich schon seit einer Weile … ob du dasselbe für mich fühlst?«

Emma schossen tausend Gedanken durch den Kopf, aber sie konnte keinen einzigen festhalten. *Er mag mich! Er will wissen, ob ich dasselbe fühle. Ja, das tue ich! Aber ich kann nicht. Es geht nicht. Ich bin noch nicht so weit.* »Ich bin sehr geschmeichelt, aber …«

»Du fühlst nicht dasselbe für mich?«

»Das ist es nicht, ich mag dich sehr … aber ich bin noch nicht bereit für etwas Neues …« Sie holte tief Luft. »Vor ein paar Wochen noch wollte ich nicht mehr weiterleben und jetzt … Verzeih mir … es ist einfach zu früh.«

Adam nickte. »Das ist in Ordnung. Ich versteh das.« Er rief Fiffi zu sich, die mit sichtlichem Unwillen ihren Platz auf dem Küchenboden verließ. »Ich muss los. Ich muss noch ein paar Sachen erledigen.«

Am liebsten hätte Emma ihn aufgehalten, aber sie konnte nicht.

***

Lilians Wohnung lag im Dunkeln. Ehe sie sich hatte aufraffen können rüberzugehen, hatte Emma eine ganze Weile wie benommen bei sich am Küchentisch gesessen und einfach aus dem Fenster gestarrt. Ihr war so viel durch den Kopf gegangen. Ob das jetzt das Ende ihrer Freundschaft mit Adam war? Sie wusste es nicht. Was sie hingegen wusste und spürte, war, dass seine Worte etwas in ihr ausgelöst hatten.

Emma zwang sich, an etwas anderes zu denken, und schaltete das Licht im Flur an. Es roch muffig, im Wohnzimmer stand noch ein Tablett mit Tee und Keksen. Das würde sie später aufräumen. Sie ging ins Schlafzimmer, in dem sie sich neugierig umsah. Ihr Blick wanderte über das gemachte Bett mit der bestickten Tagesdecke und den Lehnstuhl aus Mahagoni. Über der Rückenlehne hing ein Seidentuch, Emma musste lächeln. Das war ein richtiges Lilian-Tuch. Bunt und elegant zugleich. Emma zog die Schubladen der Kommode auf, um Lilian frische Unterwäsche einzupacken. Es war ein komisches Gefühl, in ihren Sachen herumzuwühlen. Als würde sie etwas Verbotenes tun. Ihr Blick fiel auf das Medaillon, das oben auf der Kommode lag. Sie nahm es in die Hand und strich über die metallene Oberfläche. Lilian hatte es geputzt, und es glänzte wie neu. Nach wie vor wusste Emma nicht, wie man es öffnete. Sie legte es zu den Sachen, die sie Lilian mitbringen würde. Es würde sie bestimmt freuen, es bei sich zu haben.

Nachdem sie alles eingepackt hatte, schloss sie den Reißverschluss der Tasche und verließ das Schlafzimmer. Auf dem Weg durchs Wohnzimmer blieb sie bei den Fotos stehen, die dort aufgestellt waren. *Ein ganzes Leben in Bildern*, schoss es ihr durch den Kopf. Wieder besah sie fasziniert das Foto mit den drei Freunden. Doch dieses Mal war irgendetwas anders. Vor allem der Mann kam ihr zunehmend bekannt vor. Vielleicht war sie ihm schon einmal begegnet? Er musste ja in Lilians Alter sein. Emma nahm den Rahmen in die Hand. Die drei standen vor einem Blumenbeet und lachten in die Kamera. Die beiden Frauen trugen Kleider, der Mann einen Anzug. Sie sahen aus, als wären sie auf dem Weg zu einem Fest. Behutsam löste Emma das Foto aus dem Rahmen. Sie warf einen Blick auf seine Rückseite. Plötzlich stockte ihr der Atem.

*Meine große Liebe. Meine besten Freunde. Alexandra und Waldemar.*

Deshalb war ihr der Mann auch so bekannt vorgekommen! Er war älter geworden, aber er sah seinem jüngeren Ich noch sehr ähnlich. Die Augen, die Nase und die Gesichtsform. Und dieses Lachen, das alles war unverkennbar Waldemar.

# 26

FREITAG, 22. DEZEMBER

Emma stand schon eine Weile vor dem Rahmenladen, als Gertrud endlich das Geschäft öffnete. Sie hatte die ganze Nacht wach gelegen und gegrübelt und konnte es kaum erwarten, den Brief und das Aquarell zu holen und Lilian beides ins Krankenhaus zu bringen.

»Ich habe mich schon gefragt, wann Sie wiederkommen. Was für ein Wetter. Das wird dieses Jahr wohl weiße Weihnachten geben«, begrüßte sie Gertrud freundlich.

»Das hoffe ich auch«, erwiderte Emma und folgte ihr in den Laden. »Oh, Sie haben umgeräumt?«

»Ja, wir finden, dass es besser aussieht, wenn wir alle Gemälde an diese Wand hängen und die Rahmen und sonstiges Zubehör weiter hinten haben. Wir wollen auch noch streichen, aber das machen wir erst nächstes Jahr.«

»Das sieht toll aus. Aber eigentlich komme ich, um den Brief abzuholen, den hatte ich bei der ganzen Aufregung letztes Mal total vergessen. Außerdem wollte ich fragen, ob es Neuigkeiten zu dem Aquarell gibt?«

»Allerdings, die gibt es. Wir haben das Bild gestern zusammen mit einem Erstgutachten zurückbekommen. Eigentlich wollte ich Sie jetzt gleich ohnehin anrufen.«

»Und was hat der Kunstexperte gesagt? Ist es ein Carl Larsson?«

Gertrud strahlte übers ganze Gesicht. »Nicht nur das. Es ist ein noch gänzlich unbekanntes Werk von ihm. Das kann Ihnen viel Geld einbringen, wenn Sie es verkaufen.«

Ein echter Carl Larsson! Emma konnte ihre Gedanken förmlich wirbeln hören. Allein die Vorstellung, jahrelang in der unmittelbaren Nähe eines solchen Kunstwerks gewohnt zu haben, das in einem Geheimfach vor sich hin schlummerte, machte sie ganz schwindelig!

Gertrud holte das neu gerahmte Gemälde und legte es zusammen mit dem Brief auf den Tresen. »Vielleicht war ich kürzlich etwas sehr enthusiastisch, was den Wert anbetrifft, aber trotz der geringen Größe meinte unser Freund, dass Sie bestimmt ein paar Hundertausend dafür bekommen könnten.«

*Ein paar Hundertausend.* Sie berührte den Rahmen.

»Ich danke Ihnen. Sie haben ja gar keine Ahnung, wie viel mir das bedeutet.«

»Davon können Sie es sich richtig gut gehen lassen, meine Liebe.«

Emma schüttelte den Kopf. »Das Bild gehört mir nicht. Aber ich werde es jetzt der rechtmäßigen Besitzerin zurückgeben.«

***

Das würde die beste Tat der guten Taten werden, allerdings auch eine der letzten. Fast eine ganze Stunde hatte Emma gebraucht, um Waldemar zu überreden, seine Wohnung zu verlassen und mit ihr mitzukommen. Er hatte keine Ahnung, worauf genau er sich da einließ. Sie verriet ihm nur, dass es sich um eine Überraschung handelte. Während Waldemar sich fertig machte, rief sie im Krankenhaus an und überredete eine Schwester, Lilian beim Anziehen und Schminken zu helfen. Sie hatte ihr mit einem Kurier Kleidungsstücke und ihr Necessaire mit Schminke, Bürste und sonstigem Kram bringen lassen. Schließlich stand sie mit Waldemar vor dem Krankenhaus. Tat sie das Richtige? Die Geschichte mit Hasse und Flora steckte ihr noch in den Knochen, aber Lilian und Waldemar waren schon so alt. Hatten sie keine zweite Chance verdient? *Wenn ich jetzt nichts unternehme, ist es vielleicht bald zu spät.* Emma lächelte Waldemar an, der ihr Lächeln mit einem fragenden Gesichtsausdruck erwiderte.

»Ich weiß nicht, ob das eine gute Idee ist«, sagte er und nahm seinen Hut ab. »Kenne ich die Person, die wir besuchen?«

»Das werden wir ja sehen«, sagte Emma, grinste geheimnisvoll und drückte auf den Fahrstuhlknopf. »Es ist jemand, den Sie lange nicht mehr gesehen haben. Und ich hoffe sehr, dass Sie sich freuen werden.«

Als sie Lilians Station erreichten, spürte Emma ein Kribbeln im Bauch. *Ich tue das Richtige. Das ist mit der Hasse-und-Flora-Sache überhaupt nicht zu vergleichen.* Lilian hatte sich die Haare frisiert und trug eine Seidenbluse mit Rüschen und ihre Perlenkette. Emma hatte ursprünglich sogar ein Kleid mitschicken wollen, sich aber dann dagegen entschieden.

»Wie schön, dass du noch mal vorbeischaust. Ich hatte dich erst heute Nachmittag erwartet.« Lilian strahlte sie an.

»Magda hatte Zeit, sich ein wenig um den Laden zu kümmern«, sagte Emma und erwiderte das fröhliche Lächeln von Lilian. »Aber ich bin nicht allein gekommen. Ich habe dir jemanden mitgebracht …« Emma drehte sich zu Waldemar um, der kreidebleich war. Sie konnte förmlich sehen, wie er mit sich rang, ob er nicht besser sofort das Weite suchen sollte. *Er darf jetzt nicht abhauen. Ich will, dass die beiden eine zweite Chance bekommen.*

»Ich dachte, du freust dich bestimmt, Waldemar wiederzusehen.« Emma trat zur Seite, Waldemar hatte keine andere Wahl und kam ins Zimmer. Emma hielt den Atem an. Es war einfach perfekt. Zwei Geliebte wieder miteinander vereint. Gespannt sah sie von einem zum anderen.

Nur warum sagten sie nichts? Lilian starrte Waldemar mit aufgerissenen Augen an, und Waldemar wirkte so perplex, dass Emma Zweifel kamen. *War Waldemar gar nicht Lilians große Liebe? Habe ich ihr jetzt den falschen Mann angeschleppt? Ausgerechnet an ihr Krankenbett?*

»Ich habe das Foto von euch dreien auf deiner Kommode gesehen, und als ich gelesen habe, was auf der Rückseite stand, habe ich begriffen, dass Waldemar deine große Liebe war. Der Waldemar, den ich zufällig vor Kurzem kennengelernt habe«, plapperte Emma drauflos, um das Schweigen zu brechen. Aber die beiden schienen nicht zuzuhören. Waldemar machte ein paar zaghafte Schritte auf das Krankenbett zu.

»Guten Tag, Lilian. Es ist lange her«, sagte er steif.

Emma sah von Lilian zu Waldemar. Ganz eindeutig stimmte hier etwas nicht.

»War es falsch von mir, Waldemar herzubringen?«, fragte

Emma und spürte, wie ihre Nervosität wuchs. *Warum um Himmels willen habe ich Waldemar hierhergeschleppt? Hätte ich Lilian nicht einfach das Bild und den Brief geben können? Was, wenn sie genauso wütend auf mich ist wie Hasse?*

»Emma, meine Liebe«, sagte Waldemar. »Das hast du dir bestimmt anders vorgestellt. Du hast aber recht damit, dass wir beide uns schon sehr lange kennen.«

Lilian, die erst jetzt ihre Stimme wiedergefunden hatte, krächzte: »Waldemar, wie geht es dir?«

»Mir geht es gut.«

*Was habe ich mir bitte dabei gedacht, einfach so eine Person ins Krankenhaus zu bringen, die Lilian über sechzig Jahre lang nicht gesehen hat?* Emma setzte gerade zu einer Entschuldigung an, als Lilian ihr zuvorkam.

»Es tut mir so leid, dass ich nicht bei Alexandras Beerdigung war. Ich wollte, aber …«

»Ich habe das verstanden. Das ist vergessen und vorbei.«

»Aber ich wollte wirklich kommen. Ich war sogar schon auf dem Weg, aber meine Eltern haben mich aufgehalten. Außerdem gab es ja auch Arne. Wir hatten gerade geheiratet, und ich hatte Angst, dass er es mir übel nehmen würde.« Lilians Augen hatten sich mit Tränen gefüllt. »Ich vermisse sie so sehr. Jeden Tag. Oft stelle ich mir vor, wie es wohl gewesen wäre, wenn …«

Emma versuchte, ihr zu folgen. Ging es um Alexandra? Lilian hatte immer nur davon gesprochen, dass sie sich aus gesellschaftlichen Gründen gegen ihre große Liebe entschieden hatte. Einen Namen hatte sie nie erwähnt.

»Hatte es damit zu tun, dass …« Emma räusperte sich. »Waldemar ist gar nicht deine große Liebe, richtig?«

Lilian und Waldemar sahen Emma lange schweigend an. »Alexandra war die Liebe meines Lebens«, flüsterte sie und sah auf einmal noch kleiner und schwächer aus.

»Kannst du mir verzeihen, Waldemar? Wenn ich gewusst hätte, was passieren würde, wäre ich niemals dorthin gegangen. Niemals.«

»Du musst nicht um Verzeihung bitten, Lilian.« Er stützte sich am Bettgestell ab. »Darf ich mich kurz hinsetzen?« Lilian nickte ihm zu.

»Das war alles so schrecklich«, sagte sie und krallte ihre Finger in die Decke. »Ich habe sie so geliebt. Aber es war unmöglich. Als mein Vater davon erfuhr, hat er mich gezwungen, den Kontakt abzubrechen. Er hat gedroht, Alexandra zu entlassen und dafür zu sorgen, dass sie nirgendwo mehr Arbeit finden würde, wenn ich mich seinen Anweisungen widersetze. Ich habe mich nicht einmal getraut, sie zu besuchen.«

»Sie hatte großes Verständnis für deine Lage und dein Verhalten.«

»Hatte sie das wirklich?«

Waldemar griff Lilians Hand. »Meine Schwester hat dich über alles geliebt. Aber sie wusste auch, dass dein Vater mehr Macht hatte als ihr beide zusammen. Und als ihr dieser Bande in die Hände gelaufen seid …«

»Das war meine Schuld. Alles. Alexandra wollte, dass wir zu Hause bleiben. Sie war der Meinung, dass es keine gute Idee wäre auszugehen. Aber ich hatte schon ein paar Gläser Sherry getrunken und wollte tanzen …«

Emma lauschte der Unterhaltung und versuchte, sich einen Reim auf all das zu machen. »Ich glaube, ich muss mich jetzt auch hinsetzen«, murmelte sie und ließ sich auf einen Stuhl sinken.

Lilian und Waldemar unterhielten sich noch lange, über Alexandra, über Lilians Mann Arne und die letzten Jahre, während Emma stumm danebensaß und staunte.

»Bitte verzeih mir, dass ich Waldemar hierhergeschleppt habe«, sagte Emma, nachdem er sich schließlich verabschiedet hatte und gegangen war.

Lilian klopfte neben sich aufs Bettlaken. »Komm, setz dich zu mir.«

»Ich habe ein Bild und einen Brief für dich.« Emma sprach so leise, dass es fast ein Flüstern war. Sie kramte in ihrer Tasche. »Das habe ich beides zusammen mit dem Medaillon gefunden. Aber der Rahmen war zerbrochen. Ich wollte ihn erst reparieren lassen, bevor ich dich dann damit überrasche.« Vorsichtig wickelte sie das Bild aus dem Seidenpapier.

Mit zitternden Fingern nahm Lilian es entgegen, legte das Bild auf die Decke und öffnete den Brief. Emma sah, wie ihr die Tränen über die Wangen liefen, während sie las.

»Danke. Vielen Dank, dass du mir die Sachen gebracht hast.«

Emma schämte sich, dass sie überhaupt darüber nachgedacht hatte, das Bild zu behalten. »Das ist ein echter Carl Larsson.«

»Ich weiß.«

»Wenn du ihn verkaufen willst … Der ist ziemlich viel wert.«

»Das Gemälde könnte ich niemals verkaufen«, sagte Lilian, ohne den Blick von dem Aquarell zu nehmen. »Es war

Alexandras wertvollster Besitz. Sie hat es von ihrer Patentante geschenkt bekommen.«

»Es ist wunderschön.«

»Alexandra hat immer gesagt, dass es sie glücklich macht, wenn sie das Bild nur ansieht.« Lilian senkte den Blick und sah auf ihre Hände. »All die Jahre habe ich mir Vorwürfe gemacht, mir die Schuld gegeben für das, was passiert ist. Wir haben uns einfach nur zum falschen Zeitpunkt kennengelernt.«

»Weil eure Liebe damals nicht akzeptiert wurde?«

»Die Liebe zwischen zwei Frauen oder zwei Männern war nicht gesetzlich verboten, wurde von vielen aber als krankhaft bezeichnet und empfunden. Und als mein Vater von unserer Beziehung erfuhr, hatte ich keine Kraft, gegen ihn aufzubegehren.«

»Was ist denn passiert?«

»Wir sind einer Bande von Männern in die Quere gekommen, die der Ansicht waren, dass wir eine gehörige Tracht Prügel verdient hätten.« Lilian legte den Brief auf die Decke und sah aus dem Fenster nach draußen, wo die Schneeflocken am Himmel tanzten. »Es war meine Schuld. Ich hatte Alexandra überredet, in dieses Lokal zu gehen.«

»Also seid ihr ausgegangen?«

»Wir sind in ein neues Lokal gegangen, wo man tanzen konnte. Ich war angetrunken und habe Alexandra auf der Tanzfläche geküsst … diese Typen müssen uns gesehen haben …«

Emma wagte nicht zu fragen, wie es weiterging, aber Lilian fuhr von allein fort. »Sie haben uns krankenhausreif geschlagen. Mein Vater erfuhr natürlich davon und verbot mir jeden weiteren Kontakt zu Alexandra. Und als ich sie heimlich im Krankenhaus besuchte, machte ihre Mutter mir eine richtige Szene. Sie gab mir die Schuld an allem.«

Emma drückte Lilians Hand. »Du musst mir das nicht erzählen, wenn es zu sehr wehtut.«

»Aber ich will. Es tut so gut, nach all den Jahren endlich die Wahrheit zu erzählen. Alexandra hatte es viel schlimmer erwischt als mich. Mein Vater hat ihr bald darauf eine Anstellung in Göteborg organisiert, möglichst weit weg. Und zwei Monate später hat sie sich das Leben genommen.

Ich habe mir so viele Male gewünscht, die Zeit zurückzudrehen und alles anders zu machen. Und ich war so wütend. Auch auf Alexandra, weil sie uns zurückgelassen hat. Wir mussten ja weiterleben mit dem Verlust und der Sehnsucht.«

»Machst du dir Vorwürfe?«

»O ja. Unendlich oft. Bis mein Mann mich davon überzeugen konnte, dass wir alle selbst die Verantwortung für unser Leben und unsere Handlungen haben und Dinge geschehen, auf die wir keinen Einfluss haben. Wie hätte ich zum Beispiel wissen können, dass diese Männer uns sehen und verprügeln würden?«

»Wusste dein Mann, was passiert war?«

»Er kannte nicht die ganze Geschichte, aber er hat natürlich mitbekommen, dass ich mich für ihren Tod verantwortlich gefühlt habe.« Lilian hielt Emma den Brief entgegen. »Der ist von Alexandra. Ein Abschiedsbrief. Meine Eltern müssen ihn zusammen mit dem Bild und dem Medaillon versteckt haben. Deine Wohnung gehörte uns, sie war das Refugium meines Vaters, wenn er seine Ruhe brauchte.« Emma nahm den Brief und las ihn. Ihr Blick verschwamm, und sie musste mehrmals blinzeln, um die Worte entziffern zu können.

*Lilian.*

*Es ist nicht deine Schuld. Ich will, dass du das weißt. Mir tut es unendlich leid, was passiert ist und wie es jetzt ist. Ich liebe dich so sehr. Auch wenn wir nicht zusammen sein können, will ich dir sagen, dass du immer die Einzige für mich sein wirst.*
*Ich verstehe, warum du dich für den Weg entschieden hast, den du jetzt gehst. Wahrscheinlich hätte ich es auch so gemacht, wenn ich in derselben Situation gewesen wäre. Sei dir immer meiner Gefühle für dich gewiss. Es gibt im Moment einfach keinen Platz für unsere Liebe.*

*Deine Alexandra*

»Du bist so unendlich stark«, sagte Emma schluchzend und gab Lilian den Brief zurück. »Du hast es geschafft, danach weiterzumachen.«

»Was sollte ich denn tun? Das Leben ist nicht immer einfach. Es kann mal hell und mal dunkel sein und manchmal richtig schwarz. Aber so ist es nun einmal. Du bist auch stark, Emma.«

Emma spürte, wie ihr die Tränen über die Wangen liefen. Sie hatte ja keine Vorstellung davon gehabt, was Lilian durchgemacht hatte. Es gab keine Worte für den Schmerz, den sie empfunden haben musste. »Wirst du Waldemar wiedersehen?«, fragte sie.

»Das hoffe ich doch sehr. Ich werde euch beide zum Kaffee einladen, wenn ich wieder fit bin. Du hast ja hoffentlich deine Umzugspläne verworfen, oder?«

»Umzugspläne?«, fragte Emma und strich eine Falte auf Lilians Bettdecke glatt.

»Nun ja, deine Wohnung ist schon ziemlich leer geräumt.«

Was hatte sie gesehen, geahnt, gewusst? Emma versuchte, Lilians Gesichtsausdruck zu deuten. Aber der war unergründlich.

»Ich ziehe nirgendwohin.«

»Sehr gut. Es wäre nämlich jammerschade, wenn ich meine Lieblingsnachbarin verlieren würde.«

***

Es war fast schon zehn Uhr, als Emma und Lukas zu ihrem Abendspaziergang aufbrachen. Sie spürte ihr Handy in der Tasche brummen.

Hallo, Emma. Passt es dir, wenn wir morgen um neun vorbeikommen? Die Kinder freuen sich schon sehr auf Lukas. Elin

Emma musste die Nachricht zweimal lesen, bis sie begriff, wer die Absenderin war. Elin, die entfernte Bekannte von Adam, die Lukas zu sich nehmen wollte! Die hatte sie vollkommen vergessen. Ihre Hand zitterte. *Ich will Lukas nicht abgeben. Er soll bei mir bleiben.* Entschlossen tippte sie ihre Antwort.

Es tut mir wirklich leid, aber Lukas braucht kein neues Zuhause mehr.

Zwei Sekunden später schickte sie eine zweite Nachricht hinterher.

Entschuldige bitte, aber ich will ihn doch nicht weggeben.

Es dauerte nicht lange, da klingelte ihr Handy, aber Emma ließ es klingeln, steckte es in die Jackentasche, kniete sich hin und streichelte Lukas. »Wir bleiben zusammen«, flüsterte sie in sein Ohr und begrub ihr Gesicht in seinem Fell.

# 27

## SAMSTAG, 23. DEZEMBER

Emma machte Klarschiff in ihrem Laden. Es war ein komisches Gefühl. Es war nur noch ein Tag bis Weihnachten, und sie war ganz allein. Sie hatte sich an Julia, Hasse und Angela gewöhnt, die da waren, ihr halfen oder im Weg standen. Aber Hasse hatte sich seit der Sache mit Flora nicht mehr bei ihr gemeldet, Angela war schwer beschäftigt und Julia zu Hause bei ihrer Mutter. Nur Lukas leistete ihr Gesellschaft. Wie üblich hatte er es sich hinterm Tresen gemütlich gemacht. Emma sah aus dem Schaufenster. Die Leute hasteten vorbei. Bei ihr im Geschäft hingegen waren die letzten Tage vor Weihnachten in der Regel ruhiger. Ab und zu kam jemand, der in letzter Minute noch nach einem Geschenk suchte, aber die meisten ihrer Kunden hatten ihre Einkäufe längst erledigt. Emma hätte gerne Magda angerufen, wollte sie aber nicht stören. Doch eigentlich hatte sie einiges mit ihrer Familie zu klären.

Emma stützte die Ellenbogen auf den Tresen und legte ihren Kopf in die Hände. War das auch früher so gewesen? Sie hatte ganz vergessen, wie still und einsam es hier sein konnte. Wie eintönig ihr Tagesablauf gewesen war, zwischen Wohnung und Laden. Emma sah sich um, sie hatten wirklich das Beste aus dem Laden herausgeholt. Es herrschte eine warme und gemütliche Atmosphäre, und im Moment sah alles ein wenig nach Weihnachtsmärchenwelt aus.

Wie es wohl Julia ging? Sie hatten sich ein paar SMS hin und her geschickt. Julia hatte gesagt, dass zu Hause noch alles ruhig war, aber sie befürchtete jederzeit einen neuen Ausbruch ihrer Mutter, vor allem, weil Weihnachten immer große Gefühle in ihr auslöste. Emma hoffte, dass Julia sich bei ihr melden würde, wenn sie jemanden zum Reden brauchte. Plötzlich tauchte Adam in ihren Gedanken auf, aber sie schob ihn wieder beiseite. Sie durfte jetzt nicht an ihn denken. Er wollte mehr und sie gerade nicht. Aber ihn aus dem Kopf zu bekommen war gar nicht so einfach. Sie ertappte sich immer wieder dabei, wie sie ihr Display auf neue Nachrichten überprüfte oder den Passanten draußen hoffnungsvoll hinterhersah.

»Du vermisst Fiffi doch bestimmt auch sehr, oder?« Lukas spitzte bei dem Namen sofort die Ohren. »Oh, mein Guter! Tut mir leid, aber sie ist nicht hier.« Emma kniete sich neben ihn und streichelte ihn hinter den Ohren. Da klingelte die Türglocke, und sie sprang sofort auf. Aber ihre Begeisterung ließ merklich nach, als sie sah, dass es eine ganz normale Kundin war. Als sie kurze Zeit später drei Artikel einpackte, kam ihr der Gedanke, dass sie ihren neuen Freunden etwas Gutes tun könnte.

Als die Kundin den Laden verlassen hatte, weihte Emma Lukas in ihren Plan ein. »Mir fehlt noch eine gute Tat für heute.« Lukas wedelte freundlich mit dem Schwanz, schien aber weiter nichts zu ihrem Vorhaben beitragen zu wollen. »Ich werde mich wieder mit Hasse vertragen, außerdem allen ein Geschenk besorgen und die ganze Truppe auf einen Glühwein einladen.«

***

Emma wählte Hasses Nummer und trommelte nervös mit den Fingern auf dem Verkaufstresen. *Hoffentlich drückt er mich nicht einfach weg*, dachte sie.

»Hasse.«

»Hallo. Hier ist Emma. Wie geht es dir?«

»Oh, hallo, Emma«, sagte Hasse. Seine Stimme klang betreten. »Mir geht es ganz gut.«

Es wurde still in der Leitung. Das würde vielleicht doch nicht so einfach werden, wie sie sich das vorgestellt hatte.

»Ich wollte dich um Entschuldigung bitten, dass ich Flora ohne dein Wissen angerufen habe. Ich hatte kein Recht, mich in eure Beziehung einzumischen. Ich bin zu weit gegangen.«

»Das ist schon okay … wir haben das geklärt«, stotterte Hasse. »Du, ich bin gerade sehr beschäftigt, kann ich dich die Tage zurückrufen?«

»Ähm … ja, natürlich. Ich wollte euch beide eigentlich nur fragen, ob ihr Lust habt, heute Nachmittag auf einen Glühwein vorbeizukommen …« Emmas Blick wanderte zu ihrer kleinen Caféecke, die sie mit dem schönen Weihnachtsgeschirr eingedeckt hatte.

»Das würden wir gern, aber wir haben leider zu tun. Ein anderes Mal, ja?«

»Klar, kein Problem«, sagte Emma und hatte es kaum ausgesprochen, da hatte Hasse schon Tschüss gesagt und aufgelegt. Nachdenklich sah Emma auf ihr Handy. *Vielleicht ist er doch noch sauer auf mich. Wir müssen das bei Gelegenheit klären.*

Dann rief sie Angela an, aber die ging gar nicht erst ans Telefon. Als Nächstes probierte sie es bei Magda, die allerdings auch absagte: Sie habe mit den Zwillingen alle Hände voll zu tun. Auch Julia war beschäftigt, sie murmelte etwas von Weihnachtsvorbereitungen. Enttäuscht ließ sich Emma auf einen der Stühle sinken. Niemand hatte Zeit, keiner wollte vorbeikommen. *Ich bin es doch gewohnt, allein zu sein. Warum macht mir das jetzt so viel aus?* Emma sammelte die Geschenke in einer Kiste und stellte sie hinter den Vorhang. *Ich werde sie ihnen geben, wenn wir uns das nächste Mal sehen.* Dann deckte sie die Kaffeetafel wieder ab.

***

Der Kranz an ihrer Wohnungstür war aus Eukalyptus, Tannenzweigen und Vogelbeeren. Emma strich vorsichtig über das stachelige Grün. Von wem war der Kranz? Von Adam? Warum sollte er ihr etwas schenken, nachdem sie ihm einen Korb gegeben hatte? Kaum hatte Emma die Tür aufgeschlossen, stürmte Lukas freudig bellend ins Wohnzimmer. Verwundert lief sie ihm hinterher und blieb mit offenem Mund in der Tür stehen.

Ihre Wohnung war nicht wiederzuerkennen. In der Mitte des Raumes stand ein Weihnachtsbaum und glitzerte und funkelte. Er war bunt geschmückt, und die Lichterkette spendete ein warmes Licht. Emma starrte Angela und Magda an, die vom Sofa aufgestanden waren. Hatte sie ihnen das zu verdanken?

Apropos Sofa. »Wo kommt das Sofa her?«, fragte Emma verdutzt und zeigte auf das weiße Stoffsofa, das dem von Magda und Henrik zum Verwechseln ähnlich sah.

»Wir brauchen es bald nicht mehr und dachten, dass du es vielleicht haben willst. Auf deinem konnte man ja nicht ordentlich sitzen.«

»Aber … wie …«

»Deine Nachbarin Lilian hat mich angerufen. Sie hat gesagt, deine Wohnung sei viel zu leer, und wir sollten dir doch dabei behilflich sein, sie wieder ordentlich einzurichten.« Magda nahm Emma in den Arm. »Was hast du dir dabei gedacht, alles wegzuwerfen? Es ist gut, mal zwischendurch auszumisten, aber gleich so viel …«

»Ja … ich habe wohl nicht richtig nachgedacht.«

Angela legte letzte Hand an den Weihnachtsbaum. Emma erkannte ihren alten Baumschmuck. Den hatten die vom Recyclinghof offensichtlich nicht mitgenommen, sondern im Keller stehen lassen. Sie berührte die Kerzenständer auf dem Couchtisch. Die waren aus ihrem Laden. Dasselbe galt für die Bodenlampe und die bauschigen Kissen.

»Du hast ja keine Ahnung, wie wir hier geschuftet haben«, sagte Angela freudestrahlend. »Julia und Hasse waren auch da, konnten aber leider nicht so lange bleiben.«

»Die beiden haben auch mitgeholfen?«

»Hasse hat die Regale angebracht und den Fernsehtisch zusammengebaut, Julia hat uns beim Rest geholfen.«

»Ich habe euch vorhin doch alle angerufen.«

»Ja, aber wir wollten nichts verraten. Wenn es dir nicht gefällt, können wir das auch alles wieder rückgängig machen. Wir wollten nur, dass es hier ein bisschen weihnachtlich ist. Nach allem, was du für uns getan hast.«

»Ich habe doch gar nichts …«, wehrte Emma ab, aber Angela unterbrach sie sofort.

»Du hast unglaublich viel für uns getan.«

»Und wir wollten, dass du dich freust, nicht, dass du traurig wirst«, sagte Magda und umarmte ihre Schwester, als sie Emmas Tränen sah.

»Ich freue mich ja auch. Die Überraschung ist euch gelungen. Ich bin überwältigt.«

»Hasse lässt dich grüßen und richtet aus, dass er nach den Feiertagen vorbeikommt«, sagte Angela und zündete die Kerzen an.

»Und ich dachte, er ist noch sauer auf mich.«

»Ich glaube, er ist ziemlich erleichtert und dankbar, dass du Flora angerufen hast. Sonst hätten seine Lügen niemals ein Ende genommen«, sagte Magda. »So, Mädels, was sagt ihr zu Glühwein und Pfefferkuchen?«

Kurz darauf saßen die drei Frauen am Couchtisch, aßen Pfefferkuchen mit Schimmelkäse und tranken Glühwein. Emma strich Lukas übers Fell. »Das alles hier ist wirklich wunderschön geworden.«

»Es ist ein Anfang«, sagte Magda und kramte in ihrer Tasche. »Übrigens … ich habe mir die Umsatzzahlen angesehen.«

»Müssen wir das unbedingt jetzt machen?« Sie hatte gehofft, diese Art Gespräch heute nicht führen zu müssen.

»Die sind hervorragend«, sagte Magda und schlug den Hefter auf. »Du hast den Dezember großartig abgeschlossen, deine Bemühungen haben sich ausgezahlt.«

»Wirklich?« Emma lehnte sich vor, um sich die Bilanz genauer anzusehen.

»Wenn du so weitermachst, läuft der Laden bald richtig gut.«

»So gut, dass ich dir dein Geld zurückzahlen kann?«

»Das könnte noch ein wenig dauern, aber das eilt ja ohnehin nicht, wir kommen auch so zurecht.«

Emma nahm einen Schluck von ihrem Glühwein. Sie würde ihrer Schwester so gerne alles zurückzahlen. So schnell wie möglich. Vor allem jetzt, da sie im Begriff waren, den Sprung über den Atlantik zu wagen, und das Geld bestimmt gut gebrauchen konnten. »Ich werde noch härter arbeiten, versprochen.«

»Ich weiß doch, dass du tust, was du kannst.« Magda klappte den Hefter zu und nahm sich einen Pfefferkuchen. »Du kannst alles schaffen, was du dir vornimmst.«

***

Angela knöpfte ihren Mantel zu. Sie war noch ein wenig geblieben, nachdem Magda gegangen war.

»Vielen Dank.«

»Ich bin diejenige, die zu danken hat«, sagte Emma.

»Das hat alles deine Nachbarin Lilian angestoßen. Sie war die Einzige, die wusste, wie gründlich du … ähm … ausgemistet hattest.«

»Du meinst, sie hat euch gesteckt, dass ich quasi meinen gesamten Hausstand weggeworfen habe?«

»So was in der Richtung. Aber weißt du, was? Ich habe mir eine Kaufpause verordnet und auch ziemlich viel ausgemistet. Wenn du also irgendetwas brauchst …«

»Danke, aber das ist nicht notwendig«, sagte Emma und lachte, als sie Angelas Gesicht sah. »Ich werde mir eins nach dem anderen anschaffen. Ich will mir ein neues Zuhause einrichten. Meine Zukunft gestalten.«

»Das klingt sehr gut. Wie feierst du Weihnachten?«

»Ich werde vormittags auf den Friedhof gehen, und ich habe Magda versprochen, dass ich danach Weihnachten mit unserer Familie feiern werde.«

»Das hört sich gut an.«

»Und ihr? Erik und du? Seid ihr wieder …«

»Nein. Wir haben die letzten Tage viel geredet, aber unsere Beziehung ist einfach am Ende. Er hat eine Paartherapie vorgeschlagen, aber ich weiß nicht …«

»Da hast du ja einiges um die Ohren im Moment.«

»Ja, wir werden sehen, was noch so passiert …« Angela nahm ihre Handtasche. »Weißt du, ich wollte damit eigentlich bis nach Weihnachten warten, aber … Was würdest du sagen, wenn sich ein Investor für deinen Laden interessieren würde?«

»Es gibt bestimmt keinen Investor, der sein Geld in einen Laden stecken will, der so gerade eben über die Runden kommt.«

»Ich überlege schon eine Weile, mich selbstständig zu machen, mich auf Interieur und Onlineverkauf zu spezialisieren. Mittlerweile habe ich ein paar ganz gute Ideen gesammelt, und es gibt da ein paar Plattformen, die ich ausprobieren will.«

»Tatsächlich?«

»Ja. Und ich würde das alles gerne mit dir zusammen machen. In deinem Laden.«

»Ich weiß nicht, ob ich dich richtig verstehe …« Wollte Angela bei ihr einsteigen? Um richtig ins digitale Geschäft einzusteigen, würde man zunächst einmal ziemlich viel Geld in die Hand nehmen müssen.

»Wollen wir uns nach Weihnachten mal zusammensetzen? Dann kann ich dir das alles in Ruhe erklären.« Als Angela Emmas skeptischen Gesichtsausdruck sah, legte sie nach. »Du musst wissen, ich will absolut nichts in deinem Laden verändern. Ich finde, du machst einen hervorragenden Job und hast ein tolles Gespür für Interieur. Ich will nur dafür sorgen, dass du stärker im Netz vertreten bist, und die neuen digitalen Plattformen nutzen.«

»Aber ich habe kein Geld für so etwas …«

»Aber ich. Genau genommen habe ich richtig viel Geld.«

»Wirklich? Ich dachte …«

»Du dachtest, ich lebe nur von Eriks Geld, stimmts?« Angelas Augen blitzten.

»Ich …«

»Das ist schon in Ordnung. Alle gehen immer davon aus, dass Erik uns die letzten Jahre allein versorgt hat. Aber das stimmt nicht, das war auch mein Geld. Ich habe dir doch von meinem Unternehmen erzählt, dass ich verkauft habe? Dafür habe ich ziemlich viel Geld bekommen. Deshalb konnte ich die letzten Jahre auch zu Hause bleiben.«

»Das wusste ich nicht …«

»Woher auch? Das wusste kaum jemand, und ich hatte auch kein Bedürfnis, es jedem auf die Nase zu binden.« Sie zog sich ihre Mütze auf. »Wenn du Interesse hast, können wir uns gerne auf irgendeine Form der Partnerschaft einigen.«

»Willst du wirklich in meinen Laden investieren? Heißt es nicht immer, kleine Boutiquen sind die denkbar schlechteste Geldanlage?«

»Ich mag dich, und ich liebe deinen Laden und habe gesehen, wozu du fähig bist«, sagte Angela und klang auf einmal wie eine Geschäftsfrau. »Außerdem will ich meine digitalen Konzepte ausprobieren. Wenn man es richtig macht, hat das Ganze sehr viel Potenzial.«

»Ich weiß nicht, was ich sagen soll.« Sie hätte Angela so viel Geschäftstüchtigkeit nie zugetraut und schämte sich nun fast ein wenig.

»Du musst jetzt nichts dazu sagen. Wir treffen uns im Januar und besprechen das alles in Ruhe.« Damit drückte Angela sie fest an sich und ging.

***

Emma lief durch die Wohnung und nahm in Augenschein, was ihre Freunde für sie auf die Beine gestellt hatten. Sie war so gerührt. Und dann hatte Angela ihr auch noch angeboten, als Investorin in ihr Geschäft einzusteigen. Sie fühlte sich ganz erschlagen. *Vielleicht finden wir einen Weg, ich werde mir auf jeden Fall anhören, was sie vorzuschlagen hat.* Emma ging ins Schlafzimmer, in dem nur noch der Kleiderschrank, das Bett und ein paar Kartons mit alten Fotos und wichtigen Unterlagen standen. Sie blieb einen Moment vor dem Schrank stehen und öffnete ihn dann behutsam. Er hatte sich deutlich gelichtet. Ihr Blick wanderte langsam zu der Schublade ganz unten, die sie seit dem Unfall nicht mehr geöffnet hatte. Vorsichtig zog sie die Schublade auf, nahm einen Body und rieb ihre Wange daran. Sie zitterte am ganzen Körper. Niklas hatte ihn an dem Tag gekauft, als sie den Schwangerschaftstest gemacht hatte. Emma konzentrierte sich auf ihren Atem. Ihr Blick fiel auf eine unberührte Packung mit Schnullern, die niemals benutzt werden würden. Genauso wenig wie die Samtdecke oder die kleinen Socken aus ökologischer Baumwolle. Emma sank mit der Decke in der Hand auf den Boden und wiegte sich vor und zurück. Sie wollte endlich aufhören, den Gott, an den sie schon lange nicht mehr glaubte, zu beschimpfen und zu verfluchen. Aber sie konnte auch nicht so tun, als wäre ihr Schmerz vergangen. Er würde für immer zu ihr gehören, sie immer an das Geschehene erinnern. Emma legte sich auf den Boden, zog die Beine an den Körper und umklammerte die Decke. Sie wusste, dass der Zeitpunkt gekommen war. Der Zeitpunkt loszulassen.

# 28

SONNTAG, 24. DEZEMBER

Emma zündete die beiden Kerzen an, die sie von zu Hause mitgenommen hatte, und stellte sie auf die harte, kalte Erde. Der Friedhof war voller Blumen und Kerzen, sie war nicht die Einzige, die heute hierhergekommen war. Schweigend saß sie in der Hocke neben dem Grab. Obwohl sich ihre Trauer nicht aufgelöst hatte, waren Lichtstrahlen durch die Mauer gedrungen, die sie seit dem Unfall um sich errichtet hatte. Zum ersten Mal spürte sie so etwas wie Vertrauen in die Zukunft.

»Ich kann noch nicht kommen«, flüsterte sie und sah auf den großen Grabhügel, der mit einer Frostdecke überzogen war. »Es ist noch nicht so weit.«

Sie schloss für einen Moment die Augen, dann richtete sie sich auf.

»Und, wie geht es dir?«, fragte Magda, die neben ihr stand und auf das Blumen- und Kerzenmeer sah.

»Komischerweise besser als erwartet. Ich vermisse ihn so sehr, und es vergeht kein Tag, an dem ich das Geschehene nicht rückgängig machen will. Aber ich bin nicht mehr so verzweifelt wie letztes Jahr. Ich glaube, ich fange langsam an, mir zu verzeihen.«

»Es war nicht deine Schuld.«

»Es waren die Umstände, das weiß ich mittlerweile.« Emma seufzte. »Und genau deshalb ist es an der Zeit, dass ihr endlich euren Traum lebt und in die USA zieht. Du sollst dich nicht mehr um mich kümmern. Du hast dein eigenes Leben.«

»Aber …«

Emma sah ihre Schwester entschlossen an. »Ich habe Niklas und das Baby endlich losgelassen. Ich liebe sie, und ich weiß, dass ich sie eines Tages wiedersehe. Jetzt musst du mich loslassen.«

Magda hatte Tränen in den Augen, Emma nahm sie in den Arm und drückte sie an sich. »Du hast mehr als jeder andere für mich getan. Du bist die beste Schwester, die man haben kann«, flüsterte sie.

»Ich will doch nur, dass es dir gut geht. Wir alle wollen das. Mama, Papa, Henrik …«

»Ich weiß, und ich verspreche, dass ich alles dafür tun werde.«

Magda legte ihre Blumen aufs Grab, dann legte sie ihren Arm um Emmas Schulter.

»Ich gebe zu, dass ich deinem Projekt der ›24 guten Taten‹ am Anfang sehr skeptisch gegenüberstand, aber jetzt bin ich froh, dass du das gemacht hast.«

»Ich auch. Wer weiß, ohne dieses Projekt würde ich vielleicht jetzt nicht hier stehen.«

***

Emma und Lukas gingen spazieren. Die Straßen waren leer, was sich komisch anfühlte. Es war noch früh, erst acht Uhr. Aber es war Heiligabend. Offensichtlich saßen alle zu Hause mit ihren Familien und feierten Weihnachten. Sie hatte das Fest bei ihren Eltern schon gegen sieben Uhr verlassen und war mit der U-Bahn nach Hause gefahren.

Lukas hatte wie immer seine Nase dicht am Boden, gedankenversunken ging Emma neben ihm her. Und dann stand sie vor Adams Haus. Sie hatten seit dem Abend, an dem er ihr seine Gefühle gestanden hatte, nicht mehr miteinander gesprochen. Seine Worte hatten ihr Angst gemacht. Aber nicht nur das, sie hatten auch eine bis dahin unbekannte Sehnsucht in ihr geweckt. Wenn sie ehrlich war, hatte sie sich gefreut. Aber hatte sie den Mut, sich auf ihn einzulassen? Was, wenn es nicht funktionierte? Konnte sie es riskieren? Dieser vergangene Monat hatte alles auf den Kopf gestellt, ihr Leben hatte eine neue Richtung eingeschlagen. Aus den guten Taten, mit denen sie am Anfang nur ihre Schuld büßen wollte, hatte sich etwas ganz anderes entwickelt. Am Ende hatte sie den Menschen helfen können, die ihr am meisten bedeuteten. Noch eine letzte gute Tat stand aus, und sie wusste genau, wie die aussehen sollte. Es war an der Zeit, sich selbst etwas Gutes zu tun. Ihr Leben in die Hand zu nehmen. Sie hoffte, dass Adam sie nicht wegschicken würde.

Plötzlich ging die Tür auf, und Fiffis goldener Kopf kam zum Vorschein. Kurz darauf trat Adam nach draußen. Ihr wurde ganz warm ums Herz. *Er ist wirklich ein toller Mann.*

»Hallo.«

»Hallo.«

»Lukas wollte Fiffi so gerne mal wiedersehen.«

»Hm.« Adam sah sie unverwandt an.

»Ich auch … also, ich meine, ich wollte Fiffi sehen … und dich auch.«

Schweigen. Emma konnte ihr Herz hämmern hören. »Ich habe viel über das nachgedacht, was du mir kürzlich gesagt hast.«

Adam hielt ihrem Blick schweigend stand. Sie war auf diese Reaktion nicht vorbereitet. Am besten sagte sie einfach, wie es war. Wenn er auch mit ihr zusammen sein wollte, dann gut. Wenn nicht … wenn er es sich anders überlegt hatte … dann wusste er wenigstens, wie es um sie stand.

»Du hast gesagt, dass du mich magst … und ich … also … ich empfinde dasselbe für dich. Ich mag dich sehr«, stammelte sie. Adams Mundwinkel zuckten. Sie nahm ihren ganzen Mut zusammen. »Ich weiß, dass ich gesagt habe, dass ich noch nicht so weit bin. Aber das stimmt nicht. Na ja, ich weiß es nicht so genau. Jedenfalls mag ich dich sehr. Und ich will es versuchen.«

Am liebsten hätte sie ihn umarmt, doch da fiel ihr das Geschenk ein. »Ich habe dir was mitgebracht. Es ist nichts Besonderes, aber ich wollte es dir geben.«

Adam packte das Geschenk aus und verzog keine Miene.

»Das ist ein Schutzengel. Der Anker in seinen Armen steht für die Hoffnung … und das Herz … ähm … für die Liebe. Ich dachte …« Ehe sie noch ein Wort sagen konnte, hatte er sie an sich gezogen.

»Danke.«

»Ich hoffe, du magst ihn, denn ich …« Weiter kam sie nicht, denn Adam legte seine Lippen auf ihre. Erst ganz zaghaft, dann immer bestimmter. Es fühlte sich gar nicht so gefährlich an. Es war ganz anders als mit Niklas, aber gar nicht schlecht. Es war genau genommen ziemlich perfekt.

# Dank

Dank dir, Patrik, weil du mir immer eine große Stütze bist und mich zum Schreiben ermunterst. Du bist der Beste.

Alexander, Isabelle, Vilhelm & Maximilian, ihr macht jeden Tag ein bisschen sonniger und schöner. Danke, dass ihr seid, wie ihr seid, und euch so herrlich freuen könnt. Ich liebe euch!

Ich danke euch, Anna-Karin Peterson und Frida Andersson von dem wunderschönen Einrichtungsladen *Syster Lycklig,* dafür, dass ihr meine vielen Fragen geduldig beantwortet habt und mich an eurem Wissen habt teilhaben lassen.

Ein besonders großer Dank geht an meine fantastische Verlegerin Jennifer Lindström und meine tolle Lektorin Heléne Jensen, die mir jede Menge Input, Unterstützung und Feedback gegeben haben. Es macht unglaublichen Spaß, mit euch zu arbeiten.

Emma Graves danke ich für das wunderschöne winterliche Buchcover.

Ich bedanke mich bei Maria Thufvesson, meiner Freundin und meinem Schreibcoach, die mich immer unterstützt und ermuntert.

Maria und Edith Enberg von der Enberg Agency, die

meine Bücher unter die Leute bringen, bin ich für ihre Begeisterung und ihren Support dankbar.

Mama, Papa, Birgitta und Martin, euch danke ich für eure Hilfe, jedes Mal, wenn alles zusammenzubrechen drohte, was nicht nur einmal der Fall war. Danke, dass ihr immer für uns da seid.

Gabriella Ullberg Westin, Caroline Säfstrand und Therese Loreskär danke ich für die langen, schönen Gespräche über das Schreiben und die Schriftstellerei.

Und schließlich will ich mich bei all den fantastischen Mitarbeitern vom Verlag Norstedts bedanken, die an diesem Buch beteiligt waren.

P. S. *24 gute Taten* ist eine fiktive Erzählung, in der ich einige Orte zugunsten der Geschichte verändert habe. Eventuelle Fehler gehen auf mein Konto.

FSC
www.fsc.org
MIX
Papier aus verantwortungsvollen Quellen
FSC® C083411

Die schwedische Originalausgabe erschien 2018
unter dem Titel ›24 goda gärningar‹ bei Norstedts, Stockholm.


Erste Auflage 2020

Übersetzung: Kerstin Schöps
Umschlaggestaltung: Lübbeke Naumann Thoben, Köln
Umschlagabbildung: © Juliana Brykova/Shutterstock
Satz: Angelika Kudella, Köln
Gesetzt aus der Caslon
Druck und Verarbeitung: CPI books GmbH, Leck
Gedruckt auf säurefreiem und chlorfrei gebleichtem Papier
Printed in Germany
ISBN 978-3-8321-6544-4

www.dumont-buchverlag.de